CLASSIQUES JAUNES

Littératures francophones

L'Amour médecin,
Le Misanthrope

Molière

L'Amour médecin, Le Misanthrope

Édition critique par Charles Mazouer

PARIS
CLASSIQUES GARNIER
2022

Charles Mazouer, professeur honoraire à l'université de Bordeaux Montaigne, est spécialiste de l'ancien théâtre français. Outre l'édition de textes de théâtre des XVIᵉ et XVIIᵉ siècles, il a notamment publié *Molière et ses comédies-ballets*, les trois tomes du *Théâtre français de l'âge classique* ainsi que *Théâtre et christianisme. Études sur l'ancien théâtre français*. Il achève actuellement le second tome de son étude consacrée à *La Transcendance dans le théâtre français*.

Visuel de couverture : Le Misanthrope. Artiste inconnu.
Source : www.meisterdrucke.de

ISBN 978-2-406-12449-8
ISSN 2417-6400

ABRÉVIATIONS USUELLES

Acad.	*Dictionnaire de l'Académie* (1694)
C.A.I.E.F.	*Cahiers de l'Association Internationale des Études Françaises*
FUR.	*Dictionnaire universel* de Furetière (1690)
I. L.	*L'Information littéraire*
P.F.S.C.L.	*Papers on French Seventeenth-Century Literature*
R.H.L.F.	*Revue d'Histoire Littéraire de la France*
R.H.T.	*Revue d'Histoire du Théâtre*
RIC.	*Dictionnaire français* de Richelet (1680)
S.T.F.M.	Société des Textes Français Modernes
T.L.F.	Textes Littéraires Français

AVERTISSEMENT

L'ÉTABLISSEMENT DES TEXTES

Il ne reste aucun manuscrit de Molière.

Si l'on s'en tient au XVIIe siècle[1], comme il convient – Molière est mort en 1673 et la seule édition posthume qui puisse présenter un intérêt particulier est celle des *Œuvres* de 1682 –, il faut distinguer cette édition posthume des éditions originales séparées ou collectives des comédies de Molière.

Sauf cas très spéciaux, comme celui du *Dom Juan* et du *Malade imaginaire*, Molière a pris généralement des privilèges pour l'impression de ses comédies et s'est évidemment soucié de son texte, d'autant plus qu'il fut en butte aux mauvais procédés de pirates de l'édition qui tentèrent de faire paraître le texte des comédies avant lui et sans son aveu. C'est donc le texte de ces éditions originales qui fait autorité, Molière ne s'étant soucié ensuite ni des réimpressions des pièces séparées, ni des recueils factices constitués de pièces

---

1   Le manuel de base : Albert-Jean Guibert, *Bibliographie des œuvres de Molière publiées au XVIIe siècle*, 2 vols. en 1961 et deux *Suppléments* en 1965 et 1973 ; le CNRS a réimprimé le tout en 1977. Mais les travaux continuent sur les éditions, comme ceux d'Alain Riffaud, qui seront cités en leur lieu. Voir, parfaitement à jour, la notice du t. I de l'édition dirigée par Georges Forestier avec Claude Bourqui des *Œuvres complètes* de Molière, 2010, p. cxi-cxxv, qui entre dans les détails voulus.

déjà imprimées. Ayant refusé d'endosser la paternité des
Œuvres de M. Molière parues en deux volumes en 1666, dont
il estime que les libraires avaient obtenu le privilège par
surprise, Molière avait l'intention, ou aurait eu l'intention
de publier une édition complète revue et corrigée de son
théâtre, pour laquelle il prit un privilège ; mais il ne réalisa
pas ce travail et l'édition parue en 1674 (en six volumes ;
un septième en 1675), qu'il n'a pu revoir et qui reprend des
états anciens, n'a pas davantage de valeur.

En revanche, l'édition collective de 1682 présente davantage d'intérêt – même si, pas plus que l'édition de 1674,
elle ne représente un travail et une volonté de Molière lui-
même sur son texte[2]. On sait, indirectement, qu'elle a été
préparée par le fidèle comédien de sa troupe La Grange,
et un ami de Molière, Jean Vivot. Si, pour les pièces déjà
publiées par Molière, le texte de 1682 ne montre guère de
différences, cette édition nous fait déjà connaître le texte des
sept pièces que Molière n'avait pas publiées de son vivant
(*Dom Garcie de Navarre*, *L'Impromptu de Versailles*, *Dom Juan*,
Mélicerte, *Les Amants magnifiques*, *La Comtesse d'Escarbagnas*,
Le Malade imaginaire). Ces pièces, sauf exception, seraient
autrement perdues. En outre, les huit volumes de cette
édition entourent de guillemets les vers ou passages omis,
nous dit-on, à la représentation, et proposent un certain
nombre de didascalies censées représenter la tradition de
jeu de la troupe de Molière. Quand on compare les deux
états du texte, pour les pièces déjà publiées du vivant de
Molière, on s'aperçoit que 1682 corrige (comme le prétend
la Préface)… ou ajoute des fautes et propose des variantes

---

2   Voir Edric Caldicott, « Les stemmas et le privilège de l'édition des
     Œuvres complètes de Molière (1682) », [in] *Le Parnasse au théâtre…*, 2007,
     p. 277-295, qui montre que Molière n'a jamais entrepris ni contrôlé une
     édition complète de son œuvre, ni pour 1674 ni pour 1682.

(ponctuation, graphie, style, texte) passablement discutables.
Bref, cette édition de 1682, malgré un certain intérêt,
n'autorise pas un texte sur lequel on doute fort que Molière
ait pu intervenir avant sa mort.

Voici la description de cette édition :

– Pour les tomes I à VI : LES / ŒUVRES / DE /
MONSIEUR / DE MOLIERE. Reveuës, corrigées
& augmentées. / *Enrichies de Figures en Taille-douce.* /
A PARIS, / Chez DENYS THIERRY, ruë saint
Jacques, à / l'enseigne de la Ville de Paris. / CLAUDE
BARBIN, au Palais, sur le second / Perron de la sainte
Chapelle. / ET / Chez PIERRE TRABOUILLET, au
Palais, dans la / Gallerie des Prisonniers, à l'image
S. Hubert ; & à la / Fortune, proche le Greffe des Eaux
& Forests. / M. DC. LXXXII. / *AVEC PRIVILEGE
DV ROY.*
– Pour les tomes VII et VIII, seul le titre diffère : LES /
ŒUVRES / POSTHUMES / DE / MONSIEUR / DE
MOLIERE. / Imprimées pour la première fois en 1682.

Je signale pour finir l'édition en 6 volumes des *Œuvres de
Molière* (Paris, Pierre Prault pour la Compagnie des Libraires,
1734), qui se permet de distribuer les scènes autrement et
même de modifier le texte, mais propose des jeux de scène
plus précis dans ses didascalies ajoutées.

La conclusion s'impose et s'est imposée à toute la
communauté des éditeurs de Molière. Quand Molière a
pu éditer ses œuvres, il faut suivre le texte des éditions
originales. Mais force est de suivre le texte de 1682 quand
il est en fait le seul à nous faire connaître le texte des
œuvres non éditées par Molière de son vivant. *Dom Juan*

et *Le Malade imaginaire* posent des problèmes particuliers qui seront examinés en temps voulu.

Au texte des éditions originales, ou pourra adjoindre quelques didascalies ou quelques indications intéressantes de 1682, voire, exceptionnellement, de 1734, à titre de variantes – en n'oubliant jamais que l'auteur n'en est certainement pas Molière.

Selon les principes de la collection, la graphie sera modernisée. En particulier en ce qui concerne l'usage ancien de la majuscule pour les noms communs. La fréquentation assidue des éditions du XVIIᵉ siècle montre vite que l'emploi de la majuscule ne répond à aucune rationalité, dans un même texte, ni à aucune intention de l'auteur. La fantaisie des ateliers typographiques, que les écrivains ne contrôlaient guère, ne peut faire loi.

La ponctuation des textes anciens, en particulier des textes de théâtre, est toujours l'objet de querelles et de polémiques. Personne ne peut contester ce fait : la ponctuation ancienne, avec sa codification particulière qui n'est plus tout à fait la nôtre, guidait le souffle et le rythme d'une lecture orale, alors que notre ponctuation moderne organise et découpe dans le discours écrit des ensembles logiques et syntaxiques. On imagine aussitôt l'intérêt de respecter la ponctuation ancienne pour les textes de théâtre – comme si, en suivant la ponctuation d'une édition originale de Molière[3], on pouvait en quelque sorte restituer la diction qu'il désirait pour son théâtre !

---

3   À cet égard, Michael Hawcroft (« La ponctuation de Molière : mise au point », *Le Nouveau Moliériste*, nᵒ IV-V, 1998-1999, p. 345-374) tient pour les originales, alors que Gabriel Conesa (« Remarques sur la ponctuation de l'édition de 1682 », *Le Nouveau Moliériste*, nᵒ III, 1996-1997, p. 73-86) signale l'intérêt de 1682.

Il suffirait donc de transcrire la ponctuation originale. Las ! D'abord, certains signes de ponctuation, identiques dans leur forme, ont changé de signification depuis le XVIIᵉ siècle : trouble fâcheux pour le lecteur contemporain. Surtout, comme l'a amplement démontré, avec science et sagesse, Alain Riffaud[4], là non plus on ne trouve pas de cohérence entre les pratiques des différents ateliers, que les dramaturges ne contrôlaient pas – si tant est que, dans leurs manuscrits, ils se soient souciés d'une ponctuation précise ! La ponctuation divergente de différents états d'une même œuvre de théâtre le prouve. On me pardonnera donc de ne pas partager le fétichisme à la mode pour la ponctuation originale.

J'aboutis donc au compromis suivant : respect autant que possible de la ponctuation originale, qui sera toutefois modernisée quand les signes ont changé de sens ou quand cette ponctuation rend difficilement compréhensible tel ou tel passage.

PRÉSENTATION
ET ANNOTATION DES COMÉDIES

Comme l'écrivait très justement Georges Couton dans l'Avant-propos de son édition de Molière[5], tout commentaire d'une œuvre est toujours un peu un travail collectif, qui tient compte déjà des éditions antécédentes – et les éditions de Molière, souvent excellentes, ne manquent pas, à commencer par celle de Despois-Mesnard[6], fondamentale et

---

4   *La Ponctuation du théâtre imprimé au XVIIᵉ siècle*, Genève, Droz, 2007.
5   *Œuvres complètes*, t. I, 1971, p. xi-xii.
6   *Œuvres complètes* de Molière, pour les « Grands écrivains de la France », 13 volumes de 1873 à 1900.

remarquable, et dont on continue de se servir… sans toujours le dire. À partir d'elles, on complète, on rectifie, on abandonne dans son annotation, car on reste toujours tributaire des précédentes annotations. On doit tenir compte aussi de son lectorat. Une longue carrière dans l'enseignement supérieur m'a appris que mes lecteurs habituels – nos étudiants (et nos jeunes chercheurs) sont de bons représentants de ce public d'honnêtes gens qui auront le désir de lire les classiques – ont besoin de davantage d'explications et d'éléments sur les textes anciens, qui ne sont plus maîtrisés dans l'enseignement secondaire. Le texte de Molière sera donc copieusement annoté.

Mille fois plus que l'annotation, la présentation de chaque pièce engage une interprétation des textes. Je n'y propose pas une herméneutique complète et définitive, et je n'ai pas de thèse à imposer à des textes si riches et si polyphoniques, dont, dans sa seule vie, un chercheur reprend inlassablement (et avec autant de bonheur !) le déchiffrement. Les indications et suggestions proposées au lecteur sont le fruit d'une méditation personnelle, mais toujours nourrie des recherches d'autrui qui, approuvées ou discutées, sont évidemment mentionnées.

En sus de l'apparat critique, le lecteur trouvera, en annexes ou en appendice, divers documents ou instruments (comme une chronologie) qui lui permettront de mieux contextualiser et de mieux comprendre les comédies de Molière.

Mais, malgré tous les efforts de l'éditeur scientifique, chaque lecteur de goût sera renvoyé à son déchiffrement, à sa rencontre personnelle avec le texte de Molière !

Nota bene :

1/ Les grandes éditions complètes modernes de Molière, que tout éditeur (et tout lecteur scrupuleux) est amené à consulter, sont les suivantes :

MOLIÈRE (Jean-Baptiste Poquelin, dit), *Œuvres*, éd. Eugène Despois et Paul Mesnard, Paris, Hachette et Cie, 13 volumes de 1873 à 1900 (Les Grands Écrivains de la France).

MOLIÈRE (Jean-Baptiste Poquelin, dit), *Œuvres complètes*, éd. Georges Couton, Paris, Gallimard, 1971, 2 vol. (La Pléiade).

MOLIÈRE (Jean-Baptiste Poquelin, dit), *Œuvres complètes*, édition dirigée par Georges Forestier avec Claude Bourqui, Paris, Gallimard, 2010, 2 vol. (La Pléiade).

2/ Signalons quelques études générales, classiques ou récentes, utiles pour la connaissance de Molière et pour la compréhension de son théâtre – étant entendu que chaque comédie sera dotée de sa bibliographie particulière :

BRAY, René, *Molière homme de théâtre*, Paris, Mercure de France, 1954.

CONESA, Gabriel, *Le Dialogue moliéresque. Étude stylistique et dramaturgique*, Paris, PUF, s. d. [1983] ; rééd. Paris, SEDES, 1992.

DANDREY, Patrick, *Molière ou l'esthétique du ridicule*, Paris, Klincksieck, 1992 ; seconde édition revue, corrigée et augmentée, en 2002.

DEFAUX, Gérard, *Molière ou les métamorphoses du comique : de la comédie morale au triomphe de la folie*, 2ᵉ éd., Paris, Klincksieck, 1992 (Bibliothèque d'Histoire du Théâtre) (1980).

DUCHÊNE, Roger, *Molière*, Paris, Fayard, 1998.

FORESTIER (Georges), *Molière*, Paris, Gallimard, 2018.

GUARDIA, Jean de, *Poétique de Molière. Comédie et répétition*, Genève, Droz, 2007 (Histoire des idées et critique littéraire, 431).

JURGENS, Madeleine et MAXFIELD-MILLER, Élisabeth, *Cent ans de recherches sur Molière, sur sa famille et sur les comédiens de sa troupe*, Paris, Imprimerie nationale, 1963. – Complément pour les années 1963-1973 dans *R.H.T.*, 1972-4, p. 331-440.

McKENNA, Anthony, *Molière, dramaturge libertin*, Paris, Champion, 2005 (Essais).

MONGRÉDIEN, Georges, *Recueil des textes et des documents du XVIIᵉ siècle relatifs à Molière*, Paris, CNRS, 1965, 2 volumes.

PINEAU, Joseph, *Le Théâtre de Molière. Une dynamique de la liberté*, Paris-Caen, Les Lettres Modernes-Minard, 2000 (Situation, 54).

3/ Sites en ligne :

Tout Molière.net donne déjà une édition complète de Molière.

Molière 21, conçu comme complément à l'édition 2010 des *Œuvres complètes* dans la Pléiade, donne une base de données intertextuelles considérable et offre un outil de visualisation des variantes textuelles.

CHRONOLOGIE

(du 14 septembre 1665
au 1ᵉʳ décembre 1666)

1665   14 septembre. Création à Versailles de *L'Amour médecin*, « avec musique et ballet », dit La Grange dans son Registre, qui désigne aussi cette comédie sous le titre des *Médecins*.

22 septembre. Première de *L'Amour médecin* au théâtre du Palais-Royal.

15 octobre. Molière et Armande signent un bail pour trois ans et s'installent dans la maison Millet, rue Saint-Thomas-du-Louvre.

6 novembre. Le Roi accorde une gratification de 1000 livres à Molière.

8 novembre. Sur ordre de Monsieur le prince, Condé, la troupe, qui s'était déplacée chez la Princesse Palatine, joue *Tartuffe* (encore interdit sur les théâtres publics) et *L'Amour médecin*.

4 décembre. Création d'*Alexandre le Grand* de Racine au Palais-Royal. Dix jours plus tard, le 14, les comédiens de l'Hôtel de Bourgogne jouent la tragédie devant le Roi, puis dans leur théâtre. Racine a ainsi trahi Molière, à qui il avait réservé sa pièce.

28 décembre 1665 – 20 février 1666. Longue relâche de la troupe, due entre autres à la maladie de Molière, mais aussi à la mort de la Reine mère Anne d'Autriche, le 20 janvier 1666.

1666   15 janvier. Édition originale de *L'Amour médecin*.

19 janvier. Nouveau bail de sous-location pour deux étages d'une maison place du Palais-Royal, dans la même rue Saint-Thomas-du-Louvre.

20 février. Mort du prince de Conti.

21 février. Réouverture du théâtre du Palais-Royal.

12 avril – 8 mai. Clôture de Pâques.

4 juin. Mention de la gratification royale de 1000 livres pour l'année 1665 (Pensions et gratifications aux gens de Lettres).

4 juin. Création du *Misanthrope* au Palais-Royal.

6 août. Création du *Médecin malgré lui* au Palais-Royal.

23 août. Parution de la *Dissertation sur la condamnation du théâtre*, où l'abbé d'Aubignac se plaint que le théâtre retourne « à sa vieille corruption » avec farces et comédies libertines. Molière va être pris dans la querelle de la moralité du théâtre ; il sera bientôt la cible du *Traité de la comédie et des spectacles selon la tradition de l'église* de Conti.

1º décembre. Départ de la troupe, invitée à Saint-Germain-en-Laye pour participer, avec les autres troupes françaises et étrangères, au *Ballet des Muses* ; elle y restera jusqu'au 20 février 1667. à cette occasion la troupe reçoit du Roi le défraiement et deux années de pension – soit 12 000 livres.

L'AMOUR MÉDECIN

INTRODUCTION

Ni l'affaire *Tartuffe*, ni l'audace du *Dom Juan* ne firent perdre à Molière la confiance et la faveur du roi, qui employait souvent la troupe pour ses divertissements. En août 1665, lit-on dans la Préface de l'édition des *Œuvres* réalisée par La Grange et Vivot, « Sa Majesté trouva à propos de l'arrêter tout à fait à son service, en lui donnant une pension de sept mille livres[1] ». La troupe, jusqu'alors protégée par Monsieur, devint la Troupe du Roi au Palais-Royal. Et, ajoute Grimarest dans sa *Vie de Molière*, la troupe « était de toutes les fêtes qui se faisaient partout où était Sa Majesté[2] ».

Car la contrepartie de la faveur est le service du roi. Entre les 13 et 17 septembre 1665, la troupe de Molière dut interrompre ses représentations parisiennes pour rallier Versailles, où furent redonnés *L'École des femmes* et *L'Impromptu de Versailles*, et où fut créé *L'Amour médecin*, donné trois fois avec musique et ballet, note le registre de La Grange – c'est-à-dire avec la musique de Lully et les ballets de Beauchamp. Quand il publia la pièce, quatre mois plus tard, en janvier 1666, Molière rédigea une adresse Au lecteur qui précise bien les circonstances de la création. Cet *Amour médecin* ? « Un petit impromptu, dont le roi a voulu se faire un divertissement » : une commande pour

---

1   Dans son Registre, à la date du 14 août – la troupe est alors à Saint-Germain-en-Laye –, La Grange parle de 6000 livres.

2   Éd. de 1705, p. 70.

les quatre jours de fête dont Louis XIV régala la cour, et qu'il fallut réaliser à la hâte avec les autres artistes – c'est et ce sera toujours sa condition de fournir des divertissements royaux dans la bousculade. Molière demande donc à son lecteur d'excuser ce « simple crayon », ce petit impromptu « qui est le plus précipité de ceux que Sa Majesté m'ait commandés » : la comédie a été proposée, faite, apprise et représentée en cinq jours ! Mais il insiste sur l'importance du jeu scénique, et des ornements de musique et de danse – l'un et les autres considérés comme essentiels pour la qualité et la beauté du spectacle.

L'état d'esprit des spectateurs est bien reflété par les journalistes du temps. « Notre cour courut à Versailles / Pour y rire et faire gogailles », écrit Robinet dans sa *Lettre en vers* du 20 septembre 1665. L'officielle *Gazette* du 19 septembre, un peu plus digne, indique que « la cour a été régalée par le Roi durant quatre jours, avec une magnificence singulière » ; on prit le divertissement de la chasse (nous sommes à la mi-septembre), « qui fut suivi d'une comédie entremêlée d'entrées de ballet, qui, pour n'avoir été concertée que peu de jours auparavant, ne laissa pas d'être trouvée fort agréable ». Voilà ce que le roi et la cour attendaient du dramaturge, dont la création fit nombre avec les plaisirs de la promenade et de la chasse.

Rien n'est assuré quant au lieu précis de la représentation, ni quant au dispositif scénique. Dans le parc ou à l'intérieur, c'est en tout cas Carlo Vigarani qui imagina une scène modeste à décor unique[3]. On comptait surtout sur l'art des acteurs et sur les charmes des ornements musicaux et dansés.

---

3   Voir Jérôme de La Gorce, *Carlo Vigarani, intendant des plaisirs de Louis XIV*, 2005.

LA FABRIQUE DE L'ŒUVRE

La trame de la comédie-ballet est des plus simples et assez peu originale. Lucinde aime Clitandre, mais se heurte à l'obstacle de son père Sganarelle, qui ne veut pas la marier. Que peut Lucinde contre la volonté paternelle ? Ressentir sans doute un peu et affecter surtout une langueur – mélancolie érotique, disent les médecins ! Et faire la muette devant son père. Mais ce feint mutisme est insuffisant. Ainsi, à la fin du premier acte, la suivante Lisette prend les choses en main pour aider la jeune fille à « se libérer un peu de la tyrannie d'un père » (I, 4), et met en branle un stratagème contre son maître. Tablant sur la tendresse bêtifiante de Sganarelle pour sa fille, elle l'inquiète assez pour qu'il ne doute pas de son mal et fasse en hâte chercher des médecins, pour lesquels il professe un grand respect. Tout l'acte II et les deux premières scènes de l'acte III sont consacrés à la consultation des médecins. Occasion de satire, mais qui ne fait pas avancer l'action. La tromperie est réalisée et va à son terme espéré au cours du troisième et dernier acte, quand, la médecine officielle s'étant discréditée, Lisette propose à Sganarelle un « grand médecin », qui n'est autre que Clitandre déguisé en médecin ; celui-ci imagine et fait admettre au père affolé un sorte de comédie thérapeutique (puisque Lucinde est obsédée par le mariage, faisons-lui croire qu'on la marie à Clitandre !) qui s'avère réalité : sans s'en rendre compte, Sganarelle a réellement marié sa fille à Clitandre, et les jeunes mariés s'enfuient à la faveur de la réjouissance finale.

Du point de vue de l'action dramatique, c'est la mystification de l'acte III qui importe, fondée sur le déguisement de Clitandre et sur sa stratégie d'imposteur. Habileté de l'imposteur et naïveté de la victime, d'abord[4]. Jouant fort sérieusement son jeu, Clitandre sait capter la complète confiance du père : il affirme avoir deviné la maladie de Lucinde, qui veut se marier, mais s'empresse d'entrer dans les vues de Sganarelle en jugeant extravagante et ridicule l'envie de mariage ; il mentionne même son aversion personnelle pour le mariage. Flatté dans ses idées, dans son autoritarisme, derechef persuadé qu'il a affaire à un « habile homme », à un grand médecin, le père naïf admet pleinement la comédie que le faux médecin propose comme remède : faire croire à Lucinde que le médecin est venu lui demander sa main, et la lui accorder par jeu. En somme, après la médecine du corps des premiers médecins parus dans la pièce, une médecine de l'esprit, une médecine homéopathique en quelque sorte. Sganarelle, amusé par cette mystification thérapeutique par laquelle sa fille semble si bien dupée, pousse lui-même le jeu : s'étouffant de rire, il unit les jeunes gens et fait établir un bon contrat de mariage par devant un vrai notaire. Mais il n'avait pas prévu que le jeu demeurerait vérité ; la mascarade lui retombe sur le nez !

Chemin faisant, cette trame propose quelques croquis assez fin – non les amoureux, assez convenus, mais le maître et la suivante. Sganarelle, veuf assez sot, est réellement attaché à sa fille, seule enfant survivante, mais affiche – c'est une constante des pères de Molière – un impressionnant égoïsme. Il ne désire pas satisfaire sa marotte, son obsession et marier sa fille pour lui, comme le voulait Orgon (*Tartuffe*), et comme le voudra Argan (*Le Malade imaginaire*) ; mais il veut la garder et ne pas avoir à donner son bien : « Je veux garder mon bien et ma fille pour moi », proclame-t-il (I, 5).

---

4   Voir Charles Mazouer, *Le Personnage du naïf…*, 1979, p. 185.

D'où son opposition au mariage – laquelle sera tournée grâce à sa naïveté. La suivante Lisette fournit un autre croquis plaisant, prenant place elle aussi dans la lignée moliéresque des suivantes et servantes. Son impertinence (à l'égard des médecins comme à l'égard de son maître) et son audace sont réjouissantes et donnent le branle à des dialogues particulièrement vifs, comme en I, 6 ou en III, 4. C'est à elle que revient évidemment, pour aider la jeune fille à s'affranchir de la tyrannie paternelle, d'inventer et de mettre en marche le stratagème contre un maître à qui elle se réjouit de pouvoir jouer quelque tour (I, 4).

On observera que cette trame donne de la tablature au jeu des acteurs. Une feinte malade, les mensonges et tromperies de Lisette, la longue mystification de l'acte III, les manifestations de la sottise et de la crédulité du père : beaucoup est réservé à l'art de l'acteur. Et je ne dis rien des cérémonies ou des chamailleries des médecins, sur quoi je reviendrai bientôt. Molière en avise lui-même son lecteur :

> Il n'est pas nécessaire de vous avertir qu'il y a beaucoup de choses qui dépendent de l'action [l'*actio scenica*] : on sait bien que les comédies ne sont faites que pour être jouées ; et je ne conseille de lire celle-ci qu'aux personnes qui ont des yeux pour découvrir dans la lecture tout le jeu du théâtre.

Ce n'est pas tout, et il faut citer la suite immédiate de ce passage de l'avis Au lecteur :

> [...] ce que je vous dirai, c'est qu'il serait à souhaiter que ces sortes d'ouvrages pussent toujours se montrer à vous avec les ornements qui les accompagnent chez le roi. Vous les verriez dans un état beaucoup plus supportable, et les airs et les symphonies de l'incomparable M. Lully, mêlés à la beauté des voix et à l'adresse des danseurs, leur donnent, sans doute, des grâces dont ils ont toutes les peines du monde à se passer.

C'est que *L'Amour médecin* est une nouvelle comédie-ballet[5], tirant son charme et sa spécificité de l'union des trois arts de la comédie, de la musique et de la danse – union chantée dans le court Prologue par les trois allégories de la Comédie, de la Musique et du Ballet, que l'on retrouve brièvement, de manière presque symétrique, à l'autre extrémité de la pièce, avant l'entrée finale des Jeux, des Ris et des Plaisirs. Outre ces deux interventions, plutôt brèves et qui feraient figure de manifeste pour le genre de la comédie-ballet, les parties chantées et dansées restent relativement modestes – outre l'ultime et bref divertissement, deux entractes seulement : dans le premier, le valet Champagne va, en dansant, chercher les médecins, qui dansent aussi et entrent en cérémonie chez Sganarelle ; le second, précédé d'une scène fort amusante où Sganarelle en parlant, et l'Opérateur en chantant, dialoguent (II, 7), est constitué par l'entrée des Trivelins et Scaramouches, les valets de l'Opérateur, qui se contentent de danser. Musique et danse *ornent*, au sens exact, la comédie.

On sait que Molière désirait l'unité entre les trois arts ; il y parvient ici puisqu'il y a cohérence dramatique entre la comédie récitée et les ornements. Les ornements font partie de l'intrigue et de sa continuité : il faut aller chercher les médecins que Sganarelle veut consulter (I, 6) ; et, déçu par eux, il décide d'aller trouver l'Opérateur (II, 6), un charlatan, qu'il rencontre en II, 7 ; la danse finale sert même à conclure l'intrigue : Clitandre en profite pour enlever Lucinde, désormais bel et bien sa femme, à la barbe de son père. Jolie petite réussite esthétique.

---

5   Voir les développements de Charles Mazouer, *Molière et ses comédies-ballets*, nouvelle édition en 2006.

UNE COMÉDIE MÉDICALE

L'Amour médecin est une comédie-ballet médicale ; c'est même la première de la série des comédies-ballets médicales, qui se poursuivra avec *Monsieur de Pourceaugnac* et s'achèvera avec *Le Malade imaginaire*[6]. L'acte II et le début de l'acte III font paraître cinq vrais médecins – sans compter l'opérateur chantant de I, 7, que Sganarelle révère autant que ces Messieurs de la Faculté. On appelait d'ailleurs couramment notre pièce *Les Médecins*. Des témoignages du temps, que l'on a pu contester, disent que Molière aurait affublé ses acteurs de masques ressemblant aux visages des premiers médecins de la ville et de la cour, reconnaissables aussi, à travers le grec, à leurs noms qui auraient été imaginés par Boileau. Quoi qu'il en soit[7], Tomès (celui qui saigne), Des Fonandrès (le tueur d'hommes), Macroton (celui qui parle lentement), Bahys (celui qui jappe ou aboie) et Filerin (celui qui aime la chicane) sont les instruments d'une satire sévère et grave de la médecine.

Les railleries féroces du dramaturge ne trouvent sans doute pas leur origine dans la hargne que le malade Molière aurait nourrie à l'égard des médecins et de la médecine. Plus certainement, Molière s'inscrit dans le courant plus ancien du discours antimédical, déjà bien illustré par Montaigne, pour qui la médecine est une science imaginaire et compte parmi « toutes les arts fanatiques [entourées de mystères],

---

6   Pour cette question, il faut toujours se reporter au gros ouvrage de Patrick Dandrey sur la médecine dans le théâtre de Molière, qui est une véritable somme en deux volumes : *La Médecine et la maladie dans le théâtre de Molière*, 1998.

7   Pour les identifications, voir la note de Georges Couton, p. 1320-1321 du t. II de son édition de Molière, 1971.

vaines, et supernaturelles[8] ». Ce courant sceptique et critique[9] vis-à-vis de la médecine a été entretenu par les libertins, par un La Mothe Le Vayer, par un Pascal même. Dans les années 1670, Molière ralliera, dit-on, une position moins sceptique, comparable à celle de Boileau dans l'*Arrêt burlesque* (1671), qui continue d'attaquer le formalisme des médecins routiniers, mais accueillerait les découvertes du siècle.

Quoi qu'il en soit, Molière dénonce le danger des médecins. La critique et les griefs sont inquiétants, dès *L'Amour médecin*. Ce qui se prétend science et art de guérir ne sait pas guérir, paradoxalement même, selon le peuple[10], fait mourir. Pourquoi faire venir quatre médecins ? demande Lisette : « N'est-ce pas assez d'un pour tuer une personne ? » ; ou : « Est-ce que votre fille ne peut pas bien mourir sans le secours de ces messieurs-là[11] ? » En fait, la médecine n'est qu'une tromperie à l'intention des hommes crédules et angoissés ; Filerin, beaucoup plus inquiétant dans sa longue tirade de III, 1 que les splendides imbéciles ses confrères, le déclare avec le cynisme le plus clair :

> Mais le plus grand faible des hommes, c'est l'amour qu'ils ont pour la vie ; et nous en profitons, nous autres, par notre pompeux galimatias, et savons prendre nos avantages de cette vénération que la peur de mourir leur donne pour notre métier[12].

---

8   II, 37, « De la ressemblance des enfants aux pères », p. 808 de l'édition établie par Jean Balsamo, Michel Magnien et Catherine Magnien-Simonin, 2007. Voir Maria Litsardaki, « Montaigne et Molière : le roman de la médecine et la vérité de l'expérience », [in] *Le Verbe et la scène…*, 2005, p. 91-116.

9   Voir : Suzanne Rossat-Mignod, « La pensée rationnelle de Molière en médecine », *Les Cahiers rationalistes*, 1973 p. 407-428 ; Robert McBride, « The sceptical view of medecine and the comic vision in Molière », *Studi francesi*, n° 67, gennaio-aprile 1979, p. 27-42.

10   Et aussi selon les grands ! Madame de Motteville rapporte que Mazarin, dans son agonie, laissa échapper, à propos de ses médecins qu'il jugeait incapables, un « Ils m'ont tué ».

11   II, 1.

12   III, 1.

Les querelles publiques, comme celle à laquelle se sont livrés ses confrères à l'acte II, risquent de ruiner cette considération pour les médecins, pour eux si avantageuse.

D'après *L'Amour médecin*, les médecins n'ont donc qu'indifférence et mépris pour la vie des malades : « ceux qui sont morts sont morts », dit encore Filerin. De fait, ses confrères se moquent parfaitement de la malade (ou feinte malade) Lucinde, qui peut bien attendre. Au demeurant, il faut toujours s'en tenir aux Anciens et au respect des règles et des formes, même si on laisse mourir le malade. « Un homme mort n'est qu'un homme mort, affirme encore Tomès, et ne fait point de conséquence ; mais une formalité négligée porte un notable préjudice à tout le corps des médecins[13] » ; et Bahys, en écho, conclut qu'il « vaut mieux mourir selon les règles que de réchapper contre les règles[14] ».

Satire à coup sûr excessive et injuste dans sa généralité, et qui reparaîtra dans le théâtre de Molière ; le dramaturge comique dessine là quelques caricatures bien fondées, mais était assez intelligent pour faire aussi la part des choses et les distinctions qui s'imposaient à tout esprit éclairé.

Et la caricature ne doit pas faire oublier un aspect de la peinture de ces médecins de théâtre : le souci du réalisme.

---

13 II, 3.
14 II, 5.

LA RÉALITÉ DE LA MÉDECINE

On peut parler de réalisme en deux sens.

D'abord en un sens simple et immédiat. Avant d'entrer dans la consultation, les médecins sont saisis par Molière dans le vif de leur conduite quotidienne. À commencer par leur attitude envers les malades et leurs proches, faite d'autoritarisme pompeux et arrogant, d'entêtement dans leurs certitudes, leur diagnostic et leur thérapeutique, qui va jusqu'au déni de la réalité de l'échec, et dont le fondement semble bien être le mépris du malade et de sa vie. Molière s'amuse même à faire parler ses médecins de leurs minimes soucis quotidiens, de leurs trajets en mule ou à cheval pour se rendre à leurs consultations à travers Paris, des règles qui régissent les consultations communes, des querelles qui traversent le corps médical, toutes figées dans un traditionalisme cérémonieux, obtus et des plus ridicules[15].

Le plus intéressant reste évidemment les aperçus offerts par *L'Amour médecin* sur la science et la pratique médicales, qui prouvent d'ailleurs à quel point Molière connaît les doctrines médicales dont il fait la satire. À bien écouter Tomès, Des Fonandrès, Macroton et Bahys, on devine quelque peu l'opposition entre une médecine traditionnelle et une médecine plus moderniste ; ainsi, Des Fonandrès, un peu novateur, tient pour l'émétique (purge violente faite de la poudre et du baume d'antimoine ; et l'on sait la longueur et l'acharnement de la guerre de l'antimoine[16] !),

---

15 Pour l'arrière-plan historique, voir François Millepierres, *La Vie quotidienne des médecins au temps de Molière*, 1964.

16 Pour ancien qu'il soit, l'ouvrage de Maurice Raynaud, *Les Médecins au temps de Molière. Mœurs, institutions, doctrines*, nouvelle édition 1866, reste

contre la saignée attendue préconisée par Tomès. Mais ces
quatre médecins en restent pour l'essentiel à la médecine
hippocratique, fondée sur l'examen des humeurs, car la santé
résulte du bon équilibre des quatre humeurs fondamentales
qu'atteint la maladie[17]. Leur état est déterminé par l'étude
du pouls, des apparences du sang et des excrétions, qui sert
de base aux raisonnements et aux hypothèses. À cette physiologie des humeurs correspondait une thérapeutique des
liquides, qui faisait un terrible usage des purges et des saignées, et commandait une pharmacopée fondée sur l'élément
liquide et onctueux (sirops et autres juleps). Il faudrait être
médecin pour apprécier justement la consultation médicale
de L'Amour médecin ! Et le dramaturge, après avoir dénoncé
le caractère décevant de la médecine officielle, pousse son
personnage de père affolé vers les remèdes de charlatan, à
quoi le public recourait fort. Autre manière de discréditer
la médecine de la Faculté de Paris.

Ce n'est pas tout, car un faux médecin intervient, qui
propose une cure efficace pour rendre la joie à Lucinde la
mélancolique. Il faut suivre les développements de Patrick
Dandrey concernant le cas de Lucinde, fondés sur une érudition médicale impressionnante[18], pour vérifier encore la
qualité des connaissances de Molière, et donc le socle de
réalité sur lequel s'appuie la comédie. Et l'affaire est d'autant
moins aisée à débrouiller que l'interprète de la comédie doit
s'appuyer sur des éléments contradictoires, qui sont donnés
comme réels ou comme feints sur la scène. Contrariée dans
son amour et dans son espoir de mariage, Lucinde peut

---

utile sur toutes ces questions.

17 Voir François Meyer, « Science et pratique médicale au XVIIᵉ siècle »,
    Marseille, n° 95, 4ᵉ trimestre 1973, p. 105-108.
18 Voir, tirées de sa grosse somme de 1998, les pages consacrées à *L'Amour
    médecin* reprises dans « *L'Amour médecin* » *de Molière, ou le mentir-vrai de
    Lucinde*, 2006.

souffrir vraiment de mélancolie ; mais son évanouissement est supposé. D'authentiques médecins diagnostiquent, selon la science médicale du temps, une maladie du cerveau qu'ils attribuent aux humeurs accumulées dans le bas-ventre ; mais, déguisé en médecin, Clitandre diagnostique une maladie de l'esprit (et non du corps), due à l'imagination. La différence du diagnostic implique celle de la thérapie : d'un côté l'allopathie ; de l'autre une homéopathie, une médecine de l'esprit qui, par le jeu, par la mystification, aboutit à une *catharsis* – sans oublier que la thérapie de Clitandre n'est dans la comédie qu'imposture pour duper le père opposant !

Ce n'est pas le lieu de le suivre, mais Patrick Dandrey montre que la tradition médicale depuis l'Antiquité permet de comprendre la maladie attribuée à Lucinde comme une mélancolie érotique connue depuis longtemps, l'imaginaire médical ancien se demandant si l'amour devait être considéré comme une maladie de l'âme, de l'esprit, ou plutôt comme une maladie de l'esprit rejaillissant sur le corps – ce que nous appelons une maladie psychosomatique. Et contentons-nous de signaler le substrat médical solide et sérieux de cette agréable petite comédie, sans l'écraser d'une érudition extérieure ; cela suffit à confirmer son réalisme.

LÉGÈRETÉ

Au demeurant, il s'agit pour finir d'une feinte, d'une tromperie, d'une comédie – non seulement une fiction théâtrale mais, à l'intérieur de cette fiction, de mensonges, ruses et déguisements divers. *L'Amour médecin*, malgré des aperçus inquiétants sur la maladie, la médecine et la mort, maintient le ton de la fantaisie et allège toute gravité. Il faut dire que la meneuse de jeu Lisette, comme bien d'autres servantes et suivantes du théâtre de Molière, tient une partie fondamentale à cet effet : son dynamisme, sa résolution et son audace soutiennent les amoureux contre le pouvoir du père, malmènent et dupent ce dernier, contestent et ridiculisent au passage la médecine et les médecins, de manière aussi joyeuse que ravageuse. En somme, la rieuse participe largement à la réalisation de la volonté de Molière : celle de conjurer le sérieux et les menaces.

C'est que nous sommes bien dans une comédie, avec son intrigue d'amours contrariées qui se dénoue heureusement grâce à la machination réalisée par la suivante qui dupe le père opposant, avec ses médecins ridicules qui se chamaillent, qui font rire de leur nom, de leur élocution et de leur sottise, en même temps qu'ils entraînent un comique médical attendu, avec enfin des dialogues variés qui donnent toujours à rire – mais pas seulement : *L'Amour médecin* est une comédie-ballet et l'esthétique de ses ornements de musique[19] et de danse contribue grandement à la fantaisie légère de la pièce[20]. Dès l'ouverture musicale qui, au lieu de suivre la facture ordinaire, est une grande chaconne en sol majeur, où le dynamisme de l'écriture se tient dans les limites d'une grâce élégante. Notons au passage que le XVIIe siècle ne voyait pas les choses comme nous, et donnait

---

19 Pour l'analyse de la partition, voir surtout Jérôme de La Gorce, *Lully*, 2002 ; voir aussi Bertrand Porot, « Ballet en comédie ou comédie en ballet ? Étude musicale de trois comédies-ballets de Molière : *L'Amour médecin*, *Monsieur de Pourceaugnac* et *Le Malade imaginaire* », *Méthode !*, n° 11, 2006, p. 149-167. En dernier lieu, voir la nouvelle édition de *Molière et la musique. Des états du Languedoc à la cour du Roi-Soleil*, 2022, avec la contribution de Nathalie Berton, p. 55-60.

20 Voir Charles Mazouer, *Molière et ses comètes-ballets, op. cit.*

davantage d'importance à la musique et à la danse qu'à
la comédie parlée; quand Vigarani, le constructeur de la
scène, parle de *L'Amour médecin*, il le désigne comme un
« petit ballet avec une comédie impromptue ».

Mais Lully sut varier les climats comiques à l'intérieur
du spectacle. Voyez l'air de l'opérateur, en II, 7, où le charlatan vient chanter la puissance de ses drogues. Son air,
confié à une basse (Lully se servait beaucoup de la basse
pour faire rire), est un parfait spécimen du style bouffe,
où l'on sent que le musicien Lully s'est autant amusé que
le librettiste Molière. La vantardise du personnage s'étale
d'abord dans une section grandiloquente; la mélodie s'y
présente noblement, par nappes et par paliers, coupée de
valeurs longues et de pauses, et exalte l'ample alexandrin.
Mais survient brutalement une série de croches, dans une
mesure à 3/8, sur lesquelles l'Opérateur débite à toute
vitesse la liste des maladies qu'il sait guérir – une cascade
de maladies qui forment autant de vers minuscules aptes
à produire un comique d'énumération. Enfin, revenant au
style du début, l'Opérateur s'émerveille de son orviétan (« Ô
grande puissance de l'orviétan ! »), accordant à ce *Ô* répété
une durée de plus en plus longue. Parfait comique musi-
cal[21]. Que la musique et la danse contribuent à la tonalité
finalement inoffensive et euphorique de la pièce peut se
vérifier sur deux aspects importants de *L'Amour médecin*.

Les médecins incompétents et cyniques inquiéteraient ?
La stylisation et la déréalisation du comique éloignent déjà
le danger; le dialogue les transforme déjà en marionnettes
mécaniques, avec un côté burlesque et rythmique. Ces
médecins font chacun un geste différent quand Sganarelle

---

21 Voir Charles Mazouer, « Les ornements comiques dans les comédies-ballets
   de Molière et Lully », [in] *Le Théâtre en musique et son double (1600-1762)*,
   2005, p. 29-42.

leur donne de l'argent (II, 2) ; quand on leur demande leur avis, il cèdent tous la parole aux confères, puis parlent tous les quatre ensemble, puis deux d'entre eux s'empoignent dans une sonore dispute (II, 4) ; restés seuls en scène, les deux autres sont bien d'accord, mais – nouvelle dérision – Macroton va en tortue, articule chaque syllabe et allonge tous les mots, tandis que Bahys court la poste et bredouille ses phrases à toute vitesse (II, 5). Discrédités, critiqués, les médecins avaient été d'avance disqualifiés par le premier entracte, où Champagne les introduit sur scène en les faisant danser, sur un air solennel en ré mineur, mais qui se défait bientôt et dont le rythme pointé et les constants changements de mesure invitaient les danseurs à un jeu et à une chorégraphie assez bouffonne. Avant qu'ils n'entrent en scène comme personnages de théâtre, les médecins ont été précédés de leur reflet en danseurs ; les spectateurs sont d'emblée invités à accommoder leur regard et à ne voir en la médecine qu'un ballet plaisant, une fantaisie, sinon une mascarade. C'était un coup de génie, et de grand sens, afin de dissiper toute inquiétude.

De façon analogue, l'atteinte à l'ordre des pères, la manière dont Sganarelle, qui a d'ailleurs montré son égoïsme et sa crédulité, est dupé pourraient heurter. Mais l'enlèvement de sa fille se fait dans le tourbillon carnavalesque du dernier divertissement, dansé par les Jeux, les Ris et les Plaisirs : la menace est conjurée, emportée dans le ballet final, où Sganarelle, durement bafoué (« Ma foi ! Monsieur, la bécasse est bridée », lui lance insolemment Lisette), est entraîné dans la danse.

La Comédie, le Ballet et la Musique ont bien raison de chanter alors :

Sans nous tous les hommes

Deviendraient mal sains,
Et c'est nous qui sommes
Leurs grands médecins.

On aurait donc tort de dédaigner ce divertissement conçu à la hâte. S'il ne fait pas exactement jeu égal avec ce chef-d'œuvre et ce couronnement de la comédie-ballet médicale que constitue *Le Malade imaginaire*, *L'Amour médecin* reste une comédie-ballet bien faite et de réelle portée. D'ailleurs, son succès fut aussi durable qu'immédiat – plus de soixante représentations entre 1665 et 1673. Et quand un metteur en scène moderne, comme Jean-Marie Villégier le fit en 2005 à la Comédie-Française, veut bien respecter l'esthétique et l'esprit de la comédie-ballet, il fait pleinement goûter à son public cet impromptu dont Molière régala Louis XIV et sa cour.

LE TEXTE

Nous suivons le texte de l'édition originale :

L'AMOVR / MEDECIN. / COMEDIE. / *Par I. B. P.* MOLIERE. / A PARIS, / Chez THEODORE GIRARD, dans la / grande Salle du Palais du costé de la / Cour des Ardés, à l'Enuie. / M. DC. LXVI. / *AVEC PRIVELEGE DV ROY.* In-12 : 5 ff. non chiffrés – 95 p.

L'exemplaire BnF (RES YF-4143) a été numérisé (NUMM-70154).

LA PARTITION

La musique de Lully (LWV 29) se trouve dans le manuscrit d'André Danican Philidor sous le titre suivant : L' / amour medecin / Comedie et Ballet / Dansé par sa Majesté / le 15ᵉ Septembre / 1665 / Recueilly par philidor laisné // En 1690. 1 partition de [4] f et 81 pages. C'est la source principale.

L'exemplaire du département de la musique de la BnF a été numérisé : NUMM-207208.

Noam Krieger a préparé l'édition moderne chez Georg Olms Verlag pour les *Œuvres complètes* de Jean-Baptiste Lully (Série II : Comédies-ballets et autres divertissements, volume 1).

BIBLIOGRAPHIE

RAYNAUD, Maurice, *Les Médecins au temps de Molière. Mœurs, institutions, doctrines*, nouvelle édition, Paris, Didier et Cie, 1866.

MILLEPIERRES, François, *La Vie quotidienne des médecins au temps de Molière*, Paris, Hachette, 1964, (La vie quotidienne).

MEYER, François, « Science et pratique médicale au XVIIᵉ siècle », *Marseille*, n° 95, 4° trimestre 1973, p. 105-108.

ROSSAT-MIGNOD, Suzanne, « La pensée rationnelle de Molière en médecine », *Les Cahiers rationalistes*, 1973 p. 407-428.

MAZOUER, Charles, *Le Personnage du naïf dans le théâtre comique du Moyen Âge à Marivaux*, Paris, Klincksieck, 1979 (Bibliothèque française et romane. Série C, 76).

MCBRIDE, Robert, « The sceptical view of medicine and the comic vision in Molière », *Studi francesi*, n° 67, gennaio-aprile 1979, p. 27-42.

DANDREY, Patrick, *La Médecine et la maladie dans le théâtre de Molière*, Paris, Klincksieck, 1998, 2 vol.

LA GORCE, Jérôme de, *Jean-Baptiste Lully*, Paris, Fayard, 2002.

LA GORCE, Jérôme de, *Carlo Vigarani intendant des plaisirs de Louis XIV*, éditions Perrin / Établissement public du musée et du domaine national de Versailles, 2005.

LITSARDAKI, Maria, « Montaigne et Molière : le roman de la médecine et la vérité de l'expérience », [in] *Le Verbe et la scène : travaux sur la littérature et le théâtre en l'honneur de Zoé Samara*, textes réunis et édités par Aphrodite Sivetidou et Athanasia Tsatsakou, Paris, H. Champion, 2005 (Colloques, congrès et conférences sur la littérature comparée ; 8), p. 91-116.

MAZOUER, Charles, « Les ornements comiques dans les comédies-ballets de Molière et Lully », [in] *Le Théâtre en musique et son double (1600-1762)*, p. p. Delia Gambelli et Letizia Norci Cagiano, Paris, Champion, 2005, p. 29-42 (Colloques, congrès et conférences sur le classicisme, 5).

BABY, Hélène, « Contribution à l'étude de la prose moliéresque : exemple de *L'Amour médecin* », *Loxias*, 15, 2006, p. 1-10.

DANDREY, Patrick, *« L'Amour médecin » de Molière ou le mentir-vrai de LUCINDE*, Paris, Klincksieck, 2006 (Jalons critiques, 7).

MAZOUER, Charles, *Molière et ses comédies-ballets*, nouvelle édition, Paris, Champion, 2006 (1993).

MAZOUER, Charles, « Molière, *L'Amour médecin, Monsieur de Pourceaugnac* et *Le Malade imaginaire* », *L'Information littéraire*, n° 3, 2006, p. 46-48 (bibliographie d'agrégation commentée).

LOUVAT-MOLOZAY, Bénédicte et PARINGAUX, Céline, *Molière. « L'Amour médecin », « Monsieur de Pourceaugnac », « Le Malade imaginaire »*, Neuilly, Atlande, 2006 (Clefs Concours. Lettres. XVIIᵉ siècle).

Méthode !, n° 11, 2006 (Agrégations de Lettres 2007).

POROT, Bertrand, « Ballet en comédie ou comédie en ballet ? Étude musicale de trois comédies-ballets de Molière : *L'Amour*

médecin, Monsieur de Pourceaugnac et *Le Malade imaginaire* »,
Méthode !, n° 11, 2006, p. 149-167.

BAUDRY-KRUGER, Hervé, *Molière par-derrière. Essais sur un motif du
comique médical dans la tétralogie (L'Amour médecin, Le Médecin
malgré lui, Monsieur de Pourceaugnac, Le Malade imaginaire)*,
Soignies (Belgique), Talus d'approche, 2007.

Les Mises en scène de Molière du XXe siècle à nos jours (3° colloque
de Pézenas), sous la direction de Gabriel Conesa et Jean
Emelina, Pézenas, Domens, 2007.

CORNUAILLE, Philippe, *Les Décors de Molière. 1658-1674*, Paris,
PUPS, 2015.

DANDREY, Patrick, « La tradition du médecin charlatan revue
par Molière ou l'imposture candide », [in] *Théâtre et charlatans
dans l'Europe moderne*, Paris, Presses de la Sorbonne Nouvelle,
2018, p. 117-125.

DISCOGRAPHIE

L'Amour médecin est mal servi par le disque. Il n'existe
évidemment aucun enregistrement intégral ; les quelques
références suivantes donnent des extraits (souvent la chaconne d'ouverture) :

LULLY-MOLIÈRE, *Les Comédies-ballets*, Marc Minkowski et les
musiciens du Louvre (Érato, 1988) (Prologue et scène dernière).
Repris en 1999.

Les Grandes Eaux musicales de Versailles, Jordi Savall et le Concert
des nations (Alia vox, 2005) (La chaconne). Repris par les
mêmes en 2011 sous le titre *L'Orchestre du roi Soleil*.

L'AMOVR
MEDECIN.

COMEDIE.

Par I. B. P. MOLIERE.

A PARIS,

Chez **THEODORE GIRARD**, dans la
grande Salle du palais du costé de la
Cour des Aydes, à l'Enuie.

M. DC. LXVI.

AVEC PRIVILEGE DV ROY.

AU LECTEUR

Ce n'est ici qu'un simple crayon, un petit impromptu, dont le Roi a voulu se faire un divertissement. Il est le plus précipité de tous ceux que Sa Majesté m'ait commandés[1], et lorsque je dirai qu'il a été proposé, fait, appris et représenté en cinq jours, je ne dirai que ce qui est vrai. Il n'est pas nécessaire de vous avertir qu'il y a [ã iij] [n. p.] beaucoup de choses qui dépendent de l'action[2]. On sait bien que les comédies ne sont faites que pour être jouées, et je ne conseille de lire celle-ci qu'aux personnes qui ont des yeux pour découvrir dans la lecture tout le jeu du théâtre. Ce que je vous dirai, c'est qu'il serait à souhaiter que ces sortes d'ouvrages pussent toujours se montrer à vous avec les ornements[3] qui les accompagnent chez le Roi[4]. Vous les verriez dans un état beaucoup plus sup-[n. p.]portable ; et les airs, et les symphonies de l'incomparable Monsieur Lully, mêlés à la beauté des voix et à l'adresse des danseurs, leur donnent sans doute[5] des grâces, dont ils ont toutes les peines du monde à se passer.

---

1   Il s'agit des *Fâcheux*, de *La Princesse d'Élide* et du *Mariage forcé*, les trois premières comédies-ballets de Molière – encore que *Les Fâcheux* aient été d'abord commandés par Fouquet pour la réception qu'il donna au roi.
2   L'action scénique, la représentation.
3   *Ornements*, ou *agréments*, tels sont les termes employés alors pour désigner les interventions de la musique (airs et morceaux d'orchestre – les *symphonies*) et de la danse.
4   C'est ce que Molière s'efforça de réaliser, sans toujours absolument y parvenir, quand il fit passer les comédies-ballets créées pour et à la cour dans son théâtre du Palais-Royal.
5   Assurément.

EXTRAICT DV PRIVILEGE DU ROY [ã iiij] [n. p.]

Par grace & Priuilege du Roy, donné à Paris, le 30. de Decembre 1665. Signé DE SEIGNEROLLE, & scellé du grand Sceau de cire jaune, Il est permis à Iean Baptiste Pocquelin de Moliere, Comedien de la Troupe de nostre tres-cher, & tres-amé frere unique le Duc d'Orleans, de faire imprimer, vendre & debiter pendant le temps & espace de cinq ans, par tel Libraire ou Imprimeur que bon luy semblera vne piece de Theatre qu'il a composée intitulée *L'Amour médecin* : auec deffenses à toutes personnes de reimprimer ou contrefaire, vendre ou distribuer ladite piece, ou partie d'icelle sans sa per-[n. p.]mission, à peine de confiscation des Exemplaires, & de l'amende portée dans l'original.

Registré sur le Livre de la Communauté des Imprimeurs, Marchands libraires de Paris, le 4 Ianvier 1666.

Signé, PIGET Syndic.

Ledit Sieur Moliere a cedé, quitté, & transporté son droit de Privilege à Pierre Traboüillet, Nicolas le Gras, & Theodore Girard Marchands-Libraires à Paris, pour en jouïr, ainsi qu'il est porté par lesdites Lettres de Privilege, suiuant l'accord fait entr'eux.

Achevé d'imprimer pour la premiere fois,
le 15 Ianvier 1666.

LES PERSONNAGES[6]   [n. p.]

SGANARELLE, Père de LUCINDE.

AMINTE.

LUCRÈCE.

M. GUILLAUME, Vendeur de tapisseries.

M. JOSSE, Orfèvre.

LUCINDE, Fille de Sganarelle.

LISETTE, Suivante de Lucinde.

M. TOMES,

M. DES FONANDRES,

M. MACROTON,   } Médecins[7]

M. BAHYS,

M. FILERIN,

CLITANDRE, Amant de Lucinde.

UN NOTAIRE.

L'OPÉRATEUR[8], Orviétan[9].

---

6   Pour la distribution, les seules quasi-certitudes concernent le rôle de
     Sganarelle, joué par Molière, dont le costume est décrit dans l'Inventaire
     après décès, et le rôle du médecin Des Fonandrès joué par Louis Béjart,
     qui boitait.

7   Selon divers témoignages du temps, Molière avait fait faire des masques
     pour les médecins, masques qui donnaient à reconnaître des médecins
     du temps ; et leurs noms, qui auraient été fabriqués par Boileau à partir
     du grec, précisaient un trait de chacun. *Tomès*, le saigneur, serait d'Aquin
     qui pratiquait beaucoup la saignée ; *Des Fonandrès*, le tueur d'hommes,
     serait Des Fougerais ; *Macroton*, celui qui parle lentement, serait Guénaut ;
     Bahys, celui qui aboie, serait Esprit, qui bredouillait ; et *Filerin*, celui
     qui est ami de la chicane, serait Yvelin.

8   Cette deuxième liste est celle des personnages du prologue et des inter-
     mèdes (chanteurs et danseurs)

9   *L'opérateur* est un personnage populaire dans les rues du Paris du temps, et
     donc dans la littérature réaliste ; il proposait diverses drogues miraculeuses

Plusieurs Trivelins et Scaramouches[10].
La Comédie.
La Musique.
Le Ballet.

*La scène est à Paris, dans une salle
de la maison de Sganarelle*[11].

---

aux badauds, que quelques farceurs avaient appâtés par une parade
ou une farce sur les tréteaux. Pensons seulement, au début du siècle,
à Mondor et à Tabarin, qui dressaient leur échafaud place Dauphine
et débitaient dialogues facétieux et farces pour écouler leurs remèdes
de charlatans. L'opérateur est ici dit *Orviétan*, c'est-à-dire marchand
d'orviétan ; un charlatan originaire d'Orvieto, en Italie, avait entraîné
ce nom d'*orviétan*, donné à la fois aux drogues débitées et à ceux qui
continuèrent de débiter ce genre de remèdes.

10   Ici, l'Opérateur qui vendra sa panacée à Sganarelle est accompagné
     d'acteurs qui reprennent deux types de la *commedia dell'arte*.

11   Mais les entractes font sortir de l'intérieur de la maison de Sganarelle ;
     II, 7 et le deuxième entracte sont carrément situés sur la place publique.
     Il fallait donc que le décor présentât une salle à l'intérieur de la maison
     et l'entrée de la maison donnant sur une place publique ; on ne sait trop
     comment.

PROLOGUE

Ouverture

LA COMÉDIE, LA MUSIQUE ET LE BALLET

LA COMÉDIE
Quittons, quittons notre vaine querelle,
Ne nous disputons point nos talents tour à tour,
Et d'une gloire plus belle
Piquons-nous en ce jour.
Unissons-nous tous trois d'une ardeur sans seconde,
Pour donner du plaisir au plus grand Roi du monde.

TOUS TROIS
Unissons-nous tous trois d'une ardeur sans seconde,
Pour donner du plaisir au plus grand Roi du monde.

LA COMÉDIE
De ses travaux[12], plus grands qu'on ne peut croire,
Il se vient quelquefois délasser parmi nous.
Est-il de plus grande gloire ?
Est-il bonheur plus doux ?
Unissons-nous tous trois d'une ardeur sans seconde,
Pour donner du plaisir au plus grand Roi du monde.

TOUS TROIS
Unissons-nous tous trois d'une ardeur sans seconde,
Pour donner du plaisir au plus grand Roi du monde.

---

12 *Travaux :* fatigues résultant de ses (grandes) entreprises.

L'AMOUR MÉDECIN

ACTE I

Scène 1

SGANARELLE, AMINTE, LUCRÈCE,
M. GUILLAUME, M. JOSSE

SGANARELLE

Ah ! l'étrange[13] chose que la vie ! et que je puis bien dire, avec ce grand philosophe de l'Anti-[A] [2]quité, que qui terre a, guerre a, et qu'un malheur ne vient jamais sans l'autre[14] ! Je n'avais qu'une seule femme, qui est morte.

M. GUILLAUME

Et combien donc en voulez-vous avoir ?

SGANARELLE

Elle est morte, Monsieur mon ami ; cette perte m'est très sensible, et je ne puis m'en ressouvenir sans pleurer. Je n'étais pas fort satisfait de sa conduite, et nous avions le plus souvent dispute ensemble ; mais enfin, la mort rajuste toutes choses. Elle est morte : je la pleure. Si elle était en vie, nous [3] nous querellerions. De tous les enfants que le Ciel m'avait donnés, il ne m'a laissé qu'une fille, et cette fille est toute ma peine. Car enfin, je la vois dans une mélancolie la plus sombre du monde, dans une tristesse

---

13 Ce qui est *étrange* est extraordinaire, scandaleux.
14 Proverbes assez plats, attribués de manière fantaisiste à un auteur antique.

épouvantable, dont il n'y a pas moyen de la retirer, et dont je ne saurais même apprendre la cause. Pour moi, j'en perds l'esprit, et j'aurais besoin d'un bon conseil sur cette matière. Vous êtes ma nièce ; vous ma voisine, et vous mes compères[15] et mes amis : je vous prie de me conseiller tous ce que je dois faire.

M. JOSSE   [A ij] [4]

Pour moi, je tiens que la braverie et l'ajustement[16] est la chose qui réjouit le plus les filles ; et si j'étais que de vous[17], je lui achèterais dès aujourd'hui une belle garniture de diamants[18], ou de rubis, ou d'émeraudes.

M. GUILLAUME

Et moi, si j'étais en votre place, j'achèterais une belle tenture de tapisserie de verdure[19], ou à personnages, que je ferais mettre à sa chambre, pour lui réjouir l'esprit et la vue.

AMINTE

Pour moi, je ne ferais point tant de façon, et je la marierais fort bien, et le plus tôt que je [5] pourrais, avec cette personne qui vous la fit, dit-on, demander, il y a quelque temps.

LUCRÈCE

Et moi, je tiens que votre fille n'est point du tout propre pour le mariage. Elle est d'une complexion trop

---

15 *Compères* : bons amis, familiers.
16 *Braverie* : « dépense en habits » (Furetière). *Ajustement* : toilette, parure.
17 Si j'étais vous.
18 Une *garniture de diamants* est un assortiment de diamants « qu'on met pour orner ses habits ou sa tête à la place des rubans » (Furetière).
19 « Tapisserie de paysage où le vert domine » (Furetière).

délicate et trop peu saine, et c'est la vouloir envoyer
bientôt en l'autre monde, que de l'exposer, comme elle
est, à faire des enfants. Le monde n'est point du tout son
fait, et je vous conseille de la mettre dans un couvent,
où elle trouvera des divertissements[20] qui seront mieux
de son humeur.

SGANARELLE   [A iij] [6]

Tous ces conseils sont admirables assurément ; mais je
les tiens un peu intéressés, et trouve que vous me conseillez
fort bien pour vous. Vous êtes orfèvre, Monsieur Josse, et
votre conseil sent son homme qui a envie de se défaire de
sa marchandise. Vous vendez des tapisseries, Monsieur
Guillaume, et vous avez la mine d'avoir quelque tenture
qui vous incommode. Celui que vous aimez, ma voisine,
a, dit-on, quelque inclination pour ma fille, et vous ne
seriez pas fâchée de la voir la femme d'un autre. Et quant à
vous, ma chère [7] nièce, ce n'est pas mon dessein, comme
on sait, de marier ma fille avec qui que ce soit, et j'ai mes
raisons pour cela. Mais le conseil que vous me donnez
de la faire religieuse, est d'une femme qui pourrait bien
souhaiter charitablement d'être mon héritière universelle.
Ainsi, Messieurs et Mesdames, quoique tous vos conseils
soient les meilleurs du monde, vous trouverez bon, s'il vous
plaît, que je n'en suive aucun. Voilà de mes donneurs de
conseils à la mode.

---

20   Des occupations qui la détourneront (*divertere*) de sa mélancolie.

Scène 2   [A iiij] [8]
LUCINDE, SGANARELLE

SGANARELLE

Ah ! voilà ma fille qui prend l'air. Elle ne me voit pas.
Elle soupire. Elle lève les yeux au ciel. Dieu vous gard[21] !
Bonjour, ma mie[22]. Eh bien ! qu'est-ce ? Comme vous en
va ? Hé ! quoi ? toujours triste et mélancolique comme
cela, et tu ne veux pas me dire ce que tu as. Allons donc,
découvre-moi ton petit cœur ; là, ma pauvre mie, dis,
dis, dis tes petites pensées à ton petit papa [9] mignon.
Courage ! Veux-tu que je te baise[23] ? Viens. J'enrage de
la voir de cette humeur-là. Mais, dis-moi, me veux-tu
faire mourir de déplaisir[24], et ne puis-je savoir d'où vient
cette grande langueur ? Découvre-m'en la cause, et je
te promets que je ferai toutes choses pour toi. Oui, tu
n'as qu'à me dire le sujet de ta tristesse ; je t'assure ici,
et te fais serment qu'il n'y a rien que je ne fasse pour
te satisfaire. C'est tout dire. Est-ce que tu es jalouse de
quelqu'une de tes compagnes, que tu voies plus brave[25]
que toi ? et serait-il quelque étoffe nouvelle dont [A v]
[10] tu voulusses avoir un habit ? Non. Est-ce que ta
chambre ne te semble pas assez parée, et que tu souhaiterais quelque cabinet de la Foire Saint-Laurent[26] ? Ce
n'est pas cela. Aurais-tu envie d'apprendre quelque chose ?
et veux-tu que je te donne un maître pour te montrer

---

21 Ancien subjonctif pour *garde*, conservé dans cette antique formule de
    salutation.
22 Mon amie, terme affectueux.
23 *Baiser*, c'est donner un baiser.
24 Sens fort de *déplaisir* : profonde douleur, désespoir.
25 *Brave* : élégant, bien vêtu. *Cf. braverie.*
26 *Cabinet* désigne ici un meuble à tiroir, tel qu'on en vendait de luxueux
    aux foires parisiennes.

à jouer du clavecin ? Nenni. Aimerais-tu quelqu'un, et souhaiterais-tu d'être mariée ?

Lucinde lui fait signe que c'est cela.

Scène 3   [11]
LISETTE, SGANARELLE, LUCINDE

LISETTE
Eh bien ! Monsieur, vous venez d'entretenir votre fille. Avez-vous su la cause de sa mélancolie ?

SGANARELLE
Non. C'est une coquine qui me fait enrager.

LISETTE
Monsieur, laissez-moi faire, je m'en vais la sonder un peu.

SGANARELLE   [A Vj] [12]
Il n'est pas nécessaire, et puisqu'elle veut être de cette humeur, je suis d'avis qu'on l'y laisse.

LISETTE
Laissez-moi faire, vous dis-je ; peut-être qu'elle se découvrira plus librement à moi qu'à vous. Quoi ? Madame[27], vous ne nous direz point ce que vous avez, et vous voulez affliger ainsi tout le monde ? Il me semble qu'on n'agit point comme vous faites, et que si vous avez quelque répugnance à vous expliquer à un père, vous n'en devez avoir aucune à me découvrir votre cœur. Dites-[13]moi, souhaitez-vous quelque chose de lui ? Il nous a dit plus d'une fois qu'il

---

27 *Madame* est un titre qu'on pouvait donner même à une fille non mariée de la bourgeoisie.

n'épargnerait rien pour vous contenter. Est-ce qu'il ne vous donne pas toute la liberté que vous souhaiteriez, et les promenades et les cadeaux[28] ne tenteraient-ils point votre âme ? Heu[29]. Avez-vous reçu quelque déplaisir de quelqu'un ? Heu. N'auriez-vous point quelque secrète inclination[30], avec qui vous souhaiteriez que votre père vous mariât ? Ah ! je vous entends. Voilà l'affaire. Que diable ! pourquoi tant de façons ? Monsieur, le mystère est découvert. Et…

SGANARELLE, *l'interrompant.*   [14]

Va, fille ingrate, je ne te veux plus parler, et je te laisse dans ton obstination.

LUCINDE

Mon père, puisque vous voulez que je vous dise la chose…

SGANARELLE

Oui, je perds toute l'amitié[31] que j'avais pour toi.

LISETTE

Monsieur, sa tristesse…

SGANARELLE

C'est une coquine qui me veut faire mourir.

LUCINDE

Mon père, je veux bien…

---

28 Les *cadeaux* sont les divertissements divers (repas, concert, bal…) offerts à des dames.
29 Ces *Heu* sont la réaction de Lisette aux dénégations successives de Lucinde, qui ne se font que par geste ; Lisette les traduit en quelque sorte.
30 Quelque jeune homme pour lequel vous auriez de l'inclination.
31 *Amitié* : affection.

SGANARELLE   [15]

Ce n'est pas la récompense de t'avoir élevée comme
j'ai fait.

LISETTE

Mais, Monsieur...

SGANARELLE

Non, je suis contre elle dans une colère épouvantable.

LUCINDE

Mais, mon père...

SGANARELLE

Je n'ai plus aucune tendresse pour toi.

LISETTE

Mais...

SGANARELLE

C'est une friponne.

LUCINDE   [16]

Mais...

SGANARELLE

Une ingrate.

LISETTE

Mais...

SGANARELLE

Une coquine qui ne me veut pas dire ce qu'elle a.

LISETTE

C'est un mari qu'elle veut.

SGANARELLE,
faisant semblant de ne pas entendre.

Je l'abandonne.

LISETTE

Un mari

SGANARELLE

Je la déteste[32].

LISETTE   [17]

Un mari.

SGANARELLE

Et la renonce pour ma fille.

LISETTE

Un mari.

SGANARELLE

Non, ne m'en parlez point.

LISETTE

Un mari.

SGANARELLE

Ne m'en parlez point.

LISETTE

Un mari.

---

32 *Détester*, c'est maudire.

SGANARELLE

Ne m'en parlez point.

LISETTE

Un mari, un mari, un mari.

Scène 4   [18]

LISETTE, LUCINDE

LISETTE

On dit bien vrai, qu'il n'y a point de pires sourds que
ceux qui ne veulent point entendre.

LUCINDE

Eh bien ! Lisette, j'avais tort de cacher mon déplaisir[33],
et je n'avais qu'à parler pour avoir tout ce que je souhaitais
de mon père : tu le vois.

LISETTE

Par ma foi ! voilà un vilain homme ; et je vous avoue
que [19] j'aurais un plaisir extrême à lui jouer quelque tour.
Mais d'où vient donc, Madame, que jusqu'ici vous m'avez
caché votre mal ?

LUCINDE

Hélas ! de quoi m'aurait servi de te le découvrir plus
tôt ? et n'aurais-je pas autant gagné à le tenir caché toute
ma vie ? Crois-tu que je n'aie pas bien prévu tout ce que
tu vois maintenant, que je ne susse pas à fond tous les
sentiments de mon père, et que le refus qu'il a fait porter à
celui qui m'a demandée par un ami, n'ait pas étouffé dans
mon âme toute sorte d'espoir ?

---

33   Ma profonde douleur, mon désespoir.

LISETTE   [20]

Quoi ? c'est cet inconnu qui vous a fait demander, pour qui vous…

LUCINDE

Peut-être n'est-il pas honnête à une fille de s'expliquer si librement ; mais enfin, je t'avoue que s'il m'était permis de vouloir quelque chose, ce serait lui que je voudrais. Nous n'avons eu ensemble aucune conversation, et sa bouche ne m'a point déclaré la passion qu'il a pour moi ; mais dans tous les lieux où il m'a pu voir, ses regards et ses actions m'ont toujours parlé si tendrement, et la demande qu'il [21] a fait faire de moi m'a paru d'un si honnête homme, que mon cœur n'a pu s'empêcher d'être sensible à ses ardeurs ; et cependant tu vois où la dureté de mon père réduit toute cette tendresse.

LISETTE

Allez, laissez-moi faire. Quelque sujet que j'aie de me plaindre de vous du secret que vous m'avez fait, je ne veux pas laisser de servir[34] votre amour ; et pourvu que vous ayez assez de résolution…

LUCINDE

Mais que veux-tu que je fasse contre l'autorité d'un père ? Et s'il est inexorable à mes vœux…

LISETTE   [22]

Allez, allez ! Il ne faut pas se laisser mener comme un oison, et pourvu que l'honneur n'y soit pas offensé, on peut se libérer un peu de la tyrannie d'un père. Que prétend-il que vous fassiez ? N'êtes-vous pas en âge d'être mariée ? et croit-il que vous soyez de marbre ? Allez, encore un coup, je veux

---

34 *Ne pas laisser de servir* : servir néanmoins.

servir votre passion ; je prends dès à présent sur moi tout le soin de ses intérêts, et vous verrez que je sais des détours… Mais je vois votre père. Rentrons, et me laissez agir.

Scène 5   [23]

SGANARELLE

Il est bon quelquefois de ne point faire semblant d'entendre les choses qu'on n'entend que trop bien[35] ; et j'ai fait sagement de parer la déclaration d'un désir que je ne suis pas résolu de contenter. A-t-on jamais rien vu de plus tyrannique que cette coutume où l'on veut assujettir les pères ? rien de plus impertinent[36], et de plus ridicule, que d'amasser du bien avec de grands travaux[37], et élever [24] une fille avec beaucoup de soin et de tendresse, pour se dépouiller de l'un et de l'autre entre les mains d'un homme qui ne nous touche de rien ? Non, non, je me moque de cet usage, et je veux garder mon bien et ma fille pour moi.

Scène 6   [25]
LISETTE, SGANARELLE

LISETTE[38]

Ah, malheur ! ah, disgrâce[39] ! ah, pauvre Seigneur Sganarelle ! où pourrai-je te rencontrer ?

---

35 Il est bon de faire semblant de ne pas comprendre (*entendre*) ce qu'on comprend fort bien.

36 *Impertinent* : sot, extravagant.

37 *Travail* : fatigue, peine.

38 1682 ajoute cette didascalie : « *faisant semblant de ne pas voir Sganarelle* ». Et la didascalie de 1734 est encore plus intéressante : « *courant sur le théâtre et feignant de ne pas voir Sganarelle* ».

39 *Disgrâce* : malheur, infortune.

SGANARELLE

Que dit-elle là ?

LISETTE

Ah, misérable père ! que feras-tu quand tu sauras cette nouvelle ?

SGANARELLE

Que sera-ce ?

LISETTE   [B] [26]

Ma pauvre maîtresse.

SGANARELLE

Je suis perdu.

LISETTE

Ah !

SGANARELLE

Lisette.

LISETTE

Quelle infortune !

SGANARELLE

Lisette.

LISETTE

Quel accident[40] !

---

40 Au XVIIe siècle, le sens premier du mot *accident* est celui d'événement fortuit ; il pouvait aussi, employé seul, signifier « dommage soudain ».

SGANARELLE

Lisette.

LISETTE

Quelle fatalité !

SGANARELLE

Lisette.

LISETTE   [27]

Ah, Monsieur[41] !

SGANARELLE

Qu'est-ce ?

LISETTE

Monsieur.

SGANARELLE

Qu'y a-t-il ?

LISETTE

Votre fille.

SGANARELLE

Ah, ah !

LISETTE

Monsieur, ne pleurez donc point comme cela, car vous me feriez rire.

SGANARELLE

Dis donc vite.

---

41 Lisette s'est arrêtée et a pris en considération la présence de son maître.

LISETTE [B ij] [28]

Votre fille, toute saisie des paroles que vous lui avez dites, et de la colère effroyable où elle vous a vu contre elle, est montée vite dans sa chambre, et pleine de désespoir, a ouvert la fenêtre qui regarde sur la rivière.

SGANARELLE

Eh bien ?

LISETTE

Alors, levant les yeux au ciel : « Non, a-t-elle dit, il m'est impossible de vivre avec le courroux de mon père ; et puisqu'il me renonce pour sa fille, je veux mourir ».

SGANARELLE [29]

Elle s'est jetée...

LISETTE

Non, Monsieur. Elle a fermé tout doucement la fenêtre, et s'est allée mettre sur son lit. Là elle s'est prise à pleurer amèrement ; et tout d'un coup son visage a pâli, ses yeux se sont tournés, le cœur lui a manqué, et elle m'est demeurée entre les bras[42].

SGANARELLE

Ah, ma fille !

_____

42   Elle est restée évanouie dans mes bras.

LISETTE

À force de la tourmenter[43], je l'ai fait revenir ; mais cela lui reprend de moment en moment, et je crois qu'elle ne [B iij] [30] passera pas la journée.

SGANARELLE

Champagne, Champagne, Champagne, vite, qu'on m'aille quérir des médecins, et en quantité : on n'en peut trop avoir dans une pareille aventure[44]. Ah, ma fille ! ma pauvre fille !

Fin du premier acte.

PREMIER ENTRACTE

Champagne en dansant frappe aux portes de quatre médecins, qui dansent, et entrent avec cérémonie chez le père de la malade.

---

43 L'enchaînement des deux répliques se présente ainsi dans 1682 : SGANARELLE : Ah ! ma fille, elle est morte ? LISETTE : Non, Monsieur : à force de la tourmenter. – *Tourmenter* : maltraiter physiquement.

44 *L'aventure* est ce qui arrive, en bien ou en mal.

ACTE II   [31]

Scène 1
SGANARELLE, LISETTE

LISETTE
Que voulez-vous donc faire, Monsieur, de quatre médecins ? N'est-ce pas assez d'un pour tuer une personne ?

SGANARELLE
Taisez-vous. Quatre conseils valent mieux qu'un.

LISETTE   [B iiij] [32]
Est-ce que votre fille ne peut pas bien mourir sans le
secours de ces messieurs-là ?

SGANARELLE
Est-ce que les médecins font mourir ?

LISETTE
Sans doute[45], et j'ai connu un homme qui prouvait,
par bonnes raisons, qu'il ne faut jamais dire : « Une telle
personne est morte d'une fièvre et d'une fluxion sur la
poitrine », mais : « Elle est morte de quatre médecins et
de deux apothicaires[46] ».

SGANARELLE
Chut ! n'offensez pas ces Messieurs-là.

---

45 Certainement.
46 La plaisanterie, qui se trouvait chez Pline, se retrouva déjà chez Montaigne
    (II, 37).

LISETTE   [33]

Ma foi ! Monsieur, notre chat est réchappé depuis peu
d'un saut qu'il fit du haut de la maison dans la rue ; et il
fut trois jours sans manger, et sans pouvoir remuer ni pied
ni patte ; mais il est bien heureux de ce qu'il n'y a point de
chats médecins, car ses affaires étaient faites, et ils n'auraient
pas manqué de le purger et de le saigner.

SGANARELLE

Voulez-vous vous taire ? vous dis-je ; mais voyez quelle
impertinence[47] ! Les voici.

LISETTE

Prenez garde, vous allez [B v] [34] être bien édifié : ils
vous diront en latin que votre fille est malade.

Scène 2

MESSIEURS TOMÈS, DES FONANDRÈS, MACROTON
et BAHYS, *Médecins*, SGANARELLE, LISETTE

SGANARELLE

Eh bien ! Messieurs.

M. TOMÈS

Nous avons vu suffisamment la malade ; et sans doute[48]
qu'il y a beaucoup d'impuretés en elle.

SGANARELLE

Ma fille est impure ?

---

47 *Impertinence* : sottise, inconvenance.
48 Et il est certain.

M. TOMÈS   [35]

Je veux dire qu'il y a beaucoup d'impureté dans son
corps, quantité d'humeurs corrompues.

SGANARELLE

Ah ! je vous entends.

M. TOMÈS

Mais… Nous allons consulter ensemble.

SGANARELLE

Allons, faites donner des sièges.

LISETTE

Ah ! Monsieur, vous en êtes[49].

SGANARELLE

De quoi[50] donc connaissez-vous Monsieur ?

LISETTE   [B vj] [36]

De l'avoir vu l'autre jour chez la bonne amie de Madame
votre nièce.

M. TOMÈS

Comment se porte son cocher ?

LISETTE

Fort bien, il est mort.

M. TOMÈS

Mort !

---

49 Lisette vient de reconnaître, parmi le quarteron de médecins, M. Tomès,
    et elle s'adresse à lui.
50 D'où.

LISETTE

Oui.

M. TOMÈS

Cela ne se peut.

LISETTE

Je ne sais pas si cela se peut ; mais je sais bien que cela est.

M. TOMÈS

Il ne peut pas être mort, [37] vous dis-je.

LISETTE

Et moi je vous dis qu'il est mort et enterré.

M. TOMÈS

Vous vous trompez.

LISETTE

Je l'ai vu.

M. TOMÈS

Cela est impossible. Hippocrate dit que ces sortes de maladies ne se terminent qu'au quatorze ou au vingt-un[51] ; et il n'y a que six jours qu'il est tombé malade.

LISETTE

Hippocrate dira ce qu'il lui plaira ; mais le cocher est mort.

---

51 Au quatorzième ou au vingt-et-unième jour. M. Tomès s'inspire effectivement des *Aphorismes* d'Hippocrate, soucieux de la chronologie et du moment favorable.

SGANARELLE   [38]

Paix, discoureuse ; allons, sortons d'ici. Messieurs, je vous supplie de consulter de la bonne manière. Quoique ce ne soit pas la coutume de payer auparavant, toutefois, de peur que je l'oublie, et afin que ce soit une affaire faite, voici…

Il les paye, et chacun en recevant l'argent
fait un geste différent.

Scène 3   [39]
MESSIEURS DES FONANDRÈS, TOMÈS,
MACROTON et BAHYS

Ils s'asseyent et toussent.

M. DES FONANDRÈS

Paris est étrangement[52] grand, et il faut faire de longs trajets quand la pratique donne un peu[53].

M. TOMÈS

Il faut avouer que j'ai une mule admirable pour cela, et qu'on a peine à croire le chemin que je lui fais faire tous les jours.

M. DES FONANDRÈS   [40]

J'ai un cheval[54] merveilleux, et c'est un animal infatigable.

M. TOMÈS

Savez-vous le chemin que ma mule a fait aujourd'hui ? J'ai été premièrement tout contre l'Arsenal ; de l'Arsenal

---

52 Extrêmement.
53 Quand la clientèle est assez importante.
54 Les médecins se déplaçaient d'ordinaire sur une mule ; se servir du cheval, comme un homme d'épée, dénote quelque orgueil.

au bout du faubourg Saint-Germain ; du faubourg Saint-Germain au fond du Marais ; du fond du Marais à la porte Saint-Honoré ; de la porte Saint-Honoré au faubourg Saint-Jacques, du faubourg Saint-Jacques à la porte de Richelieu ; de la porte de Richelieu ici ; et d'ici je dois aller encore à la place Royale[55].

M. DES FONANDRÈS   [41]

Mon cheval a fait tout cela aujourd'hui ; et de plus, j'ai été à Ruel[56] voir un malade.

M. TOMÈS

Mais à propos, quel parti prenez-vous dans la querelle des deux médecins Théophraste et Artémius ? Car c'est une affaire qui partage tout notre corps.

M. DES FONANDRÈS

Moi, je suis pour Artémius.

M. TOMÈS

Et moi aussi. Ce n'est pas que son avis, comme on a vu, n'ait tué le malade, et que celui de Théophraste ne fût beaucoup meilleur assurément. Mais [42] enfin, il a tort dans les circonstances, et il ne devait pas être d'un autre avis que son ancien[57]. Qu'en dites-vous ?

---

55   Le trajet de M. Tomès balise la topographie du Paris d'alors. La porte Saint-Honoré, bâtie sous Louis XIII, fut démolie au XVIIIe siècle, comme la porte de Richelieu, sise au bout de la rue de Richelieu ; la place Royale est notre place des Vosges.

56   On disait *Ruel* ou Rueil, situé alors à une petite quinzaine des kilomètres du Paris classique.

57   Cet attachement aveugle aux anciens sera critiqué à plein dans *Le Malade imaginaire.*

M. DES FONANDRÈS

Sans doute. Il faut toujours garder les formalités, quoi qu'il puisse arriver.

M. TOMÈS

Pour moi, j'y suis sévère en diable, à moins que ce soit entre amis ; et l'on nous assembla un jour, trois de nous autres avec un médecin de dehors[58], pour une consultation, où j'arrêtai toute l'affaire et ne voulus point endurer qu'on opinât[59] si les choses n'allaient dans l'ordre. Les gens de la maison [43] faisaient ce qu'ils pouvaient[60] et la maladie pressait ; mais je n'en voulus point démordre, et la malade mourut bravement pendant cette contestation.

M. DES FONANDRÈS

C'est fort bien fait d'apprendre aux gens à vivre, et de leur montrer leur bec jaune[61].

M. TOMÈS

Un homme mort n'est qu'un homme mort, et ne fait point de conséquence. Mais une formalité négligée porte un notable préjudice à tout le corps des médecins.

---

58 *Un médecin de dehors* désigne un médecin d'une autre Faculté que celle de Paris ou même d'une Faculté étrangère, sinon quelque empirique – tous médecins avec lesquels le règlement de la Faculté parisienne interdisait la consultation.

59 *Opiner* : exprimer une opinion.

60 Comme Sganarelle bientôt, la famille de la malade pressait les médecins de conclure leur consultation pour sauver la patiente.

61 *Montrer son bec jaune à quelqu'un*, c'est lui montrer son erreur et son ignorance.

Scène 4   [44]

SGANARELLE, MESSIEURS TOMÈS,
DES FONANDRÈS, MACROTON et BAHYS

SGANARELLE

Messieurs, l'oppression de ma fille augmente ; je vous
prie de me dire vite ce que vous avez résolu.

M. TOMÈS

Allons, Monsieur[62].

M. DES FONANDRÈS

Non, Monsieur, parlez, s'il vous plaît

M. TOMÈS   [45]

Vous vous moquez.

M. DES FONANDRÈS

Je ne parlerai pas le premier.

M. TOMÈS

Monsieur.

M. DES FONANDRÈS

Monsieur.

SGANARELLE

Hé ! de grâce, Messieurs, laissez toutes ces cérémonies,
et songez que les choses pressent.

---

62 Les statuts de la Faculté de Paris réglaient le déroulement des consultations, les
   plus jeunes devant opiner les premiers ; et c'était au plus ancien des consultants
   de faire connaître la décision prise à la pluralité des voix. Visiblement, ce
   protocole est complètement bouleversé ici, alors même que la consultation se
   fait en présence du père de la malade et s'épanouit en violente chamaillerie
   de pédants entre Tomès et Des Fonandrès : effet comique assuré !

M. TOMÈS
Ils parlent tous quatre ensemble.
La maladie de votre fille…

M. DES FONANDRÈS
L'avis de tous ces Messieurs tous ensemble…

M. MACROTON   [46]
Après avoir bien consulté…

M. BAHYS
Pour raisonner…

SGANARELLE
Hé ! Messieurs, parlez l'un après l'autre, de grâce.

M. TOMÈS
Monsieur, nous avons raisonné sur la maladie de votre
fille ; et mon avis, à moi, est que cela procède d'une grande
chaleur de sang. Ainsi, je conclus à la saigner le plus tôt
que vous pourrez.

M. DES FONANDRÈS
Et moi, je dis que sa maladie est une pourriture
d'humeurs, causée par une trop [47] grande réplétion.
Ainsi, je conclus à lui donner de l'émétique[63].

---

63 Selon Patrick Dandrey (« *L'Amour médecin* » *de Molière ou le mentir vrai de
    Lucinde*, 2006), les quatre médecins tiennent que la maladie (d'amour)
    de Lucinde s'explique par la remontée d'humeurs bouillonnantes et
    pléthoriques vers la tête ; tous quatre proposent donc une cure allopa-
    thique. Tomès tient que la malade souffre d'une effervescence du sang
    (embrasement du sang échauffé par le désir dans le foie et dans le cœur)
    et propose donc la saignée. Des Fonandrès tient pour une abondance
    (*réplétion*) et une pourriture des humeurs que la médecine traditionnelle
    traitait aussi par la saignée ou par la diète, mais contre laquelle Des

M. TOMÈS

Je soutiens que l'émétique la tuera.

M. DES FONANDRÈS

Et moi, que la saignée la fera mourir.

M. TOMÈS

C'est bien à vous de faire l'habile homme.

M. DES FONANDRÈS

Oui, c'est à moi, et je vous prêterai le collet[64] en tout genre d'érudition.

M. TOMÈS

Souvenez-vous de l'homme que vous fîtes crever[65] ces jours passés.

M. DES FONANDRÈS   [48]

Souvenez-vous de la dame que vous avez envoyée dans l'autre monde, il y a trois jours.

M. TOMÈS

Je vous ai dit mon avis.

M. DES FONANDRÈS

Je vous ai dit ma pensée.

Fonandrès, plus novateur, propose l'émétique – « *L'émétique* est un remède qui purge avec violence par haut par bas, fait de la poudre et du beurre d'antimoine préparé », explique Furetière.

64 *Prêter le collet à quelqu'un*, c'est se battre contre lui et, au figuré, c'est lui tenir tête en toute dispute et contestation.

65 *Faire crever*, c'est faire mourir de mort violente.

M. TOMÈS
Si vous ne faites saigner tout à l'heure[66] votre fille, c'est une personne morte.

M. DES FONANDRÈS
Si vous la faites saigner, elle ne sera pas en vie dans un quart d'heure[67].

Scène 5   [49]
SGANARELLE, MESSIEURS MACROTON
et BAHYS, *médecins*

SGANARELLE
À qui croire des deux ? et quelle résolution prendre sur des avis si opposés ? Messieurs, je vous conjure de déterminer mon esprit, et de me dire, sans passion, ce que vous croyez le plus propre à soulager ma fille.

M. MACROTON
Il parle en allongeant ses mots[68].

---

66 Tout de suite.
67 Sur ce, les deux médecins sortent. – Ces désaccords entre médecins ne sont pas caricaturaux. Témoin cette petite anecdote racontée par le médecin Vallot, appelé au chevet du jeune Louis XIV alors atteint de la variole (1647) ; il la raconte dans son *Journal de la santé du roi* (p. 35-36 de *Louis XIV tel qu'ils l'ont vu*, éd. Alexandre Mara, Paris, Omnibus, 2015), à propos d'une divergence entre les médecins appelés en consultation : « Sur cette diversité d'opinion, le premier médecin, considérant la grandeur du mal et la nécessité du remède, confirma les sentiments de ceux qui approuvaient la saignée, qui fut faite sur le champ, et sans différer davantage, quoique ceux qui n'étaient pas de cet avis fissent grand bruit en se retirant de la chambre du roi, et protestassent devant la reine que ce remède était dangereux et contre les règles de la médecine ».
68 Le typographe s'est fort rigoureusement tenu aux signes choisis pour signaler l'allongement des mots et de leurs syllabes : le tiret entre les

Mon-si-eur. dans. ces. ma-[C][50]ti-è-res. là. il. faut.
pro-cé-der. a-vec-que. cri-cons-pec-tion. et. ne. ri-en. fair-re,
com-me. on. dit, à. la. vo-lé-e[69]. d'au-tant. que. les. fautes.
qu'on. y. peut. faire. sont. se-lon. no-tre. maî-tre. Hip-po-
cra-te. d'u-ne. dan-ge-reu-se. con-sé-quen-ce.

M. BAHYS
Celui-ci parle toujours en bredouillant[70].

Il est vrai. Il faut bien prendre garde à ce qu'on fait. Car
ce ne sont pas ici des jeux d'enfant ; et quand on a failli, il
n'est pas aisé de réparer le manquement, et de rétablir ce
qu'on a gâté. *Experimentum pe*[51]*riculosum*[71]. C'est pourquoi
il s'agit de raisonner auparavant comme il faut, de peser
mûrement les choses, de regarder le tempérament des gens,
d'examiner les causes de la maladie, et de voir les remèdes
qu'on y doit apporter.

SGANARELLE
L'un va en tortue, et l'autre court la poste.

M. MACROTON
Or. Mon-si-eur, pour. ve-nir. au. fait. je. trou-ve. que. votre. fil-le. a. u-ne. ma-la-di-e. chro-ni-que. et. qu'el-le. peut.
pé-ri-cli-ter, si. on. ne. lui. donne. du. se-cours ; d'au-tant.
que. les. [C ij] [52] sym-ptô-mes. qu'el-le. a. sont. in-di-
ca-tifs. d'u-ne. va-peur. fu-li-gi-neu-se. et. mor-di-can-
te[72], qui. lui. pi-co-te. les. mem-bra-nes. du. cer-veau. Or.

---

syllabes, le point entre les mots.

69 *À la volée* : inconsidérément, à la légère.

70 L'élocution de Bahys devient confuse par sa rapidité.

71 *Experimentum periculosum* (l'expérience est dangereuse) renvoie au premier
aphorisme d'Hippocrate.

72 *Une vapeur fuligineuse* est une vapeur qui contient de la suie ; et Furetière
ajoute : « Les médecins disent que la rate envoie des vapeurs fuligineuses

cet-te. va-peur. que. nous. nom-mons. en. Grec. *at-mos.*
est. cau-sé-e. par. des. hu-meurs. pu-tri-des., te-na-ces
et. con-glu-ti-neu-ses[73], qui. sont. con-te-nu-es. dans. le.
bas-ventre[74].

M. BAHYS
Et comme ces humeurs ont été là engendrées par
une longue succession de temps, elles s'y sont recuites, et ont
acquis cette malignité qui fume vers la région du cerveau.

M. MACROTON   [53]
Si. bi-en. donc. que. pour. ti-rer, dé-ta-cher, ar-ra-cher,
ex-pul-ser, é-va-cu-er. les-di-tes. hu-meurs, il. fau-dra. u-ne.
pur-ga-ti-on. vi-gou-reu-se. Mais. au. pré-a-la-ble, je. trouve. à. pro-pos, et. il. n'y. a. pas. d'in-con-vé-ni-ent. d'u-ser.
de. pe-tits. rem-mè-des. a-no-dins[75]. c'est-à-dire. de. pe-tits.
la-ve-ments. ré-mol-li-ants. et. dé-ter-sifs, de. ju-lets. et. de. sirops. ra-fraî-chi-ssants. qu'on. mê-le-ra. dans. sa. pti-san-ne[76].

M. BAHYS
Après, nous en viendrons à la purgation et à la saignée,
[C iij] [54] que nous réitérerons s'il en est besoin.

---

au cerveau ». « *Mordicante* : acide et piquante » (Furetière).

73 Tenaces et gluantes.

74 Bahys et Macroton, d'accord ensemble, tiennent comme leurs collègues à
    la théorie des humeurs ; ce sont en particulier les humeurs spermatiques
    amassées dans le bas-ventre, faute d'expulsion naturelle, qui provoquent
    ces vapeurs destinées à frapper le cerveau.

75 *Anodins* « se dit des remèdes qui font une résolution des humeurs,
    doucement et sans violence » (Furetière). Pour chasser les humeurs du
    bas-ventre qui causent cette vapeur montant au cerveau, M. Macroton
    propose donc, parmi les remèdes anodins, des *lavements* ou clystères
    rémollients, c'est-à-dire qui adoucissent et résolvent les duretés, *détersifs*
    car ils nettoient et purifient, des *julets* ou juleps, qui sont potions douces
    et agréables et autres sirops rafraîchissants.

76 Prononciation savante de *tisane*.

M. MACROTON

Ce. n'est. pas. qu'a-vec. tout. ce-la. vo-tre. fil-le. ne.
puisse. mou-rir ; mais. au. moins. vous. au-rez. fait. quelque. cho-se, et. vous. au-rez. la. con-so-la-ti-on. qu'el-le.
se-ra. mor-te dans. les. for-mes.

M. BAHYS

Il vaut mieux mourir selon les règles que de réchapper
contre les règles.

M. MACROTON

Nous. vous. di-sons. sin-cè-re-ment. no-tre. pen-sée.

M. BAHYS

Et nous avons parlé comme [55] nous parlerions à notre
propre frère.

SGANARELLE[77],
à Monsieur Macroton.
Je. vous. rends. très. hum-bles. grâ-ces.
(*À Monsieur Bahys.*)
Et vous suis infiniment obligé de la peine que vous
avez prise.

Scène 6   [C iiij] [56]

SGANARELLE

Me voilà justement un peu plus incertain que je n'étais
auparavant. Morbleu ! il me vient une fantaisie. Il faut que

---

77 Furieux, Sganarelle raille les médecins en imitant l'élocution de cha-
    cun dans ses formules d'adieu – allongeant les mots pour Macroton,
    bredouillant pour Bahys.

j'aille acheter de l'orviétan[78], et que je lui en fasse prendre.
L'orviétan est un remède dont beaucoup de gens se sont
bien trouvés.

Scène 7   [57]
L'OPÉRATEUR, SGANARELLE

SGANARELLE

Holà ! Monsieur, je vous prie de me donner une boîte
de votre orviétan, que je m'en vais vous payer.

L'OPÉRATEUR, *chantant.*

L'or de tous les climats[79] *qu'entoure l'océan*
Peut-il jamais payer ce secret d'importance ?
Mon remède guérit, par sa rare excellence,
Plus de maux qu'on n'en peut nombrer dans tout un an : [58]

> *La gale,*
> *La rogne,*
> *La tigne*[80]*,*
> *La fièvre,*
> *La peste,*
> *La goutte,*
> *Vérole,*
> *Descente*[81]*,*
> *Rougeole.*

Oh ! grande puissance de l'orviétan !

---

78   Sur cette drogue, qui se prétendait antidote et contrepoison, et que
     débitaient les opérateurs, voir *supra* la n. 9, p. 19.
79   *Climat* : pays, contrée.
80   Ce sont trois maladies de la peau.
81   La hernie.

SGANARELLE

Monsieur, je crois que tout l'or du monde n'est pas capable de payer votre remède; mais pourtant, voici une pièce de trente sols[82] que vous prendrez, s'il vous plaît.

L'OPÉRATEUR, *chantant.*   [59]

Admirez mes bontés, et le peu qu'on vous vend
Ce trésor merveilleux que ma main vous dispense.
Vous pouvez avec lui braver en assurance
Tous les maux que sur nous l'ire du Ciel répand :
                    La gale,
                    La rogne,
                    La tigne,
                    La fièvre,
                    La peste,
                    La goutte,
                    Vérole,
                    Descente,
                    Rougeole.
Oh ! Grande puissance de l'orviétan !   [C vj][60]

Fin du deuxième acte.

DEUXIÈME ENTRACTE

Plusieurs Trivelins et plusieurs Scaramouches,
valets de l'Opérateur, se réjouissent en dansant.

---

82 Une note de la nouvelle édition de la Pléiade (n. 23, p. 1431) apprend que cette somme correspond au prix moyen d'une consultation médicale du temps.

ACTE III   [61]

Scène 1
MESSIEURS FILERIN,
TOMÈS et DES FONANDRÈS

M. FILERIN

N'avez-vous point de honte, Messieurs, de montrer
si peu de prudence[83] pour des gens de votre âge, et de
[62] vous être querellés comme de jeunes étourdis ? Ne
voyez-vous pas bien quel tort ces sortes de querelles nous
font parmi le monde ? et n'est-ce pas assez que les savants
voient les contrariétés[84] et les dissensions qui sont entre
nos auteurs et nos anciens maîtres, sans découvrir encore
au peuple, par nos débats et nos querelles, la forfanterie[85]
de notre art ? Pour moi, je ne comprends rien du tout à
cette méchante[86] politique de quelques-uns de nos gens.
Et il faut confesser que toutes ces contestations nous ont
décriés[87], depuis peu, d'une étrange[88] manière, [63] et
que, si nous n'y prenons garde, nous allons nous ruiner
nous-mêmes. Je n'en parle pas pour mon intérêt. Car, Dieu

---

83 *Prudence* : sagesse, retenue ; le sens actuel de « modération » était également usuel au XVIIᵉ siècle.

84 *Contrariétés* : contradictions, oppositions.

85 *Forfanterie* : charlatanerie, imposture.

86 *Méchante* : mauvaise.

87 *Décrier* : discréditer. De fait, la médecine du temps était traversée de
débats (sur la circulation du sang, sur l'antimoine…) et de querelles entre
la Faculté de médecine de Paris et les docteurs du dehors, propres à la
perdre de réputation. Montaigne avait déjà noté cela ; et, ici comme dans
l'ensemble de la tirade de Filerin, Molière se souvient très nettement
d'un passage des *Essais*, II, 27, « De la ressemblance des enfants aux
pères », et donne même l'impression de le paraphraser.

88 *Étrange* : extraordinaire, scandaleuse.

merci, j'ai déjà établi mes petites affaires. Qu'il vente, qu'il pleuve, qu'il grêle, ceux qui sont morts sont morts, et j'ai de quoi me passer des vivants. Mais enfin, toutes ces disputes ne valent rien pour la médecine. Puisque le Ciel nous fait la grâce que, depuis tant de siècles, on demeure infatué de nous, ne désabusons point les hommes avec nos cabales extravagantes, et profitons de leur sottise le plus doucement que nous pourrons. [64] Nous ne sommes pas les seuls, comme vous savez, qui tâchons à nous prévaloir de[89] la faiblesse humaine. C'est là que va l'étude de la plupart du monde, et chacun s'efforce de prendre les hommes par leur faible, pour en tirer quelque profit. Les flatteurs, par exemple, cherchent à profiter de l'amour que les hommes ont pour les louanges, en leur donnant tout le vain encens qu'ils souhaitent ; et c'est un art où l'on fait, comme on voit, des fortunes considérables. Les alchimistes tâchent à profiter de la passion qu'on a pour les richesses, en promettant [65] des montagnes d'or à ceux qui les écoutent. Et les diseurs d'horoscope, par leurs prédictions trompeuses, profitent de la vanité et de l'ambition des crédules esprits. Mais le plus grand faible des hommes, c'est l'amour qu'ils ont pour la vie ; et nous en profitons nous autres, par notre pompeux galimatias, et savons prendre nos avantages de cette vénération, que la peur de mourir leur donne pour notre métier. Conservons-nous donc dans le degré d'estime où leur faiblesse nous a mis, et soyons de concert[90] auprès des malades, pour nous attribuer les heureux suc-[66]cès[91] de la maladie, et rejeter sur la nature toutes les bévues de notre art. N'allons point,

---

89 *Se prévaloir de* : tirer parti de.
90 Soyons d'accord entre nous.
91 Le *succès* est l'issue, bonne ou mauvaise ; d'où la précision nécessaire de l'adjectif qualificatif.

dis-je, détruire sottement les heureuses préventions d'une erreur qui donne du pain à tant de personnes[92].

M. TOMÈS

Vous avez raison en tout ce que vous dites ; mais ce sont chaleurs de sang, dont parfois on n'est pas le maître.

M. FILERIN

Allons donc, Messieurs, mettez bas toute rancune, et faisons ici votre accommodement.

M. DES FONANDRÈS

J'y consens. Qu'il me passe [67] mon émétique pour la malade dont il s'agit, et je lui passerai tout ce qu'il voudra pour le premier malade dont il sera question.

M. FILERIN

On ne peut pas mieux dire. Et voilà se mettre à la raison.

M. DES FONANDRÈS

Cela est fait.

M. FILERIN

Touchez donc là. Adieu. Une autre fois montrez plus de prudence.

---

92   1682 ajoute un autre membre, plus sinistre et plus cynique, à la relative : *et, de l'argent de ceux que nous mettons en terre, nous fait élever de tous côtés de si beaux héritages.*

Scène 2 [68]
MESSIEURS TOMÈS, DES FONANDRÈS, LISETTE

LISETTE
Quoi ! Messieurs, vous voilà, et vous ne songez pas à réparer le tort qu'on vient de faire à la médecine ?

M. TOMÈS
Comment ? Qu'est-ce ?

LISETTE
Un insolent, qui a eu l'effronterie d'entreprendre sur[93] [69] votre métier, et qui, sans votre ordonnance[94], vient de tuer un homme d'un grand coup d'épée au travers du corps.

M. TOMÈS
Écoutez, vous faites la railleuse ; mais vous passerez par nos mains quelque jour.

LISETTE
Je vous permets de me tuer lorsque j'aurai recours à vous.

---

93 *Entreprendre sur* : empiéter sur.
94 D'une manière générale, une *ordonnance* est un acte, une prescription émanée d'une autorité, un ordre ; plus particulièrement, le mot désigne ce que les médecins prescrivent aux malades. Lisette peut faire entendre les deux sens.

Scène 3   [70]
LISETTE, CLITANDRE

CLITANDRE
Eh bien ! Lisette, me trouves-tu bien ainsi[95] ?

LISETTE
Le mieux du monde, et je vous attendais avec impatience.
Enfin, le Ciel m'a faite d'un naturel le plus humain du
monde, et je ne puis voir deux amants soupirer l'un pour
l'autre, qu'il ne me prenne une tendresse charitable, et un
[71] désir ardent de soulager les maux qu'ils souffrent. Je
veux, à quelque prix que ce soit, tirer LUCINDE de la tyrannie où elle est, et la mettre en votre pouvoir. Vous m'avez
plu d'abord[96] ; je me connais en gens, et elle ne peut pas
mieux choisir. L'amour risque des choses extraordinaires ; et
nous avons concerté ensemble une manière de stratagème,
qui pourra peut-être nous réussir. Toutes nos mesures sont
déjà prises. L'homme à qui nous avons affaire n'est pas des
plus fins de ce monde ; et si cette aventure nous manque,
nous trouverons mille autres voies pour [72] arriver à notre
but. Attendez-moi là seulement, je reviens vous quérir[97].

Scène 4
SGANARELLE, LISETTE

LISETTE
Monsieur, allégresse ! allégresse !

---

95   Clitandre arrive habillé en médecin. 1682 donne une réplique plus
     longue : *Eh bien ! Lisette, que dis-tu de mon équipage* [habillement] *? crois-tu*
     qu'avec cet habit je puisse duper le bonhomme ? et me trouves-tu bien ainsi ?
96   Aussitôt.
97   Clitandre se retire alors dans le fond du théâtre.

SGANARELLE

Qu'est-ce ?

LISETTE

Réjouissez-vous.

SGANARELLE

De quoi ?

LISETTE   [73]

Réjouissez-vous, vous dis-je.

SGANARELLE

Dis-moi donc ce que c'est, et puis je me réjouirai
peut-être.

LISETTE

Non, je veux que vous vous réjouissiez auparavant, que
vous chantiez, que vous dansiez.

SGANARELLE

Sur quoi ?

LISETTE

Sur ma parole.

SGANARELLE

Allons donc[98], la lera la la, la lera la. Que diable !

LISETTE   [D] [74]

Monsieur, votre fille est guérie.

---

98   Et Sganarelle se met à chanter et à danser.

SGANARELLE

Ma fille est guérie !

LISETTE

Oui, je vous amène un médecin, mais un médecin d'importance, qui fait des cures merveilleuses[99], et qui se moque des autres médecins.

SGANARELLE

Où est-il ?

LISETTE

Je vais le faire entrer.

SGANARELLE

Il faut voir si celui-ci fera plus que les autres.

Scène 5   [75]
CLITANDRE, *en habit de médecin*,
SGANARELLE, LISETTE

LISETTE

Le voici.

SGANARELLE

Voilà un médecin qui a la barbe bien jeune[100].

LISETTE

La science ne se mesure pas à la barbe ; et ce n'est pas par le menton qu'il est habile.

---

99 Qui prodigue des soins médicaux qui mènent à la guérison.
100 Sganarelle est tributaire de l'opinion commune, que rappellera en se moquant la Toinette du *Malade imaginaire* (III, 14) : « La barbe fait plus de la moitié d'un médecin ».

SGANARELLE

Monsieur, on m'a dit que [D ij] [76] vous aviez des remèdes admirables, pour faire aller à la selle[101].

CLITANDRE

Monsieur, mes remèdes sont différents de ceux des autres. Ils ont l'émétique, les saignées, les médecines et les lavements. Mais moi, je guéris par des paroles, par des sons, par des lettres, par des talismans et par des anneaux constellés[102].

LISETTE

Que vous ai-je dit ?

SGANARELLE

Voilà un grand homme.

LISETTE

Monsieur, comme votre fille est là toute habillée dans une chaise, je vais la faire passer ici

SGANARELLE   [77]

Oui, fais.

---

101 Car il s'agit de purger la malade, de lui faire évacuer ces « humeurs putrides, tenaces et conglutineuses qui ont contenues dans le bas-ventre », comme dit Macroton (II, 5).

102 Contre la médecine officielle, Clitandre utilise des procédés de la médecine empirique et astrologique. « Les *talismans* sont des figures ou caractères gravés, sur la pierre ou sur le métal, auxquels on attribue des relations avec les astres, et des vertus extraordinaires, suivant la constellation sous laquelle ils ont été gravés », dit Littré. Analogiquement, les *anneaux constellés* seraient des bagues faites sous certaine constellation, ainsi pourvues d'une certaine vertu.

CLITANDRE,
tâtant le pouls à Sganarelle.
Votre fille est bien malade.

SGANARELLE
Vous connaissez cela ici ?

CLITANDRE
Oui, par la sympathie qu'il y a entre le père et la fille[103].

Scène 6   [D iij] [78]
LUCINDE, LISETTE, SGANARELLE, CLITANDRE

LISETTE
Tenez, Monsieur, voilà une chaise auprès d'elle. Allons,
laissez-les là tous deux.

SGANARELLE
Pourquoi ? je veux demeurer là.

LISETTE
Vous moquez-vous ? Il faut [79] s'éloigner : un médecin
a cent choses à demander, qu'il n'est pas honnête qu'un
homme entende[104].

---

103 La *sympathie* est une « convenance ou conformité de qualités naturelles,
   d'humeurs, de tempérament, qui font que deux choses s'aiment, se
   cherchent, et demeurent en repos ensemble », dit Furetière. Et médecins
   et charlatans exploitaient cette notion de *sympathie*. On s'attend à la
   trouver entre un père et sa fille. Faire le diagnostic de la fille absente en
   tâtant le pouls du père devient une plaisanterie, déjà utilisée par Molière
   dans *Le Médecin volant*, à la scène 4.
104 Lisette et Sganarelle s'éloignent.

CLITANDRE,
parlant à Lucinde à part.

Ah! Madame, que le ravissement où je me trouve est grand! et que je sais peu par où vous commencer mon discours! Tant que je ne vous ai parlé que des yeux, j'avais, ce me semblait, cent choses à vous dire; et maintenant que j'ai la liberté de vous parler de la façon que je souhaitais, je demeure interdit; et la grande joie où je suis étouffe toutes mes paroles.

LUCINDE   [D iiij] [80]

Je puis vous dire la même chose, et je sens comme vous des mouvements de joie, qui m'empêchent de pouvoir parler.

CLITANDRE

Ah! Madame, que je serais heureux s'il était vrai que vous sentissiez tout ce que je sens, et qu'il me fût permis de juger de votre âme par la mienne! Mais, Madame, puis-je au moins croire que ce soit à vous à qui je doive la pensée de cet heureux stratagème, qui me fait jouir de votre présence?

LUCINDE   [81]

Si vous ne m'en devez pas la pensée, vous m'êtes redevable au moins d'en avoir approuvé la proposition avec beaucoup de joie.

SGANARELLE, *à Lisette.*

Il me semble qu'il lui parle de bien près.

LISETTE, *à Sganarelle.*

C'est qu'il observe sa physionomie, et tous les traits de son visage.

CLITANDRE, *à Lucinde.*

Serez-vous constante, Madame, dans ces bontés que vous me témoignez ?

LUCINDE

Mais vous, serez-vous ferme [D v] [82] dans les résolutions que vous avez montrées ?

CLITANDRE

Ah ! Madame, jusqu'à la mort. Je n'ai point de plus forte envie que d'être à vous, et je vais le faire paraître dans ce que vous m'allez voir faire.

SGANARELLE

Eh bien ! notre malade, elle me semble un peu plus gaie.

CLITANDRE

C'est que j'ai déjà fait agir sur elle un de ces remèdes que mon art m'enseigne. Comme l'esprit a grand empire sur le corps, et que c'est de lui bien souvent que procèdent les maladies, ma coutume est de cou-[83]rir à guérir les esprits avant que de venir au corps. J'ai donc observé ses regards, les traits de son visage, et les lignes de ses deux mains ; et par la science que le Ciel m'a donnée, j'ai reconnu que c'était de l'esprit qu'elle était malade[105], et que tout

---

105 Clitandre a pratiqué sur Lucinde la physionomie et la métoscopie (observation du regard et des traits du visage), puis la chiromancie (étude des lignes de la main), toutes disciplines ou arts ou sciences prétendues liés à la médecine. Clitandre est évidemment ici, dans cet examen supposé, un imposteur ; mais les attendus de son diagnostic final et ce diagnostic lui-même montrent qu'il tient pour la doctrine inverse de celles des premiers médecins, à savoir que la maladie d'amour vient de l'esprit et rejaillit sur le corps, que son origine est psychique. Bien que cela soit dans l'imaginaire médical ancien, la résonance est singulièrement moderne, si nous pensons au succès de nos maladies psychosomatiques ! La thérapie

son mal ne venait que d'une imagination déréglée, d'un désir dépravé de vouloir être mariée. Pour moi, je ne vois rien de plus extravagant et de plus ridicule que cette envie qu'on a du mariage.

SGANARELLE

Voilà un habile homme !

CLITANDRE

Et j'ai eu, et aurai pour lui, [D vj] [84] toute ma vie, une aversion effroyable.

SGANARELLE

Voilà un grand médecin !

CLITANDRE

Mais, comme il faut flatter l'imagination des malades, et que j'ai vu en elle de l'aliénation d'esprit, et même qu'il y avait du péril à ne lui pas donner un prompt secours, je l'ai prise par son faible, et lui ai dit que j'étais venu ici pour vous la demander en mariage. Soudain son visage a changé, son teint s'est éclairci, ses yeux se sont animés ; et si vous voulez pour quelques jours l'entretenir dans cette erreur, [85] vous verrez que nous la tirerons d'où elle est.

SGANARELLE

Oui-da, je le veux bien.

---

qui sera proposée – cure homéopathique grâce à une ruse qui feint de consentir au délire pour apaiser l'esprit –, par le biais de l'imaginaire d'un jeu de théâtre, servira évidemment, en tant que tromperie, les desseins des amoureux.

CLITANDRE

Après nous ferons agir d'autres remèdes pour la guérir
entièrement de cette fantaisie[106].

SGANARELLE

Oui, cela est le mieux du monde. Eh bien ! ma fille,
voilà Monsieur qui a envie de t'épouser, et je lui ai dit que
je le voulais bien.

LUCINDE

Hélas[107] ! est-il possible ?

SGANARELLE

Oui.

LUCINDE   [86]

Mais tout de bon ?

SGANARELLE

Oui, oui.

LUCINDE

Quoi ? vous êtes dans les sentiments d'être mon mari ?

CLITANDRE

Oui, Madame.

LUCINDE

Et mon père y consent ?

---

106 *Fantaisie* : imagination, idée extravagante.
107 Intéressant emploi de l'interjection de la douleur au moment où Lucinde
entrevoit la réalisation son bonheur, jusque-là refusée par son père ; elle
est justement en train de passer du malheur au bonheur, dont elle doute
encore.

SGANARELLE

Oui, ma fille.

LUCINDE

Ah ! que je suis heureuse, si cela est véritable !

CLITANDRE

N'en doutez point, Madame. Ce n'est pas d'aujourd'hui
[87] que je vous aime, et que je brûle de me voir votre mari.
Je ne suis venu ici que pour cela ; et si vous voulez que je
vous dise nettement les choses comme elles sont, cet habit
n'est qu'un pur prétexte inventé, et je n'ai fait le médecin
que pour m'approcher de vous, et obtenir ce que je souhaite.

LUCINDE

C'est me donner des marques d'un amour bien tendre,
et j'y suis sensible autant que je puis.

SGANARELLE

Oh ! la folle ! oh ! la folle ! oh ! la folle !

LUCINDE   [88]

Vous voulez donc bien, mon père, me donner Monsieur
pour époux ?

SGANARELLE

Oui. Çà, donne-moi ta main. Donnez-moi un peu aussi
la vôtre pour voir.

CLITANDRE

Mais, Monsieur…

SGANARELLE, *s'étouffant de rire.*

Non, non, c'est pour…pour lui contenter l'esprit.
Touchez-là. Voilà qui est fait.

CLITANDRE

Acceptez pour gage de ma foi cet anneau que je vous
donne. C'est un anneau constellé, qui guérit les égare-[89]
ments d'esprit.

LUCINDE

Faisons donc le contrat, afin que rien n'y manque.

CLITANDRE

Hélas[108] ! je le veux bien, Madame. (*À Sganarelle.*) Je vais
faire monter l'homme qui écrit mes remèdes, et lui faire
croire que c'est un notaire.

SGANARELLE

Fort bien.

CLITANDRE

Holà ! faites monter le notaire que j'ai amené avec moi.

LUCINDE

Quoi ! vous aviez amené un notaire ?

CLITANDRE

Oui, Madame.

---

108 Voir la note précédente ; mais la situation est quelque peu différente :
    Clitandre fait mine d'être réticent à ce contrat, pour jouer son jeu devant
    Sganarelle, alors que son acceptation est absolue de ce contrat qu'il
    comptait bien faire signer.

LUCINDE   [90]

J'en suis ravie.

SGANARELLE

Oh! la folle! oh! la folle!

Scène 7

LE NOTAIRE, CLITANDRE, SGANARELLE,
LUCINDE, LISETTE

Clitandre parle au Notaire à l'oreille.

SGANARELLE

Oui, Monsieur, il faut faire un contrat pour ces deux
personnes-là. Écrivez (*Le Notaire écrit.*). Voilà le contrat qu'on
fait : je lui donne vingt mille [91] écus en mariage. Écrivez.

LUCINDE

Je vous suis bien obligée, mon père.

LE NOTAIRE

Voilà qui est fait, vous n'avez qu'à venir signer.

SGANARELLE

Voilà un contrat bientôt bâti.

CLITANDRE

Au moins…

SGANARELLE

Hé! non, vous dis-je. Sait-on pas bien ? Allons, donnez-lui la plume pour signer. Allons, signé, signé, signé[109]. Va, va, je signerai tantôt, moi.

LUCINDE

Non, non, je veux avoir le [92] contrat entre mes mains.

SGANARELLE

Eh bien! tiens. Es-tu contente[110] ?

LUCINDE

Plus qu'on ne peut s'imaginer.

SGANARELLE

Voilà qui est bien, voilà qui est bien.

CLITANDRE

Au reste, je n'ai pas eu seulement la précaution d'amener un notaire ; j'ai eu celle encore de faire venir des voix et des instruments[111] pour célébrer la fête, et pour nous réjouir. Qu'on les fasse venir. Ce sont des gens que je mène avec [93] moi, et dont je me sers tous les jours pour pacifier avec leur harmonie les troubles de l'esprit[112].

---

109 Comprendre : c'est signé. Et, aux signatures des amoureux, Sganarelle va bientôt (*tantôt*) ajouter la sienne.
110 Lucinde a évidemment exigé la signature du père, dont tout dépend ! Sganarelle s'est exécuté.
111 À juste titre, 1682 ajoute : *et des danseurs.*
112 L'harmonie de la musique passait pour capable de mettre la paix, et dans l'homme et dans la cité.

Scène DERNIÈRE
LA COMÉDIE, LE BALLET, et LA MUSIQUE

TOUS TROIS *ensemble.*

Sans nous tous les hommes
Deviendraient malsains ;
Et c'est nous qui sommes
Leurs grands médecins.

LA COMÉDIE   [94]

Veut-on qu'on rabatte,
Par des moyens doux,
Les vapeurs de rate[113]
Qui nous minent tous ?
Qu'on laisse Hippocrate,
Et qu'on vienne à nous.

TOUS TROIS *ensemble.*

Sans nous tous les hommes
Deviendraient malsains ;
Et c'est nous qui sommes
Leurs grands médecins.

Durant qu'ils chantent, et que les Jeux, les Ris et
les Plaisirs dansent, Clitandre emmène Lucinde.

SGANARELLE

Voilà une plaisante façon de guérir. Où est donc ma
fille et le médecin ?

---

113 Selon Macroton, en II, 5, Lucile souffrirait justement de ce genre de
vapeur venue du bas-ventre.

LISETTE   [95]
Ils sont allés achever le reste du mariage.

SGANARELLE
Comment, le mariage ?

LISETTE
Ma foi, Monsieur, la bécasse est bridée[114] ; et vous avez cru faire un jeu, qui demeure une vérité.

SGANARELLE
(*Les danseurs le retiennent,*
et veulent le faire danser de force.)
Comment, diable ! Laissez-moi aller, laissez-moi aller, vous dis-je. Encore ? Peste des gens !

FIN.

---

114 *Brider la bécasse*, c'est prendre cet oiseau dans un lacs. Au figuré, c'est engager quelqu'un de telle sorte qu'il ne puisse plus s'échapper, l'attraper au piège, le tromper.

LE MISANTHROPE

INTRODUCTION

Molière avait lu le premier acte du *Misanthrope* en société, selon une habitude commune à tous les écrivains de ce temps, en 1664. À cette date, nous l'avons vu, Molière sort à peu près de la querelle de *L'École des femmes*, mais pour entrer dans l'affaire beaucoup plus grave encore du *Tartuffe*, qui ne trouva sa solution qu'en février 1669. En attendant, il lui faut mener le combat – et c'est le *Dom Juan* de février 1665 –, et faire vivre la troupe et le théâtre – et c'est, après *La Princesse d'Élide*, une autre comédie-ballet créée pour le divertissement du roi : *L'Amour médecin* de septembre 1665.

Si, malgré le recul du pouvoir royal devant le parti dévot, Molière a toujours bénéficié de la faveur du roi, ces années de combat furent aussi des années difficiles sur le plan personnel : la légèreté d'Armande, la trahison de Racine qui lui retira son *Alexandre* (créé au Palais-Royal en décembre 1665), une grave maladie de Molière (dépression, dirions-nous, mais aussi, probablement, cette affection pulmonaire, ces « fluxions », comme celle qui provoquera une hémorragie fatale, huit ans plus tard). La saison 1665-1666 fut assez mauvaise pour son théâtre, qui fit souvent, longuement et anormalement relâche en 1666.

Dans ces conditions et pendant tout ce temps, Molière a continué de travailler au *Misanthrope* : longue gestation exceptionnelle dans la carrière de Molière, d'ordinaire bousculé par les délais et obligé d'écrire à la hâte. Le climat d'amertume de cette œuvre mûrie longtemps se ressent des années de lutte, des échecs et des déceptions d'ordre théâtral ou privé. Quoi qu'il en soit, la seizième pièce de notre dramaturge – parvenu à peu près exactement au milieu de son œuvre théâtrale – fut créée le 4 juin 1666 en son théâtre du Palais-Royal, avec un bon succès. Molière la publia rapidement, quelques mois plus tard, à la fin de 1666.

Une fois de plus le génie de Molière nous surprend par l'originalité du propos. À travers Alceste son Misanthrope, atteint d'un déséquilibre du tempérament parfaitement clair pour la culture médicale du temps – l'humeur de la bile noire, de l'atrabile, domine chez lui et lui donne un tempérament mélancolique –, Molière, à l'écart cette fois de l'actualité immédiate et de ses combats, réfléchit plus posément sur la société du XVIIᵉ siècle et sur son art de vivre, qui révoltent Alceste, l'atrabilaire amoureux.

Cette nouvelle comédie consacre derechef Molière comme un grand auteur comique, capable de faire rire la cour, les gens distingués et les honnêtes gens, et comme moraliste de surcroît, dont la tâche est de « parler contre les mœurs du siècle », de proposer « une perpétuelle et divertissante instruction » – pour reprendre deux expressions qui ouvrent et ferment la *Lettre écrite sur la comédie du Misanthrope* de Donneau de Visé, que Molière laissa publier en tête de son édition du *Misanthrope*.

LA FABRIQUE DE L'ŒUVRE

INTERTEXTUALITÉ

N'accordons pas une grande importance à ce que René Jasinski, qui a écrit tout ce qu'on pouvait écrire sur les sources du *Misanthrope*[1], appelle les « sources vécues », et ne réduisons pas la portée de la comédie en l'interprétant comme une manière pour son auteur de conjurer sa tentation du désespoir devant les soucis et les difficultés qui l'assaillent. « L'art classique, affirme justement Claudel[2], commence là où l'artiste s'intéresse plus à son œuvre qu'à lui-même ». Il est fort probable que, pour son Alceste, l'observateur Molière se soit inspiré de modèles vivants ; on peut citer Montausier, personnage sévère et important qui, dit-on, entra d'abord en fureur de cette ressemblance, avant de louer finalement Molière.

Les sources livresques sont sans doute plus intéressantes. Un rapprochement mérite absolument d'être fait avec *La Place royale*, cette comédie amère de la jeunesse de Pierre Corneille. Les deux dénouements, déjà, montrent de grandes affinités. Angélique, d'un côté, Alceste, de l'autre, rompent avec l'être aimé et choisissent l'exil – le cloître pour l'une, son « désert » pour l'autre[3] ; cela constitue une belle audace en comédie ! Mais on[4] a pu préciser finement les jeux de

---

1 *Molière et Le Misanthrope*, 1951 (1963).
2 *Supplément aux Œuvres complètes*, t. IV, 1997, p. 14.
3 Voir Simone Dosmond, « Le dénouement du *Misanthrope* : une "source" méconnue », *La Licorne*, 1983, p. 25-40.
4 Boris Donné, « D'Alidor à Alceste : *La Place royale* et *Le Misanthrope*, deux comédies de l'extravagance », *Littératures classiques*, n° 58, 2006, p. 155-175.

miroir entre ces deux comédies mondaines, en rapprochant cette fois Alceste – héros ridicule, car en décalage dans ses amours et au sein de la société qu'il fréquente, mais héros ambivalent dont on ne sait plus trop s'il faut rire ou non – d'Alidor[5].

Mais c'est à lui-même que Molière emprunte le plus, et textuellement ! On sait ce que le personnage d'Alceste doit à celui de Dom Garcie de Navarre, héros comique d'une comédie qui avait mal réussi. Alceste hérite de ce qui constitue les traits essentiels du prince Dom Garcie : la jalousie et les soupçons mal fondés, mais saisis à présent dans un ensemble d'une tout autre envergure humaine et sociale. Il reste qu'on a dénombré quatorze endroits de *Dom Garcie de Navarre* repris dans *Le Misanthrope* – près de 90 vers dont certains sont repris mot pour mot, la majorité avec des variantes[6]. Gabriel Conesa affine d'ailleurs l'analyse du style (violence accrue du jaloux qui parle de manière plus colorée et se trouve bien personnalisé) et de la dramaturgie du dialogue, elle aussi modifiée.

Mais il importe surtout de considérer et d'interpréter *Le Misanthrope* dans son autonomie et dans sa singularité d'œuvre fictive et nouvelle.

---

5   Sans qu'il puisse s'agir en aucun cas de véritables sources, on a tenté de rapprocher *Le Misanthrope* de certains romans (Nabuko Akiyama, « *Le Misanthrope* à la lumière d'*Alcidamie* de Madame de Villedieu »), ou de l'esthétique romanesque (Jürgen Grimm, « *Le Misanthrope*, une comédie romanesque ? ») – deux études publiées dans *Molière et le romanesque du* XVIIe *siècle à nos jours*, 2009, respectivement aux pages 126-148 et 110-125.

6   Voir Gabriel Conesa, « Étude stylistique et dramaturgique des emprunts du *Misanthrope* à *Dom Garcie de Navarre* », R.H.T., 1978-1, p. 19-30 ; repris dans Patrick Dandrey, *Molière, Trois Comédies morales…*, 1999, p. 59-68.

STRUCTURE

Puisque Boileau en a décidé ainsi[7], en Molière il faut admirer avant tout « l'auteur du *Misanthrope* ». Et cette comédie passe pour une sorte d'aboutissement esthétique de la grande comédie en cinq actes et en vers – de la comédie classique. Si l'on met à part les deux comédies littéraires à l'italienne de ses débuts et le *Dom Garcie* emprunté à l'Italien Cicognini mais de matière espagnole, Molière n'avait utilisé cette forme que deux fois dans ses pièces originales, pour *L'École des femmes*, qui tira des cris d'admiration à Boileau, et pour *Tartuffe*. Après *Le Misanthrope*, il n'y reviendra qu'avec *Les Femmes savantes*.

La portée de la comédie classique – connaissance de l'homme et de la société ; visée morale – a été rappelée par Molière dans *La Critique de L'École des femmes*, puis dans la Préface du *Tartuffe*, et n'est pas en question ici. Bien plutôt doit nous retenir le problème de la construction, de la structure. Plus soucieux de plaire que de satisfaire aux règles des pédants, Molière n'ignore pourtant pas les préceptes d'Aristote. Il semble y être fidèle dans la disposition du *Misanthrope*, en ce qui concerne les unités de lieu et de temps, et la vraisemblance ; mais des distorsions apparaissent[8], comme cet étrange dénouement, qui refuse la joie finale traditionnelle dans la comédie et voit la scène proprement se vider – nous touchons là aux problèmes du sens et de la portée comique de la pièce.

Mais sa structure, du point de vue de la poétique de l'art dramatique ?

Pièce sans sujet, pièce sans action, conversation sous un lustre, a-t-on dit du *Misanthrope*. Que non pas ! S'il ne suit

---

7   Au Chant III, v. 400, de son *Art Poétique*.
8   Voir Gabriel Conesa, « *Le Misanthrope* et les limites de l'aristotélisme », *Littératures classiques*, ° 38, janvier 2000, p. 19-29.

pas Aristote, si, à son habitude, Molière accumule les traits
pour caractériser son personnage principal, en une série de
séquences de scènes qui sont autant d'éclairages successifs[9],
Molière a donné à ces conversations une continuité narrative
nette dont le moteur est le dessein initial d'Alceste : parler
à Célimène, obtenir d'elle une explication, des éclaircissements, un choix définitif. Alceste va rechercher un entretien
constamment différé. Comme disait plaisamment Copeau
du *Misanthrope* : « C'est un monsieur qui veut parler à une
dame et qui n'y arrivera jamais ».

D'entrée est posée la volonté d'Alceste, qui veut obtenir de Célimène qu'elle réponde à son amour exclusif en
éloignant la cohue de ses soupirants et en s'engageant avec
Alceste une bonne fois ; cela est dit dès la première scène de
la comédie. Jusqu'aux deniers vers, Alceste poursuivra avec
acharnement ce dessein. Il est notable que, selon le même
axe, les volontés des marquis et d'Oronte rejoignent celle
d'Alceste : tous veulent obtenir de Célimène le signe ou
l'aveu d'une préférence exclusive. À ces volontés, Célimène
ne cessera de faire obstacle, car son vœu est contraire : la
coquette, pour conserver son bonheur de vivre, choisit le
double ou le triple jeu, reste ambiguë, retarde les explications et diffère le choix. Au passage, notons qu'elle est aidée
par le hasard qui fournit d'autres obstacles : la survenue
d'Oronte et l'altercation qui s'ensuit, ou la péripétie du
procès perdu. Telle est la configuration dramatique.

Cette configuration est à la base de la progression dramatique, qui montre l'échec des tentatives d'Alceste pour
obtenir ce qu'il veut, et parallèlement, les étapes de son
exclusion du cercle de Célimène. À l'acte II, il n'obtient
rien : l'entretien avec Célimène est inachevé en II, 1, et

9   Voir Jean de Guardia, « "Un amas de traits sans arts" : problèmes
     structurels du *Misanthrope* », *Méthode !*, 13, 2007, p. 345-352.

la jeune veuve n'aura pas à se déclarer ni à s'expliquer en présence des marquis survenus ; c'est même Alceste qui doit quitter la place devant les fâcheux, emmené par le garde des maréchaux tout en menaçant de revenir bientôt en ce lieu « pour vuider nos débats » (II, 6, v. 776). À l'acte III, Alceste n'obtient rien car, quand il revient, Célimène le laisse entre les mains d'Arsinoé, autre fâcheuse. Cette rencontre est d'ailleurs l'occasion d'une sorte de péripétie, Alceste croyant désormais tenir la preuve de la trahison de Célimène. Mais sa rage n'obtient rien à l'acte IV : à la fin de IV, 3, il ne sait plus s'il est trahi et, à la scène suivante, il est à nouveau appelé au dehors, se promettant encore de revoir Célimène « avant la fin du jour » (IV, 4, v. 1480). Le dénouement, qui occupe la seule scène ultime de la comédie, mène cette progression à l'achèvement. Les lettres de la main de Célimène révélées en public avec éclat sont-elles un simple subterfuge pour amener le dénouement ? Je ne crois pas : tous les hommes de la pièce veulent un éclaircissement de la part de Célimène ; que cet éclaircissement total advienne me paraît dans la logique même de l'action. Bien contre son gré, Célimène se dévoile – ou est dévoilée ; Alceste, qui obtient à peu près cette conversation qu'il attendait, est renseigné sur le cœur de la jeune veuve, qui refuse d'être toute à lui dans son « désert », et il rompt définitivement avec Célimène et avec le monde.

Molière « n'a pas voulu faire une comédie pleine d'incidents », écrit justement l'auteur de la *Lettre sur Le Misanthrope*. Il ne s'agit assurément pas d'une comédie d'intrigue ; l'action est plutôt intérieure et s'épanouit en conversations. La composition de la comédie dépend étroitement du jeu des caractères, tous au fond conçus en fonction du héros. C'est Alceste et sa volonté, que s'appliquent à traverser et à contredire les volontés

concurrentes et contraires des autres ou la malice des
événements, qui font la pièce ; c'est l'échec et l'exclusion
d'Alceste que le dramaturge a voulu organiser. Et le
comique de la situation en jaillit, avec la répétition de
ses tentatives et leur échec jusqu'au dénouement qui,
lui, échappe au comique.

Il faut donc bien admirer la maîtrise dramaturgique de
Molière dans *Le Misanthrope*. Il a l'art des préparations :
ainsi, d'entrée et régulièrement, Alceste annonce son
départ, son exclusion, même s'il renouvelle les tentatives
vouées à l'échec ; ainsi, l'accord des deux marquis (III,
1) permet le dénouement. Les actes sont équilibrés et
culminent chacun dans une grande scène, arrivant comme
par surprise ou longuement amenée : I, 2 ; II, 4 ; III ; 4 ;
IV, 3 ; V, scène dernière. Regardez comment le dramaturge
réalise l'attaque de chaque acte : il s'agit à chaque fois de
conversations prises en cours de route et dans lesquelles le
spectateur est jeté plus ou moins brutalement ; regardez
ces fins d'actes toutes assurées par une fuite cassante ou
brutale d'Alceste, qui rompt ou doit partir. Regardez
la technique de la liaison des scènes par interruptions
inattendues, par survenues de personnages[10] ; chaque fois
vous verrez l'art de la variété et de la surprise, bref, l'art
du mouvement dramatique.

Les conversations du *Misanthrope* sont bien emportées
dans un dynamisme d'ensemble et organisées en un drame
vivant.

ÉCRITURES

Concernant l'art du dialogue et le style théâtral, tout
aussi intéressants dans leur variété que dans leur esthétique,

---

10   I, 1 ; II, 1 ; II, 2 ; II, 3 ; II, 4 ; III, 1 ; III, 2 ; etc.

contentons-nous de choisir certains aspects, particulièrement bien illustrés dans *Le Misanthrope*[11].

On ne trouve aucun monologue dans *Le Misanthrope*. Dans l'espace éminemment social du salon de Célimène, la solitude nécessaire au retrait du monologue ne paraît pas concevable. Ou les personnages ne disent pas le fond de leur cœur, ou ils se déclarent dans l'intimité d'un dialogue amical. Et l'on n'imagine pas Alceste, grand partisan de la franchise et adorant au demeurant choquer et contredire autrui, avoir besoin d'un monologue pour parler enfin sincèrement !

Tout est en dialogues, où chacun doit faire valoir son point de vue, convaincre l'autre, peser sur lui ou s'opposer à lui, et les dialogues font usage de répliques longues, nécessaires aux personnages. De telles répliques paraissent dans les dialogues menés dans le couple que forment Alceste et Célimène, où l'affrontement est souvent brutal, avec les réquisitoires du Misanthrope ; voyez IV, 3 ou la scène finale. De telles répliques longues tranchent sur un dialogue souvent constitué de répliques plus brèves.

Le Misanthrope n'est fait que de conversations ? Sans doute ; mais pratiquement toutes les conversations sont composées différemment, en un renouvellement systématique, et de surcroît animées, rendues tendues et plus conflictuelles quand le statisme guette. De conversations paisibles, on ne voit guère que celles où Alceste ne paraît pas : le dialogue entre les marquis, en III, 1, encore que leur rivalité soit présente, et le dialogue entre Éliante et Philinte, en IV, 1. Même avec son ami (I, 1 ; V, 1), même avec sa maîtresse (comme en II, 1-3), Alceste transforme le

---

11   Pour des développements plus exhaustifs sur ce sujet, comme sur ceux qui seront abordés dans la suite de cette introduction, on pourra se reporter à Charles Mazouer, *Trois Comédies de Molière…*, nouvelle édition 2007.

dialogue en débat, en dispute, en conflit, en guerre, et il mène le dialogue à sa rupture. Dans chaque cas, il convient d'examiner les variations de la tension selon le déroulement temporel. Le dialogue avec Oronte, en I, 2, présente un parcours brisé, progressif, avant d'éclater dans l'échange d'insultes, évidemment écrit en stichomythie ; en contraste, la courte scène suivante, qui ne fait que sept vers, dont trois sont complètement démembrés en trois, puis quatre, puis cinq répliques, n'est que le passage d'une tornade (I, 3). Il faudrait également repérer le *tempo* et les variations d'intensité de la scène des portraits (II, 4), ou de l'entrevue sévère entre Alceste et Célimène (IV, 3), qui bascule à peu près en son milieu, Alceste passant du réquisitoire à la supplication. Et je ne dis rien de l'admirable dernière scène, où tous les personnages sont réunis pour assister à l'hallali de Célimène, accablée et humiliée.

Signalons, pour finir sur ce point, une configuration singulière du dialogue, en forme de ballet. La scène avec Oronte peut s'étudier comme une sorte particulière de pas de deux, Philinte n'ayant qu'un rôle effacé dans cette choré-graphie. Les dialogues de la grande scène II, 4 s'apparentent bien à une chorégraphie variée, tous les danseurs mettant en valeur la danseuse étoile Célimène, tandis que le danseur récalcitrant Alceste va jouer le trouble-fête et imposer à ce ballet autour de Célimène d'autres figures.

Concernant le style théâtral, remarquons déjà à quel point le vers peut s'assouplir pour permettre à chacun de parler en alexandrins son idiome – selon sa personnalité, son tempérament, le choix de sa conduite[12]. À Oronte et aux marquis, une certaine emphase due à leur redoutable vanité, à leur manière aussi de jouer avec quelque excès le

---

12   Voir Noël A. Peacock, « Verbal costume in *Le Misanthrope* », *Seventeenth-Century French Studies*, 9 (1987), p. 74-93.

jeu social de l'art de plaire. À Arsinoé les propos hypocrites de la fausse prude qui dissimule mal sa jalousie. À Philinte et à Éliante le bon ton honnête, calme, complaisant et indulgent à autrui. À Célimène à la fois l'acuité du trait satirique, le langage euphorique et creux qui maintient la cohérence du salon, et le refus du choix et de l'expression claire de soi[13].

Et Alceste ? On a tout dit des éclats et des excès de langage à quoi le mène sa doctrine de la sincérité absolue, des effets verbaux de la violence de sa passion et de sa jalousie, de ses aigreurs verbales d'atrabilaire ou du ton tragique qu'il affecte volontiers. Mais a-t-on regardé d'assez près la manière dont il manie – disons plutôt : dont il malmène – l'alexandrin ? Les « Mon Dieu ! », « Parbleu ! » et autres « Morbleu ! » qui émaillent ses propos ne sont que l'aspect le plus visible d'une menace de dislocation de l'alexandrin par Alceste, car les jurons ne sont pas les seuls à mettre à mal le rythme et la carrure du vers. Familier de la rupture syntaxique – inversions et anacoluthes, phrases bouleversées et phrases inachevées par une indignation dont la violence lui couperait la parole –, Alceste brise évidemment le rythme du vers, déséquilibre ses mesures, détruit carrément ses normes en déplaçant ses accents (en particulier celui de la césure) à des endroits aberrants, multipliant les enjambements internes. Et l'on observe sa complaisance pour la diérèse, procédé d'insistance dont il use très volontiers, souvent de manière grinçante.

Enfin, *Le Misanthrope* multiplie comme à plaisir des morceaux insérés dans le dialogue, en vers ou en prose, qui semblent en contrarier le flux. L'intérêt de ces pièces n'est

---

13 Voir Jean-Marie Apostolidès, « Célimène et Alceste : l'échange des mots », [in] *Le Misanthrope au théâtre. Ménandre, Molière, Griboïedov*, 1992, p. 157-169.

évidemment pas uniquement ornemental : un récit, un portrait, un sonnet, une chanson ou une lettre, outre qu'ils peuvent renseigner sur leur objet ou donner des informations, révèlent leur auteur et, maniés par un dramaturge habile, jouent un rôle dans la dramaturgie et même dans la scénographie[14].

De récits, il en est de sérieux, comme celui de Philinte ou celui d'Alceste[15], ou de parodiques comme celui, raté, du maladroit valet Du Bois (IV, 4) ; au fond, le duel féroce entre Arsinoé et Célimène, en III, 4, prend les apparences du récit pour porter les coups. Le théâtre, comme le roman, insérait des portraits, qui disent autant sur l'art et le caractère du peintre que sur la personnalité de celui qui est peint[16]. Célimène montre particulièrement son esprit, et sa maîtrise de la langue, dans ses portraits où elle exerce toute sa médisance ; son esthétique du portrait piquant et spirituel ne recule pas devant l'assaisonnement de termes bas et fort pittoresques. Alceste aussi est redoutable portraitiste ou autoportraitiste : voyez I, 1 (portrait de son adversaire), II, 1 (portrait de Clitandre), II, 5 (autoportrait). Les portraits multipliés introduisent une sorte de jeu de miroirs assez caractéristique de cette société fermée sur elle-même et qui se plaît en son propre espace[17].

---

14   Voir les travaux de Magali Brunel : « La lettre, espace romanesque multiple dans le théâtre de Molière », [in] *Molière et le romanesque du XVIIe siècle à nos jours*, 2009, p. 273-290 ; et « La lettre comme objet de structuration de l'espace scénique dans le théâtre de Molière », [in] *La Scène et la coulisse dans le théâtre du XVIIe siècle en France*, 2011, p. 251-260.

15   Respectivement, IV, 1, vers 1133-1162 et V, 1, vers 1487-1520.

16   Voir Jacqueline Plantié, *La Mode du portrait littéraire en France (1641-1681)*, 1994, aux pages 483-508 pour Molière et son art du portrait-caractère.

17   Et qui, à travers la multiplicité des points de vue, suggère qu'on ne peut atteindre un véritable absolu sur les êtres (voir René Fromilhague, « *Le Misanthrope*, galerie de miroirs », *Cahiers de littérature du XVIIe siècle*, 1980, n° 2, p. 149-158).

Des *Précieuses ridicules* aux *Femmes savantes*, Molière a eu recours à l'insertion de pièces poétiques[18]. On a beaucoup glosé sur le sonnet d'Oronte (I, 2) qui, selon l'esthétique de la poésie galante du temps, qu'Alceste vomit et dont Molière se moque au passage, n'a rien de pendable. Ce qui est remarquable, c'est qu'il est l'objet d'un triple commentaire : celui du vaniteux et coquet Oronte, celui de l'indulgent Philinte et celui d'Alceste, impitoyable, qui finit par démembrer phrase à phrase le poème. À ce sonnet, Alceste oppose une chanson complaisamment chantée deux fois de suite, parfaitement inactuelle et un peu simplette, mais qui dit la passion toute nue. D'un côté la galanterie qui pare le désir d'arabesques précieuses, de l'autre la passion sincère et absolue, qui se dit de manière droite et drue. Et Delia Gambelli n'a pas tort de mettre en série le sonnet, la chanson et les lettres de Célimène, comme autant de fragments d'un discours amoureux, qui se contredirent et se font écho[19].

Car *Le Misanthrope* enchâsse aussi des lettres ; dans cette comédie, les lettres circulent même singulièrement. Arsinoé a remis à Alceste une lettre de la main de Célimène, qui ne sera jamais lue sur la scène ; Clitandre et Acaste lisent publiquement les billets adressés à chacun et qu'ils se sont communiqués. Deux observations essentielles à propos de ces lettres : il s'agit à chaque fois d'un détournement de correspondance, bien mystérieux pour la lettre tombée dans les mains d'Arsinoé ; la diffusion de ces lettres a des conséquences importantes. Véritables moteurs pour la dramaturgie des deux derniers actes, les lettres auront

---

18   Voir Bernard Magné, « Fonction métalinguistique, métalangage, méta-poèmes dans le théâtre de Molière », *Cahiers de littérature du XVIIe siècle*, 1979, n° 1, p. 99-129.

19   « I sonetti nel teatro di Molière », *Micromégas*, gennaio-dicembre, 1991, p. 79-94 (repris dans ses *Vane Carte*, 2010, p. 151-171).

provoqué d'irréparables dégâts, accentuant la tension entre Alceste et Célimène et conduisant à l'humiliation finale de la jeune veuve.

C'est dire l'impact de toutes ces formes enchâssées.

LE SALON DE CÉLIMÈNE

SOCIOLOGIE DU GROUPE

La demeure de Célimène est belle et spacieuse. Accueillis par la domesticité au rez-de-chaussée, les visiteurs sont ensuite guidés vers l'étage, où se trouvent les appartements de la jeune veuve. Elle les reçoit dans la belle salle et c'est là qu'on peut l'attendre, car on parle beaucoup dans son salon en l'absence de Célimène, qui sort de son appartement privé ou le rejoint. Elle peut entraîner ses visiteurs pour marcher dans la galerie. Célimène ne vit pas seule dans cet hôtel particulier : sa cousine Éliante y a aussi un appartement. Ces dames, si elles n'appartiennent pas à la haute aristocratie, semblent de la noblesse ou, grandes bourgeoises, y touchent de fort près. Célimène reçoit une compagnie choisie de gentilshommes et tient à avoir la cour chez elle.

À la vérité, Molière est avare de précisions directes sur le rang social de ses personnages. Quelle que soit la valeur de leur titre, les marquis sont nobles : Clitandre assiste au lever et au petit coucher du roi ; Acaste sort d'une maison « qui se peut dire noble avec quelque raison » (vers 783-784). Oronte fait « quelque figure » auprès du roi, qui l'écoute et en use « le plus honnêtement du monde » avec

lui (vers 290-292). Le rang d'Alceste n'est pas si indéterminé
qu'on a voulu le dire. Sa querelle avec Oronte débouche
sur l'arbitrage du tribunal constitué par les maréchaux de
France, qui jugeait des questions de point d'honneur entre
gentilshommes. Alceste appartient bien à la noblesse. On a
même souvent remarqué que, par ses goûts littéraires, son
attitude où, avec finesse, Éliante trouve quelque chose « de
noble et d'héroïque » (v. 1166), son refus cassant des mœurs
de la nouvelle cour et du nouvel art de vivre en général,
Alceste est un bon représentant de l'ancienne noblesse, celle
du temps de la Fronde ou d'avant, si l'on veut. On imagine
que son ami Philinte, point anachronique quant à lui et
parfaitement adapté à l'honnêteté qui règne désormais,
appartient au même milieu.

Ce milieu est assez socialement homogène ; quelle que
soit la discordance qu'Alceste introduit dans le groupe,
Le Misanthrope se passe entre gens du monde. La comédie
donne le spectacle d'une petite société aristocratique, avec
ses rites et son langage, ses loisirs et ses soucis. Elle paraît
passablement confinée, comme si les meilleures heures du
jour ramenaient chacun dans le salon de Célimène pour y
occuper l'oisiveté noble.

Du monde extérieur, rien n'accapare vraiment les personnages. La cour n'a donné aucune charge à ces aristocrates (et
Alceste n'en voudrait pas !), que le monarque divertit et tient
en main, jouant de leur vanité et leur faisant tout espérer
de ses bienfaits. Restent les affaires d'honneur, les intrigues,
les « machines » qu'on met en œuvre pour parvenir, servir
ses amis ou se venger – sur quoi La Bruyère nous en dira
beaucoup plus long. Il faut mettre à part les procès : Alceste
en perd un, ayant refusé d'accomplir calculs et démarches,
basses parfois, qui étaient de coutume ; Célimène, dans
une occurrence analogue, dit vouloir ménager Clitandre à

cause de relations utiles qui pourraient la servir. On voit que la vie mondaine – ailleurs ou chez Célimène – requiert presque exclusivement les personnages, qui passent leur temps en diverses compagnies.

Ce qui est montré du salon de Célimène ignore ce qui faisait presque le tout de la vie d'un La Fontaine : le plaisir de la conversation entre amis, libre, nonchalante ou passionnée, respectueuse d'autrui, où chacun parle et écoute, où chacun s'enrichit de l'esprit d'autrui. Trop d'appétits, parfois exigeants, convergent vers ce foyer qu'est la demeure de la jeune veuve, dont elle constitue le centre rayonnant. La maîtresse de maison veut briller, que son esprit soit admiré : elle met en œuvre son art de la médisance cruelle dans les portraits des absents, ou sa rosserie courtoise à l'égard de la prude Arsinoé, qui l'envie et la déteste. La maîtresse de maison, sûre de sa beauté et de son charme, veut être entourée du désir des hommes. D'où le conflit des égoïsmes : Alceste l'aime passionnément et voudrait être le seul amant ; Oronte la courtise ; Acaste et Clitandre prétendent l'avoir – et la coquette ne veut pas choisir ! Les conflits resteraient sous-jacents, mais la marotte de la sincérité qui s'est emparée d'Alceste les fait affleurer ; et l'euphorie maintenu à tout prix n'est plus tenable. L'explication du dernier acte était inévitable, qui voit l'humiliation de la reine du salon.

C'est aussi cela la vie d'un salon du XVIIe siècle, dont Molière montre finalement l'éclatement. À peine si la complaisance sceptique et la charité d'Éliante peuvent y introduire quelque aménité. À peine si les deux amis Philinte et Alceste y trouvent l'occasion de débattre un peu gravement de l'attitude à choisir à l'égard des hommes et de la vie sociale. Car ce groupe aristocratique, éclairé pendant quelques actes sur la scène, introduit à la question

sociale et morale de la vie en société et de l'art de plaire
instauré à l'époque.

L'ART DE PLAIRE

À travers le prisme d'un secteur restreint de la société
saisi dans son espace[20], le groupe aristocratique et mondain,
Molière, non seulement montre les apories de la société
de cour[21] et met en cause l'art de plaire qui régit cette
société[22], mais pose plus largement le problème : comment
vivre harmonieusement en société et y nouer des relations
heureuses ?

Dans le salon de Célimène, on pratique l'art de plaire,
l'art de se faire aimer selon les leçons de Faret, dont *L'Honnête
Homme ou L'Art de plaire à la cour* date de 1630, ou du
chevalier de Méré, qui publia tardivement, à partir de
1668, ses réflexions plus anciennes sur l'honnêteté. Tous
pratiquent l'art de plaire, sauf Alceste, qui sera ridicule et
rejeté pour cela. Mais qu'est-ce que cela donne ? L'hypocrisie
et l'inauthenticité dans les relations.

Pour être poli, pour se faire des amis ou pour éviter des
ennemis dangereux, on flatte, on montre de la cordialité à
qui vous est indifférent, on loue hautement ce qu'on méprise
en son for intérieur. On fait comme Oronte, véritable caricature des contorsions de la politesse mondaine, dont Philinte
est parfois émule. Ainsi sont ménagées les vanités, ainsi
l'on fait plaisir à autrui – qui est censé vous le rendre –,

---

20 Voir Jean Rohou, « Moi et les autres : le contexte socioculturel du
    Misanthrope », *L'École des lettres second cycle*, 1999-2000, nº 8, p. 9-19.

21 Pour parler comme Jürgen Grimm, *Molière en son temps*, 1993 (1984 en
    allemand et seconde édition, toujours en allemand, revue et augmentée
    en 2002).

22 Voir Jean Mesnard, « *Le Misanthrope*, mise en question de l'art de plaire »,
    R.H.L.F., 1972, p. 863-889 ; repris en 1990, en 1992 et dans Patrick
    Dandrey, *Molière, Trois Comédies morales…*, 1999, p. 215-237.

et l'on parvient à des rapports sociaux agréables. Tel est le
code social, telles sont les règles du jeu. « Dehors civils »
réclamés par l'usage, explique Philinte ; « embrassades
frivoles », « commerce honteux de semblants d'amitié »,
rétorque Alceste[23]. Voyez encore Célimène. Pour lui plaire,
les marquis, pourtant devenus rivaux, flattent son talent à
la médisance ; pour leur plaire, elle médit allègrement des
absents …qu'on se ferait un devoir de louer s'ils étaient
présents. Désireuse de plaire, d'être adulée et entourée
de soupirants et de se faire des amants, Célimène laisse
entendre à chacun qu'il est préféré, jusqu'au moment où
ses mensonges sont révélés.

L'art de plaire transforme la vie sociale en une comédie
généralisée, exacerbe les égoïsmes mal recouverts et qui
reparaissent bientôt avec violence – cet *amor sui*, cet amour de
soi ou amour propre dénoncé par Pascal et la Rochefoucauld,
qui empêche tout bonheur authentique. C'est une sévère
critique de l'honnêteté mondaine que propose Molière.

Plus généralement, en face du monde mauvais, en face
de cette société où ne semblent régner que l'affrontement
des égoïsmes, l'hypocrisie, la tromperie ou la cruauté, en
face de « ce gouffre où triomphent les vices » (v. 1804),
quelle conduite pratique choisir ? C'est le débat général de
la sociabilité que mènent les deux amis.

La sagesse de Philinte fait de lui un adepte de cet art de
plaire, qui rend la sociabilité possible ; l'usage de la civilité,
même menteuse, permet au moins des rapports sociaux
supportables. Les hommes et la société sont mauvais ? C'est
vertu de les accepter comme ils sont ; et d'ailleurs, on ne
les changera pas. Soyons plus indulgents pour la nature
humaine, accommodons-nous de ses défauts et de ses vices,
avec souplesse et flegme.

---

23   I, 1, vers 45, 66 et 68.

Alceste n'admet pas cette sagesse qui n'échappe pas au compromis ni à la compromission ; Alceste refuse le monde, refuse cette société et son art de vivre avec lesquels il se pose d'emblée en rupture – voir son entrée en scène. Ardent défenseur de la sincérité du langage, n'admettant pas que le langage ne dise pas le vrai, il ne peut accepter l'art de plaire qu'on pratique dans la société aristocratique, ses mensonges et ses hypocrisies. Là où, dans l'échange social, Célimène et consorts emploient des mots qui ne correspondent à rien, Alceste veut des mots qui attrapent la vérité[24]. L'un et l'autre échouent d'ailleurs : Célimène paie (au moins provisoirement) le prix de l'euphorie menteuse, Alceste celui de la sincérité.

Reste qu'Alceste, qui n'est pas le vertueux qu'il croit être, ne joue pas le jeu de la société mondaine et de son art de plaire[25] et sera bien exclu pour cette raison. Et pourtant, entre le chemin de la sincérité et celui du mensonge ou de la complaisance, il faudrait sans doute trouver une voie moyenne pour une sociabilité et une civilité possibles...

COMMENT VIVRE ENSEMBLE ?

Telle est bien la question fondamentale qui se pose dans le salon de Célimène, dont les personnages explorent les difficultés et les apories avec leurs manières de communiquer et d'aimer.

---

24 Voir Jean-Marie Apostolidès, art. cité, *supra* à la n. 13, p. 108.
25 Voir Slobodan Vitanovic, « Le Misanthrope de Molière et les théories de l'honnêteté », *XVIIᵉ siècle*, n° 169, 1990, p. 457-467.

LES DIFFICULTÉS DE LA CONVERSATION

Tout en conversations, *Le Misanthrope* semble être le lieu même d'une méditation sur la réussite ou l'échec de la communication, sur les obstacles à une communication heureuse – car les comédies de Molière insistent beaucoup sur l'incommunicabilité[26]. Paradoxalement, une comédie qui devrait être un modèle de la communication sociale s'achemine inéluctablement vers son évanouissement ; *Le Misanthrope* met bien en scène les maladies de la conversation et les impasses de l'échange[27].

Les véritables dialogues, authentiques et paisibles, sont rares, remplacés par les médisances ou la flatterie ; mais l'échange des flatteries repose sur des bases précaires et n'a qu'un temps. Pour être encensée par de nombreux galants, Célimène donne des espoirs à chacun ; dans une sorte de fuite en avant, elle maintient ainsi sa cour, sans jamais acquitter sa dette. Le jour où les galants réclament leur dû, le jour où la tromperie éclate, Célimène est abandonnée. Au fond, dès lors qu'apparaît la vérité, la vie du salon et ses conversations sont menacées. Voyez l'altercation avec Arsinoé : comme le mensonge de la civilité résiste mal à la réalité des sentiments de jalousie et de haine, le dialogue devient pour le coup authentique, mais doit cesser. Un entretien de ce genre est ce que Célimène doit à tout prix éviter dans son cercle, car il y détruit l'euphorie de surface. À cet égard, Alceste représente le plus grand danger pour le salon de Célimène : son exigence de sincérité et de vérité, sa volonté que la parole dise l'être, son refus des

---

26   Voir Olivier Bloch, *Molière : comique et communication*, 2009.
27   Voir Nathalie Rogers, « Les structures conversationnelles dans *Le Misanthrope* », [in] *Les Propos spectacle. Études de pragmatique théâtrale*, New York, *etc.*, P. Lang, 1996, p. 71-82.

règles du jeu, sa misanthropie en un mot, jettent un froid et mettent à mal le plaisir que Célimène attend dans son cercle et de son cercle.

Car Alceste est particulièrement insociable et maladroit, particulièrement incapable d'établir des rapports harmonieux avec les autres membres de cette société ; la grande scène 4 de l'acte II est emblématique de cette incapacité d'Alceste à communiquer : il fait mourir la conversation habituelle du salon et son plaisir ; il détruit la conversation agréable et la remplace par un dialogue brutal. La civilité demande la paix ; or Alceste introduit la guerre[28].

Quelle que soit la situation, par sa raideur, ses éclats, sa parole directe, Alceste rend la conversation difficile. Avec Oronte, en I, 2, après avoir tergiversé, tenté de biaiser, il finit par condamner le sonnet et son auteur de façon franche et insultante –il casse et rompt la communication. Quand Arsinoé lui fait des avances, en III, 5, il la rembarre. Plus gravement, ni en amitié ni en amour, il ne parvient à établir et à entretenir une relation de communication harmonieuse. Il est continuellement cassant avec Philinte, toujours sur le point de briser le dialogue amical avec une belle indélicatesse[29]. Il n'est pas plus adroit avec Célimène, incapable de trouver avec elle le ton juste de l'entretien amoureux, et même de parvenir à établir avec elle une véritable communication. Souvenons-nous du mot de Copeau sur le monsieur qui ne parvient jamais à parler à une dame ! Alceste n'obtiendra que bien difficilement l'explication décisive pour lui. Quant à Célimène, quand les circonstances la mettent dans la situation de pouvoir

---

28 Voir Johan Chapoutot, « Civilité et guerre civile : pour une lecture politique du *Misanthrope* de Molière », *P.F.S.C.L.*, XXXV, 69 (2008), p. 657-670.

29 IV, 2, vers 1234 et 1243-1244.

ou de devoir s'expliquer, elle refuse la franchise (IV, 3) ou, se reconnaissant coupable à la dernière scène, elle refuse finalement les exigences d'Alceste – ce qui est la fin de toute communication entre eux.

AIMER ?

C'est que, le plus profondément, Molière nous amène à une méditation pessimiste sur la qualité de l'amour, alors que l'amitié ou l'amour entre les personnages devraient être l'occasion de tisser des liens plus intimes, plus justes et plus heureux.

L'amitié ? *Le Misanthrope* en propose déjà les contrefaçons. Que vaut l'amitié des marquis rivaux ? Quant à Oronte et à Arsinoé, ils font de l'amitié un pur mensonge : l'un, après avoir assailli Alceste de ses offres d'amitié, une fois blessé dans sa vanité, devient un redoutable adversaire ; l'autre fait éclater sa feinte amitié pour Célimène en venant l'assassiner des médisances ou des calomnies qu'elle a ramassées contre sa rivale.

Alceste propose une belle définition de l'amitié[30], fondée sur l'accord des tempéraments, la connaissance réciproque et le choix de cette « union » ; mais il ne sait pas la mettre en pratique – il est vrai que l'accord des tempéraments n'existe pas entre lui et Philinte ! Alceste, qui ne marque jamais ni la moindre estime, ni la moindre affection pour Philinte, ne cesse au contraire d'accabler son ami de ses brusqueries et de ses incartades, le repoussant, refusant de l'écouter, le renvoyant – bref, ne cessant de blesser une amitié dont il semble vouloir se débarrasser. Alors que Philinte mérite le nom d'ami, seul : indulgence, pardon des offenses, activité pour arranger les désastreux effets du

---

30   I, 2, vers 278 *sqq.*

comportement extravagant de son ami, générosité pour laisser Éliante, qu'il aime, à Alceste.

L'amour ? Le diagnostic est aussi sombre. Si l'on met à part Arsinoé, qui aime sans être aimée, tous les autres personnages entretiennent des sentiments réciproques, à des degrés divers, et presque tous échouent à établir un accord amoureux durable.

Célimène est au centre de la configuration des amours comme objet des désirs ou des passions – de ceux qui veulent seulement satisfaire leur sensualité et de ceux qui veulent l'épouser. Mais, parce qu'elle ne sait pas aimer, parce qu'elle n'aime qu'elle-même – toujours l'*amor sui* –, elle ne peut s'attacher ni amant ni mari. Satisfaite d'être désirable et désirée, avide des flatteries de cette cour masculine, elle se ménage le plus grand nombre de soupirants, en un manège passablement ambigu de coquette : elle fait croire à chacun qu'il peut être le préféré ou, disent les médisants, en persuade tel ou tel par quelque gage plus palpable. Toujours elle refuse de choisir, de se limiter et de s'engager, cultivant ainsi l'ambiguïté, le mensonge et la tromperie. La réflexion profonde d'Éliante peint décidément bien les sentiments amoureux de Célimène : « Son cœur de ce qu'il sent n'est pas bien sûr lui-même » (IV, 1, v. 1182). Mais alors, comment Célimène pourrait-elle aimer en vérité ?

Quant à Alceste, il ne sait pas davantage aimer d'amour que d'amitié. « Non, vous ne m'aimez point comme il faut que l'on aime », reproche Célimène à Alceste (v. 1421). Assurément, on ne peut imaginer soupirant plus maladroit pour une coquette comme Célimène ! L'une n'est heureuse que dans la réticence, les demi-aveux, les déclarations contradictoires et simultanées, donc mensongères, reculant indéfiniment le moment du choix et de l'engagement univoque ; elle désire jouir d'une sorte de

liberté d'indétermination utopique. Et l'autre veut un engagement clair, exclusif, définitif, une transparence totale, une
soumission absolue. L'impérialisme de la passion d'Alceste
effraierait quiconque et fait reculer Célimène jusqu'au bout.
Son moi dominateur l'empêche en fait d'aimer. La maxime
d'Alceste, formulée la première fois qu'il est question de
cet amour mal engagé, est révélatrice : « un cœur bien
atteint veut qu'on soit tout à lui » (v. 240) ; elle définit
parfaitement l'amour, à condition que la réciproque soit
posée. Or, Alceste ne prend guère en considération la personne ni la personnalité de Célimène, qu'il désire réduire
à sa merci, sans penser à s'oublier lui-même dans le don à
l'aimée. D'ailleurs, qu'il aille, par dépit, s'offrir un instant à
Éliante signale assez le peu de cas qu'il fait de l'objet aimé,
comme on disait au XVIIe siècle. Assurément, le Ciel ne l'a
pas fait pour le mariage, comme il le reconnaît finalement
lui-même (vers 1791-1792). Au fond, Alceste et Célimène ne
veulent ou ne peuvent se donner l'un à l'autre, car chacun
d'eux n'aime que soi-même.

Philinte et Éliante, qui s'épouseront, représentent-ils
l'idéal ? Ils donnent en tout cas l'image d'un couple équi-
libré et promis à une union durable. Mais un peu froid et
guère passionné... Mais dans un monde où le mal paraît
inévitable, un monde dégradé par la chute originelle comme
le disaient les croyants – presque tous les moralistes, et
aussi le libertin Molière, étant d'accord sur le diagnostic,
même s'ils refusaient l'explication théologique –, il faut se
contenter des approximations du bien. Ainsi l'enseigne le
scepticisme du dramaturge.

CONTRASTES

Le contraste essentiel et premier qui régit *Le Misanthrope* reste bien celui qui oppose les mal aimants et mal aimés Célimène et Alceste. Mais, comme tout dramaturge génial, Molière est soucieux de polyphonie dramatique et configure son drame par la diversité et d'autres contrastes, du côté des personnages féminins et du côté des personnages masculins.

LE GROUPE FÉMININ

Plus restreint que celui des hommes, il est composé de rôles plutôt courts et oppose déjà deux âges : les cousines Célimène et Éliante ont 20 ans ou autour de 20 ans et sont liées par le sang ; Arsinoé – que la liste des personnages dit bien l'amie de Célimène, mais d'une amitié selon le monde – a l'âge de sa pruderie et la pruderie de son âge. Deux saisons de la vie. Des nuances plus ou moins accentuées séparent ces trois personnages féminins.

Dans son salon, dont elle est le centre et où elle veut maintenir l'euphorie, dont elle a besoin car elle y brille et y plaît, car il y va de sa gloire et de ses intérêts, Célimène met en valeur son esprit. Ses portraits, qui n'épargnent même pas ceux qu'elle appelle ses amis, illustrent l'art de la médisance et exercent sans pitié une belle rosserie. Nous avons déjà mentionné son esthétique du portrait spirituel et piquant, fondée sur un certain excès dans les énumérations, les oppositions, les images ou le choix des termes, la dame n'hésitant pas à tomber dans le pittoresque et dans le burlesque des termes bas, aux fins de plaisanterie verbale. Dans la situation difficile du duel verbal avec Arsinoé, sa

réponse fielleuse donne aussi le plaisir du pastiche stylistique parodique, puisqu'elle reprend la forme de la tirade
précédente de la fausse prude, qu'elle retourne contre celle-
ci. À cet égard, celui de la médisance et du fiel, Arsinoé ne
vaut pas mieux, dont la jalousie haineuse, avant d'éclater
expressis verbis, s'épand avec une parfaite hypocrisie de civilité, voire d'amitié, sur les mauvais bruits et calomnies
concernant les « déportements » de la jeune veuve. L'une et
l'autre contreviennent à la charité et déchirent le prochain.
Ce salon dirigé par une femme est un monde décidément
sans charité. Comme le note aussitôt Éliante, au début de
la scène des portraits où va briller Célimène :

> Ce début n'est pas mal ; et contre le prochain
> La conversation prend un assez bon train[31].

En face de la férocité des deux autres, Éliante est la
figure de l'indulgence, du respect d'autrui, de l'amour du
prochain, en somme. Il faut transposer et généraliser sa
tirade empruntée à Lucrèce à propos de l'aveuglement des
amoureux qui ne voient que qualités dans l'objet aimé :
leçon de bienveillance. Éliante ne juge ni ne condamne.
Elle ne trouve pas Alceste extravagant ni insupportable,
mais seulement « fort singulier » (v. 1163) ; et, au lieu de
stigmatiser ses défauts, elle relève en lui ce qu'il peut avoir
d'estimable, le côté noble et héroïque de sa sincérité (vers
1165-1166). Et elle analyse très finement l'indécision amoureuse qui est au fond de la conduite galante de sa cousine.

En amour, loin du goût effréné de conquêtes que l'on voit
chez la cousine, Éliante montre beaucoup d'accommodements
et de facilité. Elle favorise l'union de Célimène et Alceste,
mais accepterait (« Je pourrais me résoudre … », v. 1200)

---

31   II, 4, vers 583-584.

d'épouser un Alceste rebuté ; mais, à la scène suivante, elle refuse tout net d'être épousée par Alceste, uniquement désireux alors de se venger d'une Célimène qu'il croit traîtresse, et qui comprendra, à la scène dernière, l'indélicatesse de sa proposition. Elle épousera finalement Philinte, qui lui aussi était prêt à laisser celle qu'il aime à Alceste. Ces amours ne sont décidément pas brûlantes...

Il n'en va pas de même pour Célimène, dont nous avons dit la passion d'être désirée et aimée, au risque de ne jamais aimer vraiment Alceste et de ne pouvoir répondre à son amour. Sensible à la passion d'Alceste, certainement attirée par lui, elle ne pourra s'engager. Alceste la divertit et l'agace aussi avec ses continuelles incartades ; c'est ce que dit le billet lu par Acaste à la dernière scène. Elle assure en tout cas sa prise sur le Misanthrope, prenant ses exigences et ses reproches par la raillerie, ou en faisant l'offensée. Au sombre dernier acte, son jeu ambigu étant dénoncé, elle avoue ses torts à Alceste et accepte le mariage – renonçant à sa liberté si chérie ; mais, effrayée par une retraite loin du monde, elle recule définitivement. Ce personnage quelque peu ambigu et énigmatique connaît donc un triple échec : son salon se désagrège, elle perd des amants, elle perd Alceste – à l'opposé du mariage paisible de sa cousine.

Pour ce qu'on devine d'elle, Arsinoé serait une Célimène qui a mal vieilli et qui, désormais dépourvue de galants et aimant en vain Alceste, dissimule son amertume sous le voile hypocrite de la pudibonderie et de la pruderie.

ALCESTE ET PHILINTE

Le jeu des contrastes configure également le groupe masculin. Laissons de côté Oronte et les petit marquis, sortes de caricatures de ce qu'Alceste déteste : les contorsions insincères de ce qu'on appelle l'amitié dans le monde, et la nullité de marionnettes fort éprises de leur mince personne. Doit surtout intéresser l'étrange amitié de deux opposés, Alceste et Philinte – amitié aussi peu harmonieuse que les amours d'Alceste avec Célimène.

Il faut imaginer les deux amis du même âge ; mais quel âge ? À cause de son côté idéaliste, emporté et maladroit, on voudrait Alceste plutôt jeune. Mais le rôle du héros comique était tenu par Molière (on n'a aucune certitude sur la distribution de Philinte), qui avait, lors de la création du *Misanthrope*, 44 ans. En fait, les deux personnages ne sont plus des jeunes gens ; plutôt des *juvenes* comme disaient les Romains, des trentenaires confirmés. Mais si l'âge les rapproche, tout le reste – le tempérament, les goûts, la doctrine, le comportement – les sépare. Comme s'ils n'étaient pas de la même époque : Philinte est fait à la société de son temps, alors qu'Alceste n'admet pas l'évolution et se montre un adepte, sinon un doctrinaire de l'ancien temps – comme nombre de héros comiques de Molière.

Leur nature sépare déjà les deux amis, tributaires chacun de leur tempérament, tel que le concevait la médecine du temps, avec son fameux équilibre des humeurs : d'un côté l'atrabilaire, de l'autre le flegmatique. Le texte abonde en allusions à cet excès de bile noire (*atrabile*) qui régit la nature d'atrabilaire, de mélancolique d'Alceste, alors que le flegme domine le tempérament de Philinte ; nombre des réactions et des comportements du Misanthrope s'expliquent par la physiologie. Mais il faut aller bien au-delà.

Que dans le monde présent triomphent l'injustice, l'intérêt, la trahison, la fourberie, cette lâche habitude de flatter, c'est-à-dire de mentir pour plaire et être bien reçu, que Célimène même, celle qu'il aime, soit corrompue par les mœurs du temps, Aleste en convient à l'instar de Philinte.

Mais celui-ci développe une sagesse sceptique qui prend
« tout doucement les hommes comme ils sont » (v. 183) et
ne prétend pas réformer la nature humaine ni la société,
qu'il faut supporter et à quoi il faut s'accommoder. Tandis
que celui-là, épris d'absolu, ne se résigne pas, dénonce hautement le mal et entreprend de corriger les hommes, et sa
maîtresse, en usant d'une complète sincérité ; l'entreprise
ne manque pas de panache, comme le voit bien la douce
Éliante, mais grande est son illusion. C'est un premier
aspect de la naïveté d'Alceste[32].

Il en est un second : si Alceste se trompe sur les autres,
il se trompe aussi sur lui-même. Le combat du chevalier
de l'idéal est discrédité par son orgueil. « Je veux qu'on me
distingue », proclame-t-il d'emblée (v. 63). Il est établi dans le
vrai et dans le bien, d'où il juge sans indulgence et pourfend
sans ménagement les vices d'autrui. Il détient la vérité dans
le domaine moral, et même dans le domaine esthétique !
Il veut corriger les autres au nom de sa supériorité qu'il ne
met jamais en question, élevant sa sincérité, sa subjectivité
au rang de norme universelle dans un monde mauvais. On
peut même dire qu'il a besoin de ce monde mauvais, de cette
société pervertie pour s'affirmer différent et supérieur. Se poser
en réformateur, c'est se hausser au-dessus des autres. Le moi
d'Alceste est exacerbé, alors que de toutes les manières celui
de Philinte reste en retrait. Voyez-les en amour : Philinte,
qui aime Éliante, la laisserait à son ami ; Alceste fait preuve
de cette fameuse *libido dominandi* dans son despotisme à
l'égard de celle qu'il aime. Qu'il souhaite un amour exclusif ne présente d'abord rien de scandaleux. Mais Célimène
est pour lui un être à réformer, à dominer. Il lui parle en
maître, reprend, juge, ordonne, insulte. On lui pardonnerait

---

32   Voir Charles Mazouer, *Le Personnage du naïf dans le théâtre comique du
Moyen Âge à Marivaux*, Paris, Klincksieck, 1979, p. 239-244.

sa jalousie ; mais je rappelle la maxime de La Rochefoucauld (324) : « Il y a dans la jalousie plus d'amour-propre que d'amour » ; et en Alceste il y a de la graine de tyran. Ne va-t-il pas, dans une déclaration effrayante[33], jusqu'à souhaiter que Célimène n'ait rien et ne soit rien, afin de s'acquérir la gloire de donner tout à un être qui dépendrait entièrement de lui ? Célimène est niée par la passion absolue d'Alceste. Comment peut-il imaginer l'accaparer toute à lui et la tirer de son milieu vital, la société mondaine ?

De cet orgueil, de ce moi envahissant se déduisent les comportements d'Alceste, placés, nous l'avons vu, sous le signe général de la rupture, de l'intolérance, de la violence. Autant Philinte est civil, accommodant, tolérant, complaisant (on repère dans son nom le verbe grec *philein*, qui est le verbe *aimer*)[34], autant Alceste est cassant. Il rompt avec Oronte, il rompt avec les marquis, il rompt avec l'art de plaire ; il refuse de s'adapter aux règles de la vie commune et s'exclut justement de la société des hommes, qu'il a fini par haïr. Il rompt avec Célimène, à qui il avait fait une cour étrange, extravagante. Dans sa mise en scène du *Misanthrope*, Antoine Vitez faisait osciller les rapports d'Alceste et de Célimène entre deux pôles : l'amour charnel, d'un côté, l'hostilité et la brutalité, de l'autre. C'était une bonne idée scénique pour incarner l'impossible accord entre les deux personnages, attirés pourtant l'un vers l'autre, et l'échec de l'ambition d'Alceste en ce domaine. Et Alceste romprait même avec son ami Philinte, dont l'amitié est assez généreuse pour ne pas l'abandonner.

---

33 IV, 3, vers 1424-1432.
34 Plus intéressant que le traditionnel « raisonneur », Philinte représente un juste milieu entre l'intolérance d'Alceste et la complaisance de Célimène à l'esprit de sa coterie, et anticipe ce que sera la tolérance des Lumières (Patrick Dandrey, « La leçon du *Misanthrope* », *Le Nouveau Moliériste*, VIII, 2007, p. 9-23).

Quand il quitte la scène et donc la société mondaine, l'échec de toutes les ambitions d'Alceste est consommé. Il n'a pas changé les hommes ; il les a plutôt blessés et se les est aliénés, en mettant en péril un art de vivre qu'il n'admet pas. Il n'a pas changé Célimène et n'a pas pu se faire aimer. Triple échec : social, amoureux et amical. Là où Philinte aura réussi.

LA TENTATION DU SÉRIEUX

Étrange comédie que ce *Misanthrope*, dont on peut se demander si elle était vraiment comique. Si rire il y a bien, ce rire rend un son particulier : dans un salon aristocratique, avec un héros « plaisant sans être trop ridicule » et des plaisanteries plus relevées, les honnêtes gens rient « moins haut », dit Donneau de Visé dans sa *Lettre sur Le Misanthrope*, mais Molière y fait « continuellement rire dans l'âme ». Comment entendre cela ?

DE LA PITIÉ

Après tout, le spectateur pourrait adopter le point de vue d'Éliante, qui est d'estime et de sympathie pour le personnage d'Alceste et pour sa noble sincérité ; il passerait alors sur la singularité de ses façons d'agir et serait sensible aux graves échecs qu'il subit et à sa solitude finale. Goethe était aussi ému par la franchise et la pureté de ce héros finalement malheureux, aux lèvres de qui vient d'ailleurs souvent un vocabulaire tragique, s'en prenant aux astres (v. 1294), au sort (v. 1477) qui le malmène, à sa destinée malheureuse qu'il lui faut suivre (v. 1417).

Le dénouement d'une comédie se fait d'ordinaire dans la joie, en présence de tous les personnages réunis. Dans *Le Misanthrope*, non seulement Alceste fuit une société mauvaise, « trahi de toutes parts, accablé d'injustices » – ce qui est source d'amertume ; mais tout l'acte V est orienté vers la grande scène dernière qui voit l'humiliation, peu risible, de Célimène repentante. Tous les personnages sont bien réunis, mais pour déserter tous son salon et fuir la scène en se dispersant. Et ils laissent apparaître, sous le vernis de politesse mondaine, sous l'euphorie de l'art de plaire, une effrayante dureté dans le jeu des appétits, des tromperies et des vanités. On comprend le « Tirons-nous de ce bois et de ce coupe-gorge » (v. 1522) d'Alceste !

En ce sens, la scène des théâtres nous a donné à voir plus d'un Alceste dramatique, douloureux et souffrant[35].

L'OPTIQUE COMIQUE

Mais il n'y a pas l'ombre d'un doute : le personnage d'Alceste, que jouait Molière lui-même comme toujours en pareil cas, est le héros comique, celui qui est désigné aux spectateurs comme la cible du rire ; comme dit dès la création Donneau de Visé, Molière en a fait *le plaisant* de sa comédie. C'est tout justement ce qui révulsait Jean-Jacques Rousseau, dans sa diatribe contre l'immoralité de la comédie, la *Lettre à d'Alembert sur les spectacles* : Alceste, celui en qui il voulait voir « un véritable homme de bien », « un caractère si vertueux », est présenté par Molière comme un ridicule.

35　Voir : Maurice Descotes, *Les Grands Rôles du théâtre de Molière*, 1960, et « Nouvelles interprétations moliéresques » (*Œuvres et critiques*, VI, 1, *Visages de Molière*, été 1981, p. 35-55) ; David Whitton, « *Le Misanthrope*, 1975-1995. Vingt ans de mise en scène en France », *Le Nouveau Moliériste*, II, 1995, p. 275-296 ; Noël Peacock, *Molière sous les feux de la rampe*, 2012.

De fait, Molière a pris soin de multiplier les contradictions internes d'Alceste et de le lancer dans les situations et contre les partenaires les plus incompatibles avec son humeur, où le rire trouve les occasions rêvées de prendre en défaut sa cible et de débusquer les manifestations de ses illusions. Alceste rejette et vomit la société aristocratique ; mais il a besoin d'elle pour avoir la possibilité et la satisfaction de s'y opposer, avec cette espèce de contradiction que lui reproche Célimène. Il déteste les mœurs de la coquette, mais il se lance dans l'impossible aventure de l'aimer et de la transformer – un misanthrope amoureux ! Bref, il est loin de mettre toujours en application son idéal proclamé. Alceste se drape de vertu, mais il a la bassesse de suivre Arsinoé quand elle lui promet un témoignage qui dénoncerait Célimène. À l'acte IV, avec Célimène, sa théorie de l'authenticité vole en éclats quand il la supplie de lui donner au moins l'apparence du vrai. Voilà le héros passablement discrédité. Et nous avons vu de reste combien l'orgueil et l'égoïsme fragilisent cette vertu affichée. Il faudrait ajouter son terrible esprit de sérieux qui achève de le discréditer ; il est incapable de détachement sur le monde ou d'humour sur lui-même : il s'indigne, il est en colère, mais ne rit jamais[36]. Son usage du vocabulaire de la tragédie montre justement qu'il se prend au tragique ; et il fait rire de cela[37].

Mais, dans le cercle de Célimène, tous rient de lui, car il dérange un groupe qui vit justement de frivolité euphorique, et en est rejeté par le rire. Il est devenu un spectacle comique pour ce groupe. Même l'indulgent et affectueux Philinte, qui le raille avec justice à l'occasion, le trouve

---

36   Voir Jules Vuillemin, « Le Misanthrope, mythe de la comédie », *Dialectica*, vol. 42, fascicule 2, 1988, p. 117-127.

37   Voir Élisabeth Fichet-Magnan, « La "maladie" d'Alceste et le déni de la vision tragique », *P.F.S.C.L.*, XIII, 1980, p. 73-116.

ridicule et le met en garde contre la sanction du rire des autres[38]. Célimène use de l'ironie et de la raillerie devant les incartades de son amant : elle s'en fait un spectacle (l'homme aux rubans verts la divertit quelquefois, a-t-elle écrit au marquis) et le désigne au rire de sa société[39], ce que constate amèrement Alceste :

> Les rieurs sont pour vous, Madame, c'est tout dire,
> Et vous pouvez pousser contre moi la satire[40].

Les marquis rient aussi de lui, avec plus de méchanceté ; comme Célimène, ils rient d'un Alceste qui met en péril leur bonheur social (et leurs ambitions libertines).

Quel que soit le jugement qu'on puisse porter sur Alceste et sur la société des rieurs qu'il fréquente, il nous est désigné par le dramaturge comme objet de notre rire. Ce qui fournit un rire autrement profond. Dans l'ordre du langage aussi – plaisanteries et railleries fines, art éminemment plaisant des portraits de Célimène –, on retrouve la qualité du comique. Ce doit être de toutes ces manières qu'il faut comprendre le rire dans l'âme. Un comique plus facile – les « plaisanteries fades et basses », comme dit *La Lettre sur le Misanthrope* –, celui que procure les valets (Basque en II, 5 ; Du Bois en IV, 4) a presque disparu.

---

38   Voir par exemple I, 1, vers 73-94, ou 98.

39   Dans sa critique de la société et des défauts de Célimène, Alceste a moralement raison et la conduite de Célimène est moralement condamnable. Mais les défauts et la manière d'Alceste discréditent sa critique et le rendent ridicule et la proie des rieurs. Célimène a moralement tort, mais est esthétiquement dans son droit – comme dit Jules Brody (voir deux études de ses *Lectures classiques*, 1996, p. 67-117, volume qui reprend des articles anciens : « Esthétique et société chez Molière » (1968) et « *Dom Juan* et *Le Misanthrope* ou l'esthétique de l'individualisme » (1988)).

40   II, 4, vers 681-682.

Le Misanthrope surmonte la tentation du sérieux et s'avère bel et bien une comédie, mais avec une radicale originalité de ton.

En somme, cette pièce ne cesse d'embarrasser l'interprète. Le rire paraît d'abord problématique. Les personnages principaux ne sont jamais passibles d'un jugement univoque ; ils ont tort et raison, et l'on ne sait jamais exactement où Molière veut nous arrêter, comme s'il se contentait de poser les contrastes, laissant informulé son point de vue personnel dans la polyphonie dramatique. Sur le plan moral, sur le plan idéologique, il nous laisse souvent au rouet. Il suffit de considérer l'étonnante diversité des jugements portés sur Alceste, de l'honnête homme vertueux, martyr de la société, au malade et au fou, en passant par l'orgueilleux et dangereux égoïste[41]. Si l'accord se fait sur la critique de la société, on reste dans l'aporie sur la conduite qu'il faut y tenir : Alceste l'exigeant a-t-il tort contre le sociable Philinte ? C'est au spectateur de se faire sa vérité – comme nous venons de tenter de le faire pour notre compte dans les pages qui précèdent – dans une comédie plus que jamais problématique[42]. Oui, *Le Misanthrope* est décidemment une comédie bien étrange[43], une comédie de l'ambiguïté[44].

---

41   Voir, par exemple, Marcel Gutwirth, « Visages d'Alceste », *Œuvres et critiques*, VI, 1, été 1981, p. 77-89.

42   C'est-à-dire qui illustre une position de « suspens critique », comme dit Patrick Dandrey, *Molière ou l'esthétique du ridicule*, 1992, p. 210-211.

43   Voir Jean Emelina, « Étrange *Misanthrope* », *Le Nouveau Moliériste*, VIII, 2007, p. 61-81.

44   Voir Boris Donné, « *Le Misanthrope sub specie ambiguitatis*, *Op. cit.* !, 13, novembre 1999, p. 71-88.

L'ÉCRITURE SCÉNIQUE

La gravité des enjeux, l'importance des problèmes sociaux et moraux, les interrogations herméneutiques ne doivent pas faire oublier le point de départ : Molière a écrit pour la scène et rien ne s'appréhende vraiment qu'à partir de la représentation. Quelques notations sur ce point[45].

L'ESPACE

La salle où Célimène reçoit est un espace social qu'elle polarise, et où d'ailleurs elle n'est à son aise que lorsque qu'elle en occupe le centre – dans le bonheur de l'euphorie, sauf dans la dernière scène, où elle se trouve accusée, humiliée, aux abois ; son salon est alors déserté, l'espace social du salon détruit : dans le vide, Célimène n'est plus le centre de rien. Mais, au cours de la pièce, l'espace n'a cessé d'être menacé, son équilibre mis en péril par Alceste. L'aimable Célimène produit un mouvement centripète dans l'espace de son salon, alors qu'Alceste est une force centrifuge. Il brise l'harmonie, rompt le cercle, fait éclater le groupe. Son orgueil et ses brusqueries minent l'espace. Ne pouvant arracher Célimène à son lieu, Alceste reste dans l'espace de son salon ; mais son moi l'envahit et le brise, le fait voler en éclats. S'il reste, en II, 4, c'est pour bien vite juger, critiquer, contredire, contrarier, se gendarmer – agresser, en un mot. Il ravit la vedette à Célimène et la met en mauvaise posture devant son groupe. Par deux fois (II, 5 et IV, 4), il est obligé de quitter cet espace où il cherchait

---

45 Détails dans Charles Mazouer, *Trois Comédies de Molière...*, nouvelle édition 2007, chapitre VI, et « Figures de l'espace dans *Le Misanthrope* », *Le Nouveau Moliériste*, VIII, 2007, p. 159-173.

une explication avec Célimène. Mais un départ définitif vers l'extérieur du salon, vers son « désert », était inscrit dans son personnage, commandé par sa misanthropie.

Les acteurs du *Misanthrope* ne sont jamais seuls ; et les relations qu'ils entretiennent entre eux dessinent une proxémique sur la scène. Du rapprochement à la rupture et à la fuite, de l'harmonie au désaccord, on pourrait tracer une échelle des rapports scéniques de la relation à autrui. Avec autrui, et en particulier avec son ami, Philinte ne cesse de rechercher le rapprochement, l'accommodement ; Oronte se précipite sur Alceste. Mais Célimène fuit les explications, sans cesse ; et, quand il n'agresse pas, Alceste ne cesse de vouloir fuir. Toutes ces relations sont incarnées dans l'espace, par le corps des acteurs.

LE CORPS DES ACTEURS

Le corps des acteurs parle ; il sait même faire rire[46]. On sait très bien la préoccupation de Molière pour la distribution de ses comédiens, pour leur ajustement au rôle confié, pour l'*actio* théâtrale, pour le jeu : mimique, travail sur la voix, choix des gestes et des postures. On pourrait rependre tous les acteurs du *Misanthrope*, dans leur mimique, dans leur gestuelle[47], dans leurs déplacements pour y vérifier les vingt aspects d'un jeu scénique qui doit signifier. La parole théâtrale passe à travers les corps pour se déployer dans l'espace[48]. Qu'on pense au flegme de Philinte, à la

---

46   Voir Hanspeter Plocher, « Comique corporel dans la haute comédie de Molière. *Le Misanthrope* (1666) », [in] *Le Comique corporel. Mouvement et comique dans l'espace théâtral du XVIIᵉ siècle*, 2006, p. 117-132.

47   Voir, sur un aspect particulier, Sabine Chaouche, « La gestuelle "civile" dans *Le Misanthrope* », *Op. cit.* !, 13, novembre 1999, p. 59-70.

48   Voir Charles Mazouer, « L'espace de la parole dans *Le Misanthrope*, *George Dandin* et *Le Bourgeois gentilhomme* », *Le Nouveau Moliériste*, IV-V,

palette scénique de l'actrice qui incarne Célimène – la jeune
femme qui triomphe dans son salon, celle qui tient tête
à Alceste, met de son côté les rieurs, fuit les explications,
assassine civilement Arsinoé venue la blesser… –, au jeu
des marquis, à celui d'Oronte, des valets même !

Contentons-nous développer un peu le rôle du héros
comique, auquel tenait Molière. D'emblée, dans sa *Lettre
sur Le Misanthrope*, Donneau de Visé juge parfait le choix
d'un misanthrope comme héros comique ; et il ajoute :

> Ce choix est encore admirable pour le théâtre ; et les chagrins,
> les dépits, les bizarreries, et les emportements d'un misanthrope
> étant des choses qui font un grand jeu, ce caractère est un des
> plus brillants qu'on puisse produire sur la scène.

Et, dans son résumé de la comédie, il insiste à plusieurs
reprises sur l'action théâtrale de telle scène particulièrement bienvenue à cet égard, comme IV, 1 et 2, ou
V, 1 et 2. Tous les acteurs qui ont incarné Alceste pourraient en convenir : un personnage qui vit sur le mode
de l'indignation, de la colère et de la violence donne de
la tablature aux acteurs.

À peine sur scène, Alceste sent sa bile s'échauffer contre
le franc scélérat avec qui il a procès ; le courroux l'envahit,
déborde de son corps à sa parole : le geste se fait véhément
et la parole indignée finit par se bloquer, et s'étouffe dans
sa gorge (« Morbleu ! je ne veux point parler », v. 180).
Mais ses amours impossibles avec la coquette sont surtout
l'occasion de belles explosions scéniques. Au quatrième
acte, sa fureur non maîtrisée impressionne et fait rire. En
peignant tranquillement l'extravagant qui s'offre à sa vue,
Célimène décrit le jeu de l'acteur :

1998-1999, p. 191-202.

> Ouais ? Quel est donc le trouble où je vous vois paraître ?
> Et que me veulent dire et ces soupirs poussées
> Et ces sombres regards que sur moi vous lancez[49] ?

Regards, soupirs, désordre du maintien : autant de signes privés de la parole et pourtant très parlants, que le corps de l'acteur est apte à produire ; la colère est d'abord physique. Elle se manifeste aussi pleinement dans le propos, dans son organisation et dans son ton, du moins aussi longtemps que la fureur ne prive pas le personnage de la parole (voir le v. 1223). Dans la scène suivante, en IV, 3, avec Célimène seule, Alceste, en une belle contradiction comique, passe de la colère à la supplication, de l'agitation à la passivité. On retrouve ailleurs cette contradiction, ne serait-ce que dans la belle scène avec Oronte : le partisan de la sincérité commence par se taire, se contentant d'exploser en *a parte*, puis biaisant avant d'attaquer de front. Cette gêne du personnage pris entre la civilité et la sincérité, qui, avant l'éclat de franchise blessante, passe par la maîtrise distante, l'explosion à part et les propos ouverts mais indirects et relativement courtois, est une gêne physique que l'acteur doit inscrire dans l'espace. De toutes les manières, le corps de l'acteur doit montrer le malaise d'Alceste dans l'espace du salon, et que son expulsion est inéluctable.

En un mot, la structure de la scène comme le jeu des acteurs révèlent ces dichotomies – raideur et souplesse, agression et flatterie, rupture et accord, mouvement centrifuge et mouvement centripète, exclusion et inclusion – qui qualifient des comportements humains opposés et mis génialement en relation par Molière.

---

49   IV, 3, vers 1278-1280.

LE TEXTE

Nous suivons le texte de l'édition originale :

LE / MISANTHROPE, / COMEDIE. / *Par I. B. P. DE MOLIERE.* / A PARIS. / Chez IEAN RIBOV, au Palais, vis-à-vis la Porte / de l'Eglise de la Sainte Chapelle, / à l'Image Saint Louis. / M. DC. LXVII. / *AVEC PRIVELEGE DV ROY.* In-12 : 11 ff. non chiffrés [page de titre ; Le libraire au lecteur ; La *Lettre écrite sur la comédie du Misanthrope* ; L'Extrait du Privilège du Roi ; Les Acteurs] – pages 1-84 [texte de la pièce].

Plusieurs exemplaires à la Réserve de la BnF Tolbiac et un aux Arts du spectacle. Texte numérisé deux fois (NUMM-70155 et NUMM-70806) et lot d'images numérisées (IFN – 8610797).

BIBLIOGRAPHIE

ÉDITIONS SÉPARÉES

Éd. Michel Autrand, préface de Jean-Pierre Vincent, Paris, Librairie Générale Française, 1986 (Le Livre de poche classique).

Éd. Jacques Chupeau, Paris, Gallimard, 1996 et 2012 (Folio classique).

Éd. Claude Bourqui, Paris, Librairie Générale Française, 2000 (Le Livre de poche).

Éd. Anne Régent, Paris, Larousse, 2006 (Petits classiques Larousse).

ÉTUDES

On trouvera des bibliographies beaucoup plus complètes dans Patrick Dandrey, *Molière. Trois Comédies « morales ». Le Misanthrope, George Dandin. Le Bourgeois gentilhomme*, 1999, particulièrement aux pages 33-37, et dans Charles Mazouer, *Trois Comédies de Molière. Étude sur « Le Misanthrope », « George Dandin » et « Le Bourgeois gentilhomme »*, nouvelle édition revue et corrigée, 2007, particulièrement aux pages 195-199. Ne sont signalés ci-dessous que les travaux cités ou directement utilisés, et les travaux les plus récents.

JASINSKI, René, *Molière et « Le Misanthrope »*, Paris, Armand Colin, 1951 (Nizet, 1963).

MESNARD, Jean, « *Le Misanthrope*, mise en question de l'art de plaire », *R.H.L.F.*, 1972, 5-6, p. 863-889 ; repris en 1990, 1992, et en 1999 dans Patrick Dandrey, *Molière. Trois Comédies « morales »…*, aux pages 215-237.

HOWARTH, William D., « Alceste, ou l'honnête homme imaginaire », *R.H.T.*, 1974, p. 93-102.

DEFAUX, Gérard, « Alceste et les rieurs », *R.H.L.F.*, 1974-4, p. 579-599.

CONESA, Gabriel, « Étude stylistique et dramaturgique des emprunts du *Misanthrope* à *Dom Garcie de Navarre* », *R.H.T.*, 1978-1, p. 19-30.

MAGNÉ, Bernard, « Fonction métalinguistique, métalangage, métapoèmes dans le théâtre de Molière », *Cahiers de littérature du XVIIe siècle*, 1979, n° 1, p. 99-129.

MAZOUER, Charles, *Le Personnage du naïf dans le théâtre*

comique du Moyen Âge à Marivaux, Paris, Klincksieck, 1979 (Bibliothèque française et romane. Série C, 76).

FICHET-MAGNAN, Élisabeth, « La "maladie" d'Alceste et le déni de la vision tragique », *P.F.S.C.L.*, XIII, 1980, p. 73-116.

FROMILHAGUE, René, « *Le Misanthrope*, galerie des miroirs », *Cahiers de littérature du XVIIᵉ siècle*, 1980, n° 2, p. 149-158.

DESCOTES, Maurice, « Nouvelles interprétations moliéresques », *Œuvres et critiques*, VI, 1, été 1981, p. 35-55.

GUTWIRTH, Marcel, « Visages d'Alceste », *Œuvres et critiques*, VI, 1, été 1981, p. 77-89.

DOSMOND, Simone, « Le dénouement du *Misanthrope* : une "source" méconnue ? », *La Licorne*, 1983, p. 25-40.

FUMAROLI, Marc, « Au miroir du *Misanthrope* : "le commerce des honnêtes gens" », *Comédie-Française*, n° 131-132, septembre-octobre 1984, p. 42-49.

PEACOCK, Noël A., « Verbal costume in *Le Misanthrope* », *Seventeenth-Century French Studies*, 9 (1897), p. 74-93.

VUILLEMIN, Jules, « Le Misanthrope, mythe de la comédie », *Dialectica*, vol. 42, fascicule 2, 1988, p. 117-127.

APOSTOLIDÈS, Jean-Marie, « Célimène et Alceste : l'échange des mots », [in] *Le Misanthrope au théâtre. Ménandre, Molière, Griboïedov*, 1992, p. 157-169.

ORLANDO, Francesco, *Due Letture freudiane : Fedra e il Misantropo*, Novak edizione ampliata, Torino, Einaudi, 1990 (Piccola Biblioteca Einaudi).

VITANOVIC, Slobodan, « *Le Misanthrope* de Molière et les théories de l'honnêteté », *XVIIᵉ siècle*, n° 169, 1990, p. 457-467.

GAMBELLI, Delia, « I sonetti nel teatro di Molière », *Micromégas*, gennaio-dicembre, 1991, p. 79-94 (repris dans ses *Vane Carte*, 2010, p. 151-171).

GRIMM, Jürgen, *Molière en son temps*, Paris-Seattle-Tübingen, *P.F.S.C.L.* / *Biblio 17*, 75, 1993 (traduction du *Molière* en allemand, Stuttgart, 1984; Zweite Auflage en 2002).

PLANTIÉ, Jacqueline, *La Mode du portrait littéraire en France, 1641-1681*, Paris, Champion, 1994 (Lumière classique; 2).

WHITTON, David, « *Le Misanthrope*, 1975-1995. Vingt ans de mise en scène en France », *Le Nouveau Moliériste*, II, 1995, p. 275-296.

BRODY, Jules, *Lectures classiques*, Charlottesville, Rookwood Press, 1996.

ROGERS, Nathalie, « Les structures conversationnelles dans *Le Misanthrope* », [in] *Les Propos spectacle. Études de pragmatique théâtrale*, New York, *etc.*, P. Lang, 1996, p. 71-82.

ABRAHAM, Claude, « *Le Misanthrope* et l'honnêteté », *Le Nouveau Moliériste*, III, 1996-1997, p. 193-198.

MAZOUER, Charles, « L'espace de la parole dans *Le Misanthrope*, *George Dandin* et *Le Bourgeois gentilhomme* », *Le Nouveau Moliériste*, IV-V, 1998-1999, p. 191-202.

CHAOUCHE, Sabine, « La gestuelle "civile" dans *Le Misanthrope* », *Op. cit. !*, 13, novembre 1999, p. 59-70.

DANDREY, Patrick, *Molière. Trois Comédies « morales ». Le Misanthrope, George Dandin. Le Bourgeois gentilhomme*, Paris, Klincksieck, 1999 (Parcours critique).

DONNÉ, Boris, « *Le Misanthrope sub scie ambiguitatis*, *Op. cit. !* », 13, novembre 1999, p. 71-88.

ROHOU, Jean, « Moi et les autres : le contexte socioculturel du *Misanthrope* », *L'École des lettres second cycle*, 1999-2000, n° 8, p. 9-19.

CONESA, Gabriel, « *Le Misanthrope* ou les limites de l'aristotélisme », *Littératures classiques*, n° 38, 2000, p. 19-29.

Manno, Giuseppe, « Alceste et Oronte : un dialogue de sourds. La politesse et la négociation de la relation interpersonnelle dans *Le Misanthrope* », *Vox romanica*, 60 (2001), p. 167-187.

Dandrey, Patrick, « Célimène portraitiste. Du salon mondain à l'atelier du peintre », *Littératures classiques*, 58, 2006, p. 11-21.

Donné, Boris, « D'Alidor à Alceste : *La Place royale* et *Le Misanthrope*, deux comédies de l'extravagance », *Littératures classiques*, n° 58, printemps 2006, p. 155-175.

Fastrup, Anne, « Amour et pouvoir dans *Le Misanthrope* de Molière », *Revue romane*, 41, 2, 2006, p. 291-312.

Plocher, Hanspeter, « Comique corporel dans la haute comédie de Molière. *Le Misanthrope* (1666) », [in] *Le Comique corporel. Mouvement et comique dans l'espace théâtral du xviiᵉ siècle*, 2006, p. 117-132.

Chupeau, Jacques, « Variations sur *Le Misanthrope* : Alceste, Philinte et Célimène, ou de l'héroïsme, de l'honnêteté et de la liberté », [in] *Des sens au sens. Littérature et morale de Molière à Voltaire*, Louvain, Peeters, 2007, p. 13-23.

Dandrey, Patrick, « La leçon du *Misanthrope* », *Le Nouveau Moliériste*, VIII, 2007, p. 9-23.

Dandrey, Patrick, « Molière autoportraitiste : du masque au visage », [in] *Le Statut littéraire de l'écrivain*, dir. Lise Sabourin, Boulogne, ADIREL, 2007, p. 107-119.

Emelina, Jean, « Étrange *Misanthrope* », *Le Nouveau Moliériste*, VIII, 2007, p. 61-81.

Guuardia, Jean de, « "Un amas de traits sans arts" : problèmes structurels du *Misanthrope* », *Méthode !*, 13, 2007, p. 345-352.

Mazouer, Charles, « Figures de l'espace dans *Le Misanthrope* », *Le Nouveau Moliériste*, VIII, 2007, p. 159-173.

MAZOUER, Charles, *Trois Comédies de Molière. Étude sur « Le Misanthrope », « George Dandin » et « Le Bourgeois gentilhomme »*, nouvelle édition revue et corrigée, Presses Universitaires de Bordeaux, 2007 (Parcours universitaires) (1999).

CHAPOUTOT, Johan, « Civilité et guerre civile : pour une lecture politique du *Misanthrope* de Molière », *P.F.S.C.L.*, XXXV, 69 (2008), p. 657-670.

BLOCH, Olivier, *Molière : comique et communication*, Pantin, Le Temps des cerises, 2009.

AKIYAMA, Nabuko, « *Le Misanthrope* à la lumière d'*Alcidamie* de Madame de Villedieu », [in] *Molière et le romanesque du XVIIᵉ siècle à nos jours*, Pézenas, Domens, 2009, p. 126-148.

BRUNEL, Magali, « La lettre, espace romanesque multiple dans le théâtre de Molière », [in] *Molière et le romanesque du XVIIᵉ siècle à nos jours*, Pézenas, Domens, 2009, p. 273-290.

GRIMM, Jürgen, « *Le Misanthrope*, une comédie romanesque ? », [in] *Molière et le romanesque du XVIIᵉ siècle à nos jours*, Pézenas, Domens, 2009, p. 110-125.

BRUNEL, Magali, « La lettre comme objet de structuration de l'espace scénique dans le théâtre de Molière », [in] *La Scène et la coulisse dans le théâtre du XVIIᵉ siècle en France*, Paris, PUPS, 2011, p. 251-260.

HERZEL, Roger, « L'espace féminin dans *Le Misanthrope* de Molière », [in] *La Scène et la coulisse dans le théâtre du XVIIᵉ siècle en France*, sous la direction de Georges Forestier et Lise Michel, Paris, PUPS, 2011, p. 199-209.

DUSSUD, Odile, « "On n'acquiert point leurs cœurs sans de grandes avances" : les métaphores économiques dans *Le Misanthrope* de Molière », *Bulletin of the Gratuate Division of Letters, Arts and Sciences of Waseda University*, 60, 2014, p. 5-32.

EKSTEIN, Nina, « Dramatic point of viés : *L'École des femmes* and *Le Misanthrope* », *P.F.S.C.L.*, 81, 2014, p. 315-341.

BRUNEL, Magali, « Les textes insérés et leurs différents niveaux d'interprétation dans *Le Misanthrope* de Molière », [in] *Interprétations in/of the Seventeenth Century*, Cambridge, Scholars Publishing, 2015, p. 193-198.

DOUGUET, Marc et PARINGAUX, Céline, *Le Tartuffe et* Le Misanthrope, Neuilly, Atlande, 2016 (Clefs concours. Lettres XVIIᵉ siècle).

LAURENT, Nicolas, « Les énoncés en "c'est" dans *Le Misanthrope* : (ré)examen linguistique et stylistique », [in] *Styles, genres, auteurs, 16. Christine de Pizan, Montaigne, Molière, Diderot, Hugo, Giono*, sous la direction de Romain Benini et Christine Silvi, Paris, PUPS, 2016 (Travaux de stylistique et de linguistique françaises. Bibliothèque des styles), p. 117-138.

POULET, Françoise, « L'insinuation galante : une stratégie d'énonciation oblique dans *Le Misanthrope* », [in] *Styles, genres, auteurs, 16. Christine de Pizan, Montaigne, Molière, Diderot, Hugo, Giono*, sous la direction de Romain Benini et Christine Silvi, Paris, PUPS, 2016 (Travaux de stylistique et de linguistique françaises. Bibliothèque des styles), p. 139-156.

PROST, Brigitte et ROHOU, Jean, *Lectures du « Misanthrope »*, Rennes, PUR, 2016.

MANDEL, Oscar, « Comment faut-il lire *Le Misanthrope* ? », *French Review (The)*, 90, 3, 2017, p. 25-38.

SANTA, Angels, « Actualité du *Misanthrope* », [in] *Molière Re-Envisioned. Twenty-First Century Retakes, Renouveau et renouvellement moliéresque. Reprises contemporaines*, sous la direction de M. J. Muratore, Paris, Hermann, 2018, p. 555-566.

DONNÉ, Boris, « 66, année satirique : *Le Misanthrope* dans le contexte de la 'Querelle des Satires' », *R.H.L.F.*, 1, 2019, p. 35-54.

LE MISANTHROPE

COMEDIE.

Par I. B. P. DE MOLIERE.

A PARIS.

Chez IEAN RIBOV, au Palais, vis-à-vis la Porte
de l'Eglise de la Sainte Chapelle,
à l'Image Saint Louis.

M. DC. LXVII.

AVEC PRIVILEGE DV ROY.

LE LIBRAIRE
AV LECTEVR

Le Misanthrope, *dès sa première représentation, ayant reçu au théâtre l'approbation que le lecteur ne lui pourra refuser, et la cour étant à Fontainebleau lorsqu'il parut, j'ai cru que je ne pouvais rien faire de plus agréable pour le public, que de lui faire part de cette lettre, qui fut écrite, un jour* [n. p.] *après, à une personne de qualité, sur le sujet de cette comédie. Celui qui l'écrivit*[1] *étant un homme dont le mérite et l'esprit est fort connu, sa lettre fut vue de la meilleure partie de la cour, et trouvée si juste parmi tout ce qu'il y a de gens les plus éclairés en ces matières, que je me suis persuadé qu'après leur avoir plu, le lecteur me serait obligé du soin que j'avais pris d'en chercher une copie pour la lui donner, et qu'il lui rendra la justice que tant de personnes de la plus haute naissance lui ont accordée.*

---

1   L'auteur de cette *Lettre sur la comédie du « Misanthrope »* est connu : il s'agit de Donneau de Visé, cet arriviste qui, naguère, avait pris parti contre Molière dans la querelle de *L'École des femmes*. Il n'est pas impossible que quelque contrainte ait été exercée sur Molière pour que la *Lettre* fût publiée en ouverture de l'édition du *Misanthrope*.

LETTRE ÉCRITE   [n. p.]
SUR LA COMÉDIE
DU
MISANTHROPE

Monsieur,

Vous devriez être satisfait de ce que je vous ai dit de la dernière comédie de Monsieur de Molière, que vous avez vue aussi bien que moi, sans m'obliger à vous écrire mes sentiments. Je ne puis m'empêcher de faire ce que vous souhaitez ; mais souvenez-vous de la sincère amitié que vous m'avez promise, et n'allez pas exposer à Fontainebleau[2], au jugement des courtisans, des remarques que je n'ai faites que pour vous obéir. Songez à ménager ma réputation, et pensez que les gens de la cour, de qui le goût est si raffiné, n'auront pas, pour moi, la même indulgence que vous.

Il est à propos, avant que de parler à fond de cette comédie, de voir quel a été le but de l'au-[n.p.]teur, et je crois qu'il mérite des louanges, s'il est venu à bout de ce qu'il s'est proposé ; et c'est la première chose qu'il faut examiner. Je pourrais vous dire en deux mots, si je voulais m'exempter de faire un grand discours, qu'il a plu, et que son intention étant de plaire, les critiques ne peuvent pas dire qu'il ait mal fait, puisqu'en faisant mieux (si toutefois il est possible) son dessein n'aurait, peut-être, pas si bien réussi.

Examinons donc les endroits par où il a plu, et voyons quelle a été la fin de son ouvrage. Il n'a point voulu faire une comédie pleine d'incidents, mais une pièce, seulement,

---

2   La cour était à Fontainebleau au moment des représentations du
     Misanthrope.

où il pût parler contre les mœurs du siècle. C'est ce qui lui a fait prendre pour son héros un misanthrope ; et comme *misanthrope* veut dire ennemi des hommes, on doit demeurer d'accord qu'il ne pouvait choisir un personnage qui, vraisemblablement, pût mieux parler contre les hommes que leur ennemi. Ce choix est encore admirable pour le théâtre ; et les chagrins[3], les dépits, les bizarreries et les emportements d'un misanthrope étant des choses qui font un grand jeu[4], ce caractère est un des plus brillants qu'on puisse produire sur la scène.

On n'a pas seulement remarqué l'adresse de l'auteur dans le choix de ce personnage, mais encore dans tous les autres ; et comme rien ne fait paraître davantage une chose que celle qui lui est opposée, on peut non seulement dire que l'ami du Misanthrope, qui est un homme sage et prudent, fait voir, dans son jour, le caractère de ce ridicule, mais encore que l'humeur du Misanthrope fait connaître la sagesse de son ami.

Molière n'étant pas de ceux qui ne font pas tout également bien, n'a pas été moins heureux dans [n. p.] le choix de ses autres caractères, puisque la maîtresse du Misanthrope est une jeune veuve, coquette, et tout à fait médisante. Il faut s'écrier ici, et admirer l'adresse de l'auteur. Ce n'est pas que le caractère ne soit assez ordinaire, et que plusieurs n'eussent pu s'en servir ; mais l'on doit admirer que, dans une pièce où Molière veut parler contre les mœurs du siècle et n'épargner personne, il nous fait voir une médisante avec un ennemi des hommes. Je vous laisse à penser si ces deux personnes ne peuvent pas, naturellement, parler contre toute la terre, puisque l'un hait les hommes, et

---

3   L'irritation, les accès de colère d'Alceste.

4   Il s'agit du jeu scénique, du jeu corporel d'Alceste, fort développé, en effet.

que l'autre se plaît à en dire tout le mal qu'elle en sait. En vérité, l'adresse de cet auteur est admirable ; ce sont là de ces choses que tout le monde ne remarque pas, et qui sont faites avec beaucoup de jugement. Le Misanthrope, seul, n'aurait pu parler contre tous les hommes ; mais en trouvant le moyen de le faire aider d'une médisante, c'est avoir trouvé, en même temps, celui de mettre, dans une seule pièce, la dernière main au portrait du siècle. Il y est tout entier, puisque nous voyons encore une femme qui veut paraître prude, opposée à une coquette, et des marquis qui représentent la cour ; tellement qu'on peut assurer que, dans cette comédie, l'on voit tout ce qu'on peut dire contre les mœurs du siècle. Mais comme il ne suffit pas d'avancer une chose, si l'on ne la prouve, je vais, en examinant cette pièce d'acte en acte, vous faire remarquer tout ce que j'ai dit, et vous faire voir cent choses qui sont mises en leur jour avec beaucoup d'art, et qui ne sont connues que des personnes aussi éclairées que vous.

Les choses qui sont les plus précieuses d'elles-mêmes ne seraient pas, souvent, estimées ce qu'el-[n.p.]les sont, si l'art ne leur avait prêté quelques traits ; et l'on peut dire que, de quelque valeur qu'elles soient, il augmente toujours leur prix. Une pierre mise en œuvre[5] a beaucoup plus d'éclat qu'auparavant ; et nous ne saurions bien voir le plus beau tableau du monde, s'il n'est dans son jour[6]. Toutes choses ont besoin d'y être ; et les actions que l'on nous représente sur la scène nous paraissent plus ou moins belles, selon que l'art du poète nous les fait paraître. Ce n'est pas qu'on doive trop s'en servir, puisque le trop d'art n'est plus art, et que c'est en avoir beaucoup que de ne le pas montrer. Tout excès est condamnable et nuisible ; et les plus grandes

---

5   Mettre en œuvre une pierre, c'est la travailler, la façonner, la polir.
6   S'il n'est mis à la lumière.

beautés perdent beaucoup de leur éclat, lorsqu'elles sont exposées à un trop grand jour[7]. Les productions d'esprit sont de même, et surtout celles qui regardent le théâtre ; il leur faut donner de certains jours qui sont plus difficiles à trouver que les choses les plus spirituelles. Car, enfin, il n'y a point d'esprits si grossiers, qui n'aient quelquefois de belles pensées ; mais il y en a peu qui sachent bien les mettre en œuvre, s'il est permis de parler ainsi. C'est ce que Molière fait si bien, et ce que vous pouvez remarquer dans sa pièce.

Cette ingénieuse et admirable comédie commence par le Misanthrope qui, par son action[8], fait connaître à tout le monde que c'est lui, avant même d'ouvrir la bouche ; ce qui fait juger qu'il soutiendra bien son caractère, puisqu'il commence si bien de le faire remarquer.

Dans cette première scène, il blâme ceux qui sont tellement accoutumés à faire des protestations d'amitié, qu'ils embrassent également leurs amis et ceux qui leur doivent être indifférents, le faquin[9] et l'honnête homme ; et dans [n. p.] le même temps, par la colère où il témoigne être contre son ami, il fait voir que ceux qui reçoivent ces embrassades avec trop de complaisance ne sont pas moins dignes de blâme que ceux qui les font ; et par ce que lui répond son ami, il fait voir que son dessein est de rompre en visière[10] avec tout le genre humain ; et l'on connaît par ce peu de paroles le caractère qu'il doit soutenir pendant toute la pièce. Mais comme il ne pouvait le faire paraître sans avoir de matière, l'auteur a cherché toutes les choses qui peuvent exercer la patience des hommes ; et comme il

---

7   À une trop grande lumière.
8   Il s'agit de l'*actio*, de l'action, du jeu scénique.
9   Au figuré, *faquin* désigne une personne méprisable.
10   *Rompre en visière*, c'est contredire, offenser, agresser.

n'y en a presque point qui n'ait quelque procès, et que c'est
une chose fort contraire à l'humeur d'un tel personnage, il
n'a pas manqué de le faire plaider ; et comme les plus sages
s'emportent ordinairement quand ils ont des procès, il a pu,
justement, faire dire tout ce qu'il a voulu à un misanthrope,
qui doit, plus qu'un autre, faire voir sa mauvaise humeur,
et contre ses juges, et contre sa partie[11].

Ce n'était pas assez de lui avoir fait dire qu'il voulait
rompre en visière à tout le genre humain, si l'on ne lui
donnait lieu de le faire. Plusieurs disent des choses qu'ils
ne font pas ; et l'auditeur ne lui a pas sitôt vu prendre
cette résolution, qu'il souhaite d'en voir les effets – ce qu'il
découvre dans la scène suivante, et ce qui lui doit faire
connaître l'adresse de l'auteur, qui répond si tôt à ses désirs.

Cette seconde scène réjouit et attache beaucoup, puisqu'on
voit un homme de qualité faire au Misanthrope les civilités qu'il vient de blâmer, et qu'il faut nécessairement, ou
qu'il démente son caractère, ou qu'il lui rompe en visière.
Mais il est encore plus embarrassé dans la suite, car la
[[n. p.]] même personne lui lit un sonnet, et veut l'obliger
d'en dire son sentiment. Le Misanthrope fait d'abord voir
un peu de prudence, et tâche de lui faire comprendre ce
qu'il ne veut pas lui dire ouvertement, pour lui épargner
de la confusion ; mais, enfin, il est obligé de lui rompre
en visière – ce qu'il fait d'une manière qui doit beaucoup
divertir le spectateur. Il lui fait voir que son sonnet vaut
moins qu'un vieux couplet de chanson qu'il lui dit ; que ce
n'est qu'un jeu de paroles qui ne signifient rien, mais que
la chanson dit beaucoup plus, puisqu'elle fait du moins
voir un homme amoureux, qui abandonnerait une ville
comme Paris pour sa maîtresse.

---

11 La *partie* est l'adversaire dans un procès.

Je ne crois pas qu'on puisse rien voir de plus agréable que cette scène. Le sonnet n'est point méchant[12], selon la manière d'écrire d'aujourd'hui ; et ceux qui cherchent ce que l'on appelle *pointes* ou *chutes*, plutôt que le bon sens, le trouveront sans doute bon. J'en vis même, à la première représentation de cette pièce, qui se firent jouer[13], pendant qu'on représentait cette scène ; car ils crièrent que le sonnet était bon, avant que le Misanthrope en fît la critique, et demeurèrent ensuite tout confus.

Il y a cent choses dans cette scène, qui doivent faire remarquer l'esprit de l'auteur ; et le choix du sonnet en est un[e], dans un temps où tous nos courtisans font des vers. On peut ajouter à cela que les gens de qualité croient que leur naissance les doit excuser lorsqu'ils écrivent mal ; qu'ils sont les premiers à dire : « Cela est écrit cavalièrement[14], et un gentilhomme n'en doit pas savoir davantage ». Mais ils devraient plutôt se persuader que les gens de qualité doivent mieux faire que les autres, ou [n. p.] du moins ne point faire voir ce qu'ils ne font pas bien.

Ce premier acte ayant plu à tout le monde, et n'ayant que deux scènes, doit être parfaitement beau, puisque les Français, qui voudraient toujours voir de nouveaux personnages, s'y seraient ennuyés, s'il ne les avait fort attachés et divertis.

Après avoir vu le Misanthrope déchaîné contre ceux qui font également des protestations d'amitié à tout le monde, et ceux qui y répondent, avec le même emportement ; après l'avoir ouï parler contre sa partie et l'avoir vu condamner le sonnet, et rompre en visière à son auteur, on ne pouvait

---

12 Mauvais.
13 Qui se firent moquer.
14 À la manière d'un cavalier, d'un homme du monde qui écrit sans pédantisme, avec légèreté et désinvolture, en véritable amateur.

plus souhaiter que le voir amoureux, puisque l'amour doit
bien donner de la peine aux personnes de son caractère,
et que l'on doit, en cet état, en espérer quelque chose de
plaisant, chacun traitant ordinairement cette passion selon
son tempérament ; et c'est d'où vient que l'on attribue tant
de choses à l'amour, qui ne doivent souvent être attribuées
qu'à l'humeur des hommes.

Si l'on souhaite de voir le Misanthrope amoureux, on
doit être satisfait dans cette scène, puisqu'il y paraît avec sa
maîtresse, mais avec sa hauteur[15], ordinaire à ceux de son
caractère. Il n'est point soumis, il n'est point languissant,
mais il lui découvre librement les défauts qu'il voit en elle,
et lui reproche qu'elle reçoit bien tout l'univers ; et pour
douceurs, il lui dit qu'il voudrait bien ne la pas aimer, et
qu'il ne l'aime que pour ses péchés. Ce n'est pas qu'avec
tous ces discours il ne paraisse aussi amoureux que les
autres, comme nous verrons dans la suite. Pendant leur
entretien, quelques gens viennent visiter sa maîtresse ; il
voudrait l'obliger à ne les pas voir ; et comme elle [ẽ] [n.
p.] lui répond que l'un d'eux la sert dans un procès, il lui
dit qu'elle devrait perdre sa cause plutôt que de les voir.

Il faut demeurer d'accord que cette pensée ne se peut
payer, et qu'il n'y a qu'un misanthrope qui puisse dire des
choses semblables. Enfin, toute la compagnie arrive ; et le
Misanthrope conçoit tant de dépit, qu'il veut s'en aller. C'est
ici où l'esprit de Molière se fait remarquer, puisque, en deux
vers, joints à quelque action[16] qui marque du dépit, il fait
voir ce que peut l'amour sur le cœur de tous les hommes,
et sur celui du Misanthrope même, sans le faire sortir de
son caractère. Sa maîtresse lui dit deux fois de demeurer ;

---

15   Avec son assurance orgueilleuse.
16   *Action* : attitude, geste, mouvement.

il témoigne qu'il n'en veut rien faire ; et sitôt qu'elle lui donne congé avec un peu de froideur, il demeure, et montre, en faisant deux ou trois pas pour s'en aller, et en revenant aussitôt, que l'amour, pendant ce temps, combat contre son caractère, et demeure vainqueur – ce que l'auteur a fait judicieusement, puisque l'amour surmonte tout. Je trouve encore une chose admirable en cet endroit : c'est la manière dont les femmes agissent pour se faire obéir, et comme une femme a le pouvoir de mettre à la raison un homme comme le Misanthrope, qui la vient même de quereller[17], en lui disant : « Je veux que vous demeuriez », et puis, en changeant de ton : « Vous pouvez vous en aller ». Cependant, cela se fait tous les jours ; et l'on ne peut le voir mieux représenté qu'il est dans cette scène. Après tant de choses si différentes, et si naturellement touchées et représentées dans l'espace de quatre vers, on voit une scène de conversation, où se rencontrent deux marquis, l'ami du Misanthrope, et la cousine de la maîtresse de ce dernier. La jeune veuve, chez qui [n. p.] toute la compagnie se trouve, n'est point fâchée d'avoir la cour chez elle ; et comme elle est bien aise d'en avoir, qu'elle est politique[18] et veut ménager tout le monde, elle n'avait pas voulu faire dire qu'elle n'y était pas aux deux marquis, comme le souhaitait le Misanthrope. La conversation est toute aux dépens du prochain ; et la coquette médisante fait voir ce qu'elle sait, quand il s'agit de le dauber, et qu'elle est de celles qui déchirent sous main jusques à leurs meilleurs amis.

Cette conversation fait voir que l'auteur n'est pas épuisé, puisqu'on y parle de vingt caractères de gens qui sont admirablement bien dépeints en peu de vers chacun ; et

---

17 *Quereller* : accuser.
18 *Politique* : habile pour ménager ses intérêts.

l'on peut dire que ce sont autant de sujets de comédies que Molière donne, libéralement, à ceux qui s'en voudront servir. Le Misanthrope soutient bien son caractère pendant cette conversation, et leur parle avec la liberté qui lui est ordinaire. Elle est à peine finie qu'il fait une action digne de lui, en disant aux deux marquis qu'il ne sortira point qu'ils ne soient sortis ; et il le ferait sans doute, puisque les gens de son caractère ne se démentent jamais, s'il n'était obligé de suivre un garde pour le différend qu'il a eu avec Oronte, en condamnant son sonnet. C'est par où cet acte finit.

L'ouverture du troisième se fait par une scène entre les deux marquis, qui disent des choses fort convenables à leurs caractères, et qui font voir, par les applaudissements qu'ils reçoivent, que l'on peut toujours mettre des marquis sur la scène, tant qu'on leur fera dire quelque chose que les autres n'aient point encore dit. L'accord qu'ils font entre eux de se dire les marques d'estime qu'ils recevront de leur maîtresse, est une adresse de [ẽ ij] [n. p.] l'auteur, qui prépare la fin de sa pièce, comme vous remarquerez dans la suite.

Il y a, dans le même acte, une scène entre deux femmes, que l'on trouve d'autant plus belle, que leurs caractères sont tout à fait opposés, et se font ainsi paraître l'un l'autre. L'une est la jeune veuve aussi coquette que médisante ; et l'autre une femme qui veut passer pour prude, et qui, dans l'âme, n'est pas moins du monde[19] que la coquette. Elle donne à cette dernière des avis charitables sur sa conduite ; la coquette les reçoit fort bien, en apparence, et lui dit, à son tour, pour la payer de cette obligation, qu'elle veut l'avertir de ce que l'on dit d'elle, et lui fait un tableau de la vie des feintes prudes, dont les couleurs sont aussi fortes que celles que la prude avait employées pour lui représenter

---

19 Est aussi intégrée à la vie sociale, à la vie mondaine de la bonne société.

la vie des coquettes ; et ce qui doit faire trouver cette scène fort agréable, est que celle qui a parlé la première se fâche quand l'autre la paye en même monnaie.

L'on peut assurer que l'on voit dans cette scène tout ce que l'on peut dire de toutes les femmes, puisqu'elles sont toutes de l'un ou de l'autre caractère ; ou que, si elles ont quelque chose de plus ou de moins, ce qu'elles ont a, toujours, du rapport à l'un ou à l'autre.

Ces deux femmes, après s'être parlé à cœur ouvert touchant leurs vies, se séparent ; et la coquette laisse la prude avec le Misanthrope, qu'elle voit entrer chez elle. Comme la prude a de l'esprit, et qu'elle n'a choisi ce caractère que pour mieux faire ses affaires, elle tâche par toutes sortes de voies d'attirer le Misanthrope qu'elle aime. Elle le loue, elle parle contre la coquette, lui veut persuader qu'on le trompe, et le mène chez elle, pour lui en [n. p.] donner des preuves – ce qui donne sujet à une partie des choses qui se passent au quatrième acte.

Cet acte commence par le récit de l'accommodement du Misanthrope avec l'homme du sonnet ; et l'ami de ce premier en entretient la cousine de la coquette. Les vers de ce récit sont tout à fait beaux ; mais ce que l'on y doit remarquer est que le caractère du Misanthrope est soutenu avec la même vigueur qu'il fait paraître en ouvrant la pièce. Ces deux personnes parlent quelque temps des sentiments de leurs cœurs, et sont interrompues par le Misanthrope même, qui paraît furieux et jaloux ; et l'auditeur se persuade aisément, par ce qu'il a vu dans l'autre acte, que la prude, avec qui on l'a vu sortir, lui a inspiré ses sentiments. Le dépit lui fait faire ce que tous les hommes feraient en sa place, de quelque humeur qu'ils fussent : il offre son cœur à la belle parente de sa maîtresse ; mais elle lui fait voir que ce n'est que le dépit qui le fait parler, et qu'une coupable aimée est bientôt innocente. Ils le laissent avec sa maîtresse qui paraît, et se retirent.

Je ne crois pas qu'on puisse rien voir de plus beau que cette scène : elle est toute sérieuse ; et cependant il y en a peu dans la pièce qui divertissent davantage. On y voit un portrait, naturellement représenté, de ce que les amants font tous les jours en de semblables rencontres[20]. Le Misanthrope paraît d'abord aussi emporté que jaloux ; il semble que rien ne peut diminuer sa colère, et que la pleine justification de sa maîtresse ne pourrait qu'avec peine calmer sa fureur. Cependant, admirez l'adresse de l'auteur : ce jaloux, cet emporté, ce furieux, paraît tout radouci ; il ne parle que du désir qu'il a de faire du bien à sa maîtresse. Et ce [ẽ iij] [n. p.] qui est admirable est qu'il lui dit toutes ces choses avant qu'elle se soit justifiée, et lorsqu'elle lui dit qu'il a raison d'être jaloux. C'est faire voir ce que peut l'amour sur le cœur de tous les hommes, et faire connaître en même temps, par une adresse que l'on ne peut assez admirer, ce que peuvent les femmes sur leurs amants, en changeant seulement le ton de leurs voix, et prenant un air qui paraît ensemble[21], et fier et attirant. Pour moi, je ne puis assez m'étonner[22], quand je vois une coquette ramener, avant que s'être justifiée, non pas un amant soumis et languissant, mais un Misanthrope, et l'obliger, non seulement à la prière de se justifier, mais encore à des protestations d'amour, qui n'ont pour but que le bien de l'objet aimé ; et cependant demeurer ferme après l'avoir ramené, et ne le point éclaircir, pour avoir le plaisir de s'applaudir d'un plein triomphe. Voilà ce qui s'appelle manier des scènes ; voilà ce qui s'appelle travailler avec art, et représenter, avec

---

20 En de semblables circonstances.
21 *Ensemble*, adverbe : en même temps.
22 Sens fort de *étonner* : remplir de stupéfaction.

des traits délicats, ce qui se passe, tous les jours, dans le monde. Je ne crois pas que les beautés de cette scène soient connues de tous ceux qui l'ont vu représenter. Elle est trop délicatement traitée ; mais je puis assurer que tout le monde a remarqué qu'elle était bien écrite, et que les personnes d'esprit en ont bien su connaître les finesses.

Dans le reste de l'acte, le valet du Misanthrope vient chercher son maître, pour l'avertir qu'on lui est venu signifier quelque chose qui regarde son procès. Comme l'esprit paraît aussi bien dans les petites choses que dans les grandes, on en voit beaucoup dans cette scène, puisque le valet exerce la patience du Misanthrope, et que ce qu'il dit ferait moins d'effet s'il était à un maître qui fût d'une autre humeur.

[n. p.] La scène du valet, au quatrième acte, devait faire croire que l'on entendrait bientôt parler du procès. Aussi apprend-on, à l'ouverture du cinquième, qu'il est perdu ; et le Misanthrope agit selon que j'ai dit au premier. Son chagrin[23], qui l'oblige à se promener et rêver[24], le fait retirer dans un coin de la chambre, d'où il voit aussitôt entrer sa maîtresse, accompagnée de l'homme avec qui il a eu démêlé pour le sonnet. Il la presse de se déclarer, et de faire un choix entre lui et ses rivaux ; ce qui donne lieu au Misanthrope de faire une action qui est bien d'un homme de son caractère. Il sort de l'endroit où il est, et lui fait la même prière. La coquette agit, toujours, en femme adroite et spirituelle ; et par un procédé qui paraît honnête, leur dit qu'elle sait bien quel choix elle doit faire, qu'elle ne balance pas, mais qu'elle ne veut point se déclarer en présence de celui qu'elle ne doit pas choisir. Ils sont interrompus par la prude, et par les marquis, qui apportent chacun une lettre qu'elle a écrite contre eux – ce que l'auteur a préparé dès le

---

23 *Chagrin* : irritation.
24 *Rêver*, c'est méditer profondément.

troisième acte, en leur faisant promettre qu'ils se montre-
raient ce qu'ils recevraient de leur maîtresse. Cette scène
est fort agréable. Tous les acteurs sont raillés dans les deux
lettres ; et quoique cela soit nouveau au théâtre, il[25] fait
voir, néanmoins, la véritable manière d'agir des coquettes
médisantes, qui parlent et écrivent continuellement contre
ceux qu'elles voient tous les jours, et à qui elles font bonne
mine. Les marquis la quittent, et lui témoignent plus de
mépris que de colère.

La coquette paraît un peu mortifiée dans cette scène.
Ce n'est pas qu'elle démente son caractère ; mais la surprise qu'elle a de se voir abandonnée, et [n. p.] le chagrin
d'apprendre que son jeu est découvert, lui causent un secret
dépit qui paraît jusque sur son visage. Cet endroit est tout
à fait judicieux. Comme la médisance est un vice, il était
nécessaire qu'à la fin de la comédie elle eût quelque sorte
de punition ; et l'auteur a trouvé le moyen de la punir, et
de lui faire, en même temps, soutenir son caractère. Il ne
faut point d'autre preuve, pour montrer qu'elle le soutient,
que le refus qu'elle fait d'épouser le Misanthrope et d'aller
vivre dans son désert. Il ne tient qu'à elle de le faire ; mais
leurs humeurs étant incompatibles, ils seraient trop mal
assortis ; et la coquette peut se corriger en demeurant dans
le monde, sans choisir un désert pour faire pénitence, son
crime, qui ne part que d'un esprit encore jeune, ne demandant pas qu'elle en fasse une si grande.

Pour ce qui regarde le Misanthrope, on peut dire qu'il
soutient son caractère jusques au bout. Nous en voyons
souvent qui ont bien de la peine à le garder pendant le
cours d'une[26] comédie ; mais si, comme j'ai dit tantôt,
celui-ci a fait connaître le sien avant que parler, il fait voir,

---

25 Cela.
26 *Pendant le cours d'une* : au long d'une.

en finissant, qu'il le conservera toute sa vie, en se retirant du monde.

Voilà, Monsieur, ce que je pense de la comédie du Misanthrope amoureux, que je trouve d'autant plus admirable, que le héros en est le plaisant sans être trop ridicule, et qu'il fait rire les honnêtes gens, sans dire des plaisanteries fades et basses, comme l'on a accoutumé de voir dans les pièces comiques. Celles de cette nature me semblent plus divertissantes, encore que l'on y rie moins haut ; et je crois qu'elles divertissent davantage, qu'elles attachent, et qu'elles font continuellement [n. p.] rire dans l'âme. Le Misanthrope, malgré sa folie, si l'on peut ainsi appeler son humeur, a le caractère d'un honnête homme, et beaucoup de fermeté, comme l'on peut connaître dans l'affaire du sonnet. Nous voyons de grands hommes, dans des pièces héroïques, qui en ont bien moins, qui n'ont point de caractère, et démentent souvent, au théâtre, par leur lâcheté, la bonne opinion que l'histoire a fait concevoir d'eux[27].

L'auteur ne représente pas seulement le Misanthrope, sous ce caractère, mais il fait encore parler à son héros d'une partie des mœurs du temps ; et ce qui est admirable est que, bien qu'il paraisse, en quelque façon, ridicule, il dit des choses fort justes. Il est vrai qu'il semble trop exiger ; mais il faut demander beaucoup pour obtenir quelque chose, et pour obliger les hommes à se corriger un peu de leurs défauts, il est nécessaire de les leur faire paraître bien grands.

Molière, par une adresse qui lui est particulière, laisse partout deviner plus qu'il ne dit, et n'imite pas ceux qui parlent beaucoup et ne disent rien.

---

27   Allusion (a-t-on, proposé comme hypothèse) à l'*Alexandre* de Racine, où le héros historique préfère – et c'est une faiblesse, une *lâcheté* – l'amour à la gloire.

On peut assurer que cette pièce est une perpétuelle et divertissante instruction, qu'il y a des tours et des délicatesses inimitables, que les vers sont fort beaux, au sentiment de tout le monde, les scènes bien tournées et bien maniées, et que l'on ne peut ne la pas trouver bonne sans faire voir que l'on n'est pas de ce monde[28], et que l'on ignore la manière de vivre de la cour, et celle des plus illustres personnes de la ville.

Il n'y a rien dans cette comédie qui ne puisse être utile, et dont l'on ne doive profiter. L'ami du Misanthrope est si raisonnable, que tout le monde devrait l'imiter ; il n'est ni trop, ni trop peu cri-[n. p.]tique ; et ne portant les choses dans l'un ni dans l'autre excès, sa conduite doit être approuvée de tout le monde. Pour le Misanthrope, il doit inspirer à tous ses semblables le désir de se corriger. Les coquettes médisantes, par l'exemple de Célimène, voyant qu'elles peuvent s'attirer des affaires qui les feront mépriser, doivent apprendre à ne pas déchirer, sous main, leurs meilleurs amis. Les fausses prudes doivent connaître que leurs grimaces ne servent de rien, et que, quand elles seraient aussi sages qu'elles le veulent paraître, elles seront toujours blâmées, tant qu'elles voudront passer pour prudes. Je ne dis rien des marquis : je les crois les plus incorrigibles ; et il y a tant de choses à reprendre encore en eux, que tout le monde avoue qu'on les peut encore jouer[29] longtemps, bien qu'ils n'en demeurent pas d'accord.

Vous trouverez, sans doute, ma lettre trop longue ; mais je n'ai pu m'arrêter, et j'ai trouvé qu'il était difficile de parler sur un si grand sujet en peu de mots. Ce long discours ne devrait pas déplaire aux courtisans, puisqu'ils ont assez fait voir, par leurs applaudissements, qu'ils trouvaient la

---

28   De la bonne société.
29   Les faire monter sur la scène pour les rendre ridicules.

comédie belle. En tout cas, je n'ai écrit que pour vous ;
et j'espère que vous cacherez ceci, si vous jugez qu'il[30] ne
vaille pas la peine d'être montré. Ne craignez pas que j'y
trouve à redire : je suis autrement soumis à votre jugement
qu'Oronte ne l'était aux avis du Misanthrope.

EXTRAICT DU PRIVILEGE DU ROY   [n. p.]

Par grace & privilege du Roy, donné à Fontainebleau le
21 Juin 1666. Signé, Par le Roy Conseil, Beravd : Il est permis
à I.B.P. DE MOLIERE, comedien de la troupe de Monsieur
le Duc d'Orléans, de faire imprimer, vendre, & debiter une
comedie par luy composée, intitulée *Le Misanthrope*, pendant
cinq années. Et defenses sont faites à tous autres de l'imprimer
ny vendre d'autre edition que de celle de l'exposant, ou de
ceux qui auront droict de luy, à peine de quinze cens liures
d'amende, confiscation des exemplaires contrefaits, & de
tous despens, dommages & interests, comme il est porté
plus amplement par lesdites Lettres.

Et ledit Sieur DE MOLIERE a cedé son droict de
Privilege à IEAN RIBOV, Marchand-Libraire à Paris,
pour en jouïr suivant l'accord fait entr'eux.

Registré sur le Liure de la Communauté,
Signé, PIGET, Syndic.

*Achevé d'imprimer pour la premiere fois,
le 24 décembre 1666.*

---

30 Que ceci.

ACTEURS[31]

ALCESTE[32], Amant[33] de Célimène.
PHILINTE, Ami d'Alceste.
ORONTE, Amant de Célimène.
CÉLIMÈNE, Amante d'Alceste.
ÉLIANTE, Cousine de Célimène.
ARSINOÉ, Amie de Célimène.
ACASTE,
CLITANDRE, } marquis.
BASQUE, Valet de Célimène.
UN GARDE de la Maréchaussée de France.
DUBOIS, Valet d'Alceste.

La scène est à Paris[34].

---

31 Molière tenait sûrement le rôle d'Alceste (son costume, avec les rubans
    verts du justaucorps est décrit dans *L'Inventaire après décès*) ; très vraisem-
    blablement, Célimène, Arsinoé et Éliante étaient jouées respectivement
    par Mlle Molière (Armande Béjart), la de Brie et la Du Parc.
32 La langue grecque connaît *Alceste* comme nom propre féminin (voir l'*Alceste*
    d'Euripide) ; le nom commun signifie « homme fort » « champion ».
    Molière a dû choisir pour cela de nommer ainsi son héros comique. Mais
    le nom d'Alceste, et celui de Philinte (qui implique, par son étymologie,
    l'idée d'aimer), paraissent dans des œuvres antérieures.
33 *L'amant* a déclaré ses sentiments amoureux et *l'amante* l'aime en retour.
34 Nous sommes dans la demeure de Célimène.

LE
MISANTHROPE

COMÉDIE

ACTE PREMIER

Scène PREMIÈRE
PHILINTE, ALCESTE

PHILINTE
Qu'est-ce donc ? Qu'avez-vous ?

ALCESTE[35]
Laissez-moi, je
[vous prie.

PHILINTE
Mais encor, dites-moi, quelle bizarrerie[36]…

ALCESTE
Laissez-moi là, vous dis-je, et courez vous cacher.

PHILINTE   [A] [2]
Mais on entend les gens, au moins, sans se fâcher.

---

35 La didascalie de 1682 et les estampes de 1667 et de 1682 indiquent
    qu'Alceste est assis et tourne à peine le visage vers Philinte resté debout.
36 La *bizarrerie* est carrément l'extravagance, la folie.

ALCESTE

5   Moi, je veux me fâcher, et ne veux point entendre.

PHILINTE

Dans vos brusques chagrins[37], je ne puis vous
                                        [comprendre ;
Et quoique amis enfin, je suis tout[38] des premiers...

ALCESTE[39]

Moi, votre ami ? Rayez cela de vos papiers[40].
J'ai fait jusques ici profession de l'être ;
10   Mais après ce qu'en vous je viens de voir paraître,
Je vous déclare net que je ne le suis plus,
Et ne veux nulle place en des cœurs corrompus.

PHILINTE

Je suis donc bien coupable, Alceste, à votre compte ?

ALCESTE

Allez, vous devriez mourir de pure honte ;
15   Une telle action[41] ne saurait s'excuser,
Et tout homme d'honneur s'en doit scandaliser.
Je vous vois accabler un homme de caresses[42],
Et témoigner pour lui les dernières tendresses ;
De protestations, d'offres et de serments,
20   Vous chargez[43] la fureur de vos embrassements ;

---

37 Vos irritations, vos accès de colère brutaux.
38 L'original a *tous*, évidemment fautif.
39 D'après 1682, Alceste se lève alors brusquement.
40 Selon Furetière, on dit « Ôtez cela de vos papiers, pour dire : vous vous
    trompez de croire une telle chose ».
41 Ce premier hémistiche, avec ses *e* sonores et sa diérèse, détaille dans
    l'énonciation le scandale ressenti par Alceste. Le procédé reviendra.
42 *Caresses* : démonstrations de sympathie.
43 *Vous chargez* : vous surchargez, vous augmentez.

Et quand je vous demande après quel est cet homme,
À peine pouvez-vous dire comme il se nomme ;
Votre chaleur pour lui tombe en vous séparant,
Et vous me le traitez, à moi, d'indifférent[44].
25 Morbleu ! c'est une chose indigne, lâche, infâme[45],
De s'abaisser ainsi jusqu'à trahir son âme.
Et si, par un malheur, j'en avais fait autant,
Je m'irais, de regret, pendre tout à l'instant.

PHILINTE

Je ne vois pas, pour moi, que le cas soit pendable[46] ;
30 Et je vous supplierai d'avoir pour agréable
Que je me fasse un peu grâce sur votre arrêt[47],   [3]
Et ne me pende pas pour cela, s'il vous plaît.

ALCESTE

Que la plaisanterie est de mauvaise grâce !

PHILINTE

Mais, sérieusement, que voulez-vous qu'on fasse ?

ALCESTE

35 Je veux qu'on soit sincère, et qu'en homme d'honneur
On ne lâche aucun mot qui ne parte du cœur.

PHILINTE

Lorsqu'un homme vous vient embrasser avec joie,
Il faut bien le payer de la même monnoie[48],

---

44 Vous me le présentez comme un indifférent.
45 *Infâme* : déshonorant, infâmant.
46 Un *cas pendable* est une faute qui mérite la pendaison.
47 *Arrêt* : décision de justice.
48 La prononciation en *-ouaie* des deux mots *joie* et *monnoie* permettait bien
    la rime.

Répondre, comme on peut, à ses empressements,
40   Et rendre offre pour offre, et serments pour serments.

ALCESTE

Non, je ne puis souffrir cette lâche méthode[49]
Qu'affectent[50] la plupart de vos gens à la mode ;
Et je ne hais rien tant que les contorsions
De tous ces grands faiseurs de protestations[51],
45   Ces affables donneurs d'embrassades frivoles,
Ces obligeants[52] diseurs d'inutiles paroles,
Qui de civilités avec tous font combat,
Et traitent du même air l'honnête homme et le fat[53].
Quel avantage a-t-on qu'un homme vous caresse[54],
50   Vous jure amitié, foi, zèle, estime, tendresse,
Et vous fasse de vous un éloge éclatant,
Lorsqu'au premier faquin[55] il court en faire autant ?
Non, non, il n'est point d'âme un peu bien située[56]
Qui veuille d'une estime ainsi prostituée ;
55   Et la plus glorieuse a des régals peu chers[57],
Dès qu'on voit qu'on nous mêle avec tout l'univers.
Sur quelque préférence une estime se fonde,

---

49 Je ne puis supporter cette manière vile de faire.
50 *Affecter* : pratiquer.
51 *Protestation* : « témoignage, déclaration (souvent publique) que quelqu'un fait de ses sentiments, de ses intentions, de sa volonté ou de ce qu'il sait, le plus souvent favorables » (*Trésor de la langue française*, dictionnaire informatisé). – Diérèse.
52 *Obligeant* : courtois, aimable.
53 Alceste oppose, assez en général, l'homme de goût et de probité, honorable, au sot méprisable.
54 *Caresser* : traiter avec amabilité, avec affection. *Cf.* le v. 17.
55 Le *faquin* allie la médiocrité morale et la prétention.
56 Un peu bien placée, un peu digne et fière.
57 *Glorieuse* peut se rapporter à âme (une âme fière tire peu de plaisirs (*régals*) d'une estime ainsi prostituée), ou à *estime* (une estime ainsi distribuée à tous et apparemment des plus flatteuses donne peu de plaisirs).

Et c'est n'estimer rien qu'estimer tout le monde.
Puisque vous y donnez, dans ces vices du
                                    [temps, [A ij] [4]
60   Morbleu ! vous n'êtes pas pour être de mes gens[58] ;
Je refuse d'un cœur la vaste complaisance[59],
Qui ne fait de mérite aucune différence ;
Je veux qu'on me distingue, et pour le trancher net,
L'ami du genre humain n'est point du tout mon fait.

                    PHILINTE
65   Mais quand on est du monde, il faut bien que l'on
                                    [rende
Quelques dehors civils[60] que l'usage demande.

                    ALCESTE
Non, vous dis-je, on devrait châtier, sans pitié,
Ce commerce honteux de semblants d'amitié[61].
Je veux que l'on soit homme, et qu'en toute
                                    [rencontre[62],
70   Le fond de notre cœur dans nos discours se montre ;
Que ce soit lui qui parle, et que nos sentiments
Ne se masquent jamais sous de vains compliments[63].

                    PHILINTE
Il est bien des endroits où la pleine franchise
Deviendrait ridicule, et serait peu permise ;
75   Et parfois, n'en déplaise à votre austère honneur,

---

58   Vous ne pouvez pas faire partie de ma société.
59   *La vaste complaisance* : le désir de plaire à tout le monde.
60   Quelques manifestations de civilité, quelques politesses extérieures.
61   Ces relations (*commerce*) dégradantes qui n'ont que l'apparence (*semblants*)
     de l'amitié.
62   En toute occasion.
63   Sous des politesses vides, insincères.

Il est bon de cacher ce qu'on a dans le cœur.
Serait-il à propos, et de la bienséance,
De dire à mille gens tout ce que d'eux on pense ?
Et quand on a quelqu'un qu'on hait ou qui déplaît,
80   Lui doit-on déclarer la chose comme elle est ?

ALCESTE

Oui.

PHILINTE

    Quoi ! vous iriez dire à la vieille Émilie
Qu'à son âge il sied mal de faire la jolie ?
Et que le blanc[64] qu'elle a scandalise chacun ?

ALCESTE

Sans doute[65].

PHILINTE   [5]
        À Dorilas, qu'il est trop importun,
85   Et qu'il n'est, à la cour, oreille qu'il ne lasse
À conter sa bravoure et l'éclat de sa race ?

ALCESTE

Fort bien.

PHILINTE

Vous vous moquez.

ALCESTE

                    Je ne me moque
                        [point,

---

64 Le fard qui doit masquer les rides et rendre le teint clair.
65 Assurément, sans aucun doute.

Et je vais n'épargner personne sur ce point.

Mes yeux sont trop blessés ; et la cour, et la ville,

90   Ne m'offrent rien qu'objets à m'échauffer la bile.

J'entre en une humeur noire, en un chagrin
                                    [profond[66],

Quand je vois vivre entre eux les hommes comme
                                    [ils font ;

Je ne trouve partout que lâche flatterie,

Qu'injustice, intérêt, trahison, fourberie ;

95   Je n'y puis plus tenir, j'enrage, et mon dessein

Est de rompre en visière[67] à tout le genre humain.

PHILINTE

Ce chagrin philosophe[68] est un peu trop sauvage ;

Je ris des noirs accès où je vous envisage,

Et crois voir en nous deux, sous mêmes soins
                                    [nourris[69],

100 Ces deux frères que peint *L'École des maris*[70],

Dont...

ALCESTE

Mon Dieu ! laissons là vos comparaisons
                                    [fades.

---

66 Ces irritations (voir, pour *chagrin*, au v. 6) sont l'effet de *l'humeur noire*,
    de l'atrabile, exactement : de la bile noire, ou mélancolie.

67 *Rompre en visière* : voir *supra*, la note 10, p. 140.

68 Ce chagrin de philosophe (Molière emploie *philosophe* comme adjectif).
    Furetière signale que le mot *philosophe* s'emploie parfois « ironiquement
    d'un homme bourru, crotté, incivil, qui n'a aucun égard aux devoirs
    et aux bienséances de la société civile ». Tel est bien Alceste, avec ses
    irritations brutales, son *chagrin* qui le rend insociable.

69 D'après 1682, les vers 99-102 étaient supprimés à la représentation.

70 En effet, dans *L'École des maris* de Molière, les deux frères Sganarelle et
    Ariste, pourtant élevés (*nourris*) ensemble, exposent, nous l'avons vu,
    leurs oppositions.

PHILINTE

Non, tout de bon, quittez toutes ces incartades[71].
Le monde par vos soins ne se changera pas ;
Et puisque la franchise a pour vous tant d'appâts,
105   Je vous dirai tout franc que cette maladie,
Partout où vous allez, donne la comédie,
Et qu'un si grand courroux contre les mœurs du
                                   [temps [A iij] [6]
Vous tourne en ridicule auprès de bien des gens.

ALCESTE

Tant mieux, morbleu ! tant mieux, c'est ce que je
                                   [demande.
110   Ce m'est un fort bon signe, et ma joie en est grande.
Tous les hommes me sont à tel point odieux,
Que je serais fâché d'être sage à leurs yeux.

PHILINTE

Vous voulez un grand mal à la nature humaine !

ALCESTE

Oui, j'ai conçu pour elle une effroyable haine.

PHILINTE

115   Tous les pauvres mortels, sans nulle exception,
Seront enveloppés dans cette aversion ?
Encore, en est-il bien, dans le siècle où nous
                                   [sommes...

ALCESTE

Non, elle est générale, et je hais tous les hommes.
Les uns, parce qu'ils sont méchants et malfaisants ;

---

71 *Incartade* : propos extravagant ou insultant.

120   Et les autres, pour être aux méchants complaisants[72],
       Et n'avoir pas pour eux ces haines vigoureuses
       Que doit donner le vice aux âmes vertueuses.
       De cette complaisance on voit l'injuste excès
       Pour le franc scélérat avec qui j'ai procès ;
125   Au travers de son masque, on voit à plein le traître,
       Partout il est connu pour tout ce qu'il peut être ;
       Et ses roulements d'yeux et son ton radouci
       N'imposent[73] qu'à des gens qui ne sont point d'ici.
       On sait que ce pied-plat[74], digne qu'on le confonde,
130   Par de sales emplois s'est poussé dans le monde,
       Et que, par eux, son sort, de splendeur revêtu,
       Fait gronder le mérite et rougir la vertu.
       Quelques titres honteux qu'en tous lieux on lui
                                                    [donne,
       Son misérable honneur ne voit pour lui personne[75].
135   Nommez-le fourbe, infâme et scélérat maudit,   [7]
       Tout le monde en convient, et nul n'y contredit.
       Cependant, sa grimace est partout bienvenue,
       On l'accueille, on lui rit[76] ; partout il s'insinue ;
       Et s'il est, par la brigue, un rang à disputer,
140   Sur le plus honnête homme on le voit l'emporter.
       Têtebleu ! ce me sont de mortelles blessures,
       De voir qu'avec le vice on garde des mesures ;
       Et, parfois, il me prend des mouvements soudains

---

72 Molière se souvient ici d'un mot de Timon d'Athènes, dit le misanthrope,
    rapporté par Érasme : « Les méchants, je les hais à bon droit ; les autres
    je les hais de ne point haïr les méchants » (*Apophtegmes*, livre VI).
73 *Imposer* : tromper, faire croire à une chose fausse.
74 *Pied-plat*, au figuré : misérable, rustre, coquin. C'est ce que Damis, dans
    le *Tartuffe*, au v. 59, dit de Tartuffe ; l'adversaire d'Alceste serait aussi
    un Tartuffe.
75 Personne ne peut garantir son honneur.
76 *Rire à quelqu'un*, c'est lui faire un accueil flatteur.

De fuir, dans un désert[77], l'approche des humains.

PHILINTE

145   Mon Dieu, des mœurs du temps, mettons-nous
                              [moins en peine,
       Et faisons un peu grâce à la nature humaine ;
       Ne l'examinons point dans la grande rigueur,
       Et voyons ses défauts avec quelque douceur.
       Il faut, parmi le monde, une vertu traitable[78] ;
150   À force de sagesse on peut être blâmable ;
       La parfaite raison fuit toute extrémité,
       Et veut que l'on soit sage avec sobriété[79].
       Cette grande roideur des vertus des vieux âges
       Heurte trop notre siècle, et les communs usages ;
155   Elle veut aux mortels trop de perfection ;
       Il faut fléchir au temps, sans obstination ;
       Et c'est une folie à nulle autre seconde
       De vouloir se mêler de corriger le monde.
       J'observe, comme vous, cent choses, tous les jours,
160   Qui pourraient mieux aller, prenant un autre cours.
       Mais quoi qu'à chaque pas je puisse voir paraître,
       En courroux, comme vous, on ne me voit point être ;
       Je prends tout doucement les hommes comme ils
                              [sont,
       J'accoutume mon âme à souffrir[80] ce qu'ils font ;

---

77 *Désert* : lieu peu habité, où l'on peut faire une retraite solitaire. Alceste
    pressent ici ce que sera le dénouement de la comédie.

78 *Traitable* : aimable.

79 La sagesse mesurée de Philinte s'inspire d'une expression tirée de saint
    Paul (Romains, 12, 3) (mais pas du tout de son esprit de foi !), que
    Montaigne (*Essais*, I, 30 : « De la modération ») avait récupérée. Cette
    vertu traitable du « raisonneur » Philinte fait beaucoup penser à la *dévotion
    traitable* de Cléante, autre « raisonneur » (*Tartuffe*, I, 5, v. 390).

80 Supporter.

165   Et je crois qu'à la cour, de même qu'à la ville,
      Mon flegme[81] est philosophe autant que votre bile.

                         ALCESTE   [8]
      Mais ce flegme, Monsieur, qui raisonne si bien,
      Ce flegme pourra-t-il ne s'échauffer de rien ?
      Et s'il faut, par hasard, qu'un ami vous trahisse,
170   Que, pour avoir vos biens, on dresse un artifice[82],
      Ou qu'on tâche à semer de méchants bruits de vous,
      Verrez-vous tout cela sans vous mettre en courroux ?

                         PHILINTE
      Oui, je vois ces défauts dont votre âme murmure[83],
      Comme vices unis à l'humaine nature ;
175   Et mon esprit, enfin, n'est pas plus offensé
      De voir un homme fourbe, injuste, intéressé,
      Que de voir des vautours affamés de carnage[84],
      Des singes malfaisants et des loups pleins de rage.

                         ALCESTE
      Je me verrai trahir, mettre en pièces, voler,
180   Sans que je sois… Morbleu ! je ne veux point parler,
      Tant ce raisonnement est plein d'impertinence[85].

                         PHILINTE
      Ma foi ! vous ferez bien de garder le silence ;

---

81   Le *flegme*, autre humeur, est à l'opposé de la bile. *Flegme* « se dit figurément
     de l'humeur d'un homme patient et pacifique qui se met difficilement
     en colère » (Furetière).
82   *Artifice* : fraude, tromperie.
83   *Murmurer* : gronder, faire du bruit.
84   Le *carnage* est la chair que déchirent les bêtes de proie.
85   *Impertinence* : sottise.

Contre votre partie[86], éclatez un peu moins[87],
Et donnez au procès une part de vos soins.

ALCESTE

185   Je n'en donnerai point, c'est une chose dite.

PHILINTE

Mais qui voulez-vous donc qui pour vous sollicite[88] ?

ALCESTE

Qui je veux ? La raison, mon bon droit, l'équité.

PHILINTE

Aucun juge par vous ne sera visité ?

ALCESTE

Non. Est-ce que ma cause est injuste ou douteuse ?

PHILINTE

190   J'en demeure d'accord ; mais la brigue est fâcheuse[89],
Et...   [9]

ALCESTE

Non, j'ai résolu de n'en pas faire un pas.
J'ai tort, ou j'ai raison.

PHILINTE

Ne vous y fiez pas.

---

86 Votre adversaire dans le procès.
87 Ne manifestez pas vos sentiments de manière aussi ouverte et bruyante.
88 Au XVIIe siècle, il était d'usage que le plaideur visite son juge pour le
    solliciter : devoir de civilité et occasion de présenter son affaire. Le plaideur
    pouvait charger autrui de faire cette démarche.
89 Mais les intrigues, la cabale, sont dangereuses.

ALCESTE

Je ne remuerai point.

PHILINTE

       Votre partie est forte,
Et peut, par sa cabale, entraîner…

ALCESTE

             Il n'importe.

PHILINTE

Vous vous tromperez.

ALCESTE

195   Soit. J'en veux voir le succès[90].

PHILINTE

Mais…

ALCESTE

J'aurai le plaisir de perdre mon procès.

PHILINTE

Mais, enfin…

ALCESTE

       Je verrai, dans cette plaiderie[91],
Si les hommes auront assez d'effronterie,
Seront assez méchants, scélérats et pervers,
200 Pour me faire injustice aux yeux de l'univers.

---

90 *Succès* : issue. On verra qu'effectivement Alceste perdra son procès.
91 *Plaiderie* : procès.

PHILINTE

Quel homme !

ALCESTE

Je voudrais, m'en coûtât-il
                              [grand-chose⁹²,
Pour la beauté du fait, avoir perdu ma cause.

PHILINTE   [10]

On se rirait de vous, Alceste, tout de bon,
Si l'on vous entendait parler de la façon.

ALCESTE

Tant pis pour qui rirait.

PHILINTE

205   Mais cette rectitude
Que vous voulez en tout, avec exactitude,
Cette pleine droiture, où vous vous renfermez,
La trouvez-vous ici, dans ce que vous aimez ?
Je m'étonne, pour moi, qu'étant, comme il le semble,
210   Vous et le genre humain si fort brouillés ensemble,
Malgré tout ce qui peut vous le rendre odieux,
Vous ayez pris chez lui ce qui charme vos yeux ;
Et ce qui me surprend encore davantage,
C'est cet étrange choix⁹³ où votre cœur s'engage.
215   La sincère Éliante a du penchant pour vous,
La prude Arsinoé vous voit d'un œil fort doux.
Cependant à leurs vœux votre âme se refuse,
Tandis qu'en ses liens Célimène l'amuse⁹⁴,

---

92 Même si cela me coûtait beaucoup.
93 Ce choix extraordinaire, scandaleux (*étrange*).
94 *Amuser* : tromper en faisant patienter.

De qui l'humeur coquette[95] et l'esprit médisant
220   Semble si fort donner dans les mœurs d'à présent.
D'où vient que, leur[96] portant une haine mortelle,
Vous pouvez bien souffrir ce qu'en tient cette belle[97] ?
Ne sont-ce plus défauts dans un objet si doux ?
Ne les voyez-vous pas ? ou les excusez-vous ?

ALCESTE

225   Non, l'amour que je sens pour cette jeune veuve
Ne ferme point mes yeux aux défauts qu'on lui
[treuve[98] ;
Et je suis, quelque ardeur qu'elle m'ait pu donner,
Le premier à les voir, comme à les condamner.
Mais, avec tout cela, quoi que je puisse faire,
230   Je confesse mon faible, elle a l'art de me plaire ;
J'ai beau voir ses défauts et j'ai beau l'en blâmer, [11]
Sa grâce est la plus forte, et, sans doute[99], ma flamme
De ces vices du temps pourra purger son âme.

PHILINTE

235   Si vous faites cela, vous ne ferez pas peu.
Vous croyez être donc aimé d'elle ?

ALCESTE

                    Oui, parbleu ;
Je ne l'aimerais pas, si je ne croyais l'être.

---

95   « Les coquettes, dit Furetière, tâchent d'engager les hommes et ne veulent
     point s'engager ».
96   Aux mœurs d'à présent.
97   Vous pouvez supporter (*souffrir*) les manifestations, chez Célimène, la
     femme aimée (*objet*), de ces mœurs que vous haïssez et qu'elle pratique
     (ce qu'elle *en tient*).
98   Graphie de *trouve*, gardée pour la rime.
99   J'en suis sûr.

PHILINTE

Mais si son amitié[100] pour vous se fait paraître,
D'où vient que vos rivaux vous causent de l'ennui[101] ?

ALCESTE

240   C'est qu'un cœur bien atteint veut qu'on soit tout
[à lui ;
Et je ne viens ici qu'à dessein, de lui dire
Tout ce que là-dessus ma passion m'inspire.

PHILINTE

Pour moi, si je n'avais qu'à former des désirs,
La cousine Éliante aurait tous mes soupirs ;
245   Son cœur, qui vous estime, est solide et sincère ;
Et ce choix plus conforme était mieux votre affaire.

ALCESTE

Il est vrai, ma raison me le dit chaque jour ;
Mais la raison n'est pas ce qui règle l'amour[102].

PHILINTE

Je crains fort pour vos feux ; et l'espoir où vous êtes
Pourrait…

---

100 Amour.
101 Sens fort de « tourment ».
102 Le cœur a ses raisons…

Scène 2   [12]

ORONTE, ALCESTE, PHILINTE

ORONTE[103]

250   J'ai su là-bas[104] que, pour quelques
                                   [emplettes,
Éliante est sortie, et Célimène aussi.
Mais, comme l'on m'a dit que vous étiez ici,
J'ai monté pour vous dire, et d'un cœur véritable,
Que j'ai conçu pour vous une estime incroyable ;
255   Et que, depuis longtemps, cette estime m'a mis
Dans un ardent désir d'être de vos amis.
Oui, mon cœur au mérite aime à rendre justice,
Et je brûle qu'un nœud d'amitié nous unisse.
Je crois qu'un ami chaud, et de ma qualité[105],
260   N'est pas, assurément, pour être rejeté.
C'est à vous, s'il vous plaît, que ce discours s'adresse.

En cet endroit Alceste paraît tout rêveur,
et semble n'entendre pas qu'Oronte lui parle.

ALCESTE

À moi, Monsieur ?

ORONTE

À vous. Trouvez-vous qu'il
                                   [vous blesse ?

ALCESTE

Non pas ; mais la surprise est fort grande pour moi,

---

103 Oronte s'adresse à Alceste.
104 En bas, dans la salle basse du rez-de-chaussée, Célimène recevant, comme
    il convient, à l'étage.
105 *Qualité* : noblesse de naissance.

Et je n'attendais pas l'honneur que je reçois.

ORONTE

265 L'estime où je vous tiens ne doit point vous
                                        [surprendre,
Et de tout l'univers vous la pouvez prétendre.

ALCESTE   [13]

Monsieur...

ORONTE

        L'État n'a rien qui ne soit au-dessous
Du mérite éclatant que l'on découvre en vous[106].

ALCESTE

Monsieur...

ORONTE

        Oui, de ma part, je vous tiens préférable
270 À tout ce que j'y vois de plus considérable.

ALCESTE

Monsieur...

ORONTE

        Sois-je du Ciel écrasé, si je mens !
Et pour vous confirmer ici mes sentiments,
Souffrez qu'à cœur ouvert, Monsieur, je vous
                                        [embrasse[107],
Et qu'en votre amitié je vous demande place.
275 Touchez là[108], s'il vous plaît. Vous me la promettez

---

106 Vous êtes dignes des plus hautes charges dans l'État.
107 *Embrasser* c'est prendre dans ses bras.
108 On se touchait dans la main pour faire accord.

Votre amitié ?

ALCESTE
Monsieur…

ORONTE
                         Quoi ? vous y résistez ?

ALCESTE
Monsieur, c'est trop d'honneur que vous me
                         [voulez faire ;
Mais l'amitié demande un peu plus de mystère[109],
Et c'est, assurément, en profaner le nom,
280   Que de vouloir la mettre à toute occasion.
Avec lumière[110] et choix cette union veut naître ;
Avant que[111] nous lier, il faut nous mieux connaître ;
Et nous pourrions avoir telles complexions[112],
Que tous deux du marché nous nous repentirions.

ORONTE   [B] [14]
285   Parbleu ! c'est là-dessus parler en homme sage,
Et je vous en estime encore davantage.
Souffrons donc que le temps forme des nœuds si
                         [doux ;
Mais, cependant[113], je m'offre entièrement à vous ;
S'il faut faire à la cour, pour vous, quelque ouverture,
290   On sait qu'auprès du roi je fais quelque figure,
Il m'écoute, et dans tout il en use, ma foi,

---

109 L'amitié est affaire discrète, un peu sécrète et demande des précautions.
110 *Lumière* : pénétration, circonspection. – Diérèse sur *union*.
111 Avant que de. – Diérèse sur *lier*.
112 *Complexion* : tempérament. Avec encore une diérèse.
113 Pendant ce temps, en attendant que le temps ait formé notre amitié.

Le plus honnêtement[114] du monde avecque moi.
Enfin, je suis à vous de toutes les manières ;
Et comme votre esprit a de grandes lumières,
295   Je viens, pour commencer entre nous ce beau nœud,
Vous montrer un sonnet que j'ai fait depuis peu,
Et savoir s'il est bon qu'au public je l'expose.

ALCESTE

Monsieur, je suis mal propre[115] à décider la chose,
Veuillez m'en dispenser.

ORONTE

Pourquoi ?

ALCESTE

J'ai le défaut
300   D'être un peu plus sincère, en cela, qu'il ne faut.

ORONTE

C'est ce que je demande, et j'aurais lieu de plainte,
Si, m'exposant à vous[116] pour me parler sans feinte,
Vous alliez me trahir, et me déguiser rien[117].

ALCESTE

Puisqu'il vous plaît ainsi, Monsieur, je le veux bien.

ORONTE

305   *Sonnet...* C'est un sonnet. *L'espoir...* C'est une dame
Qui de quelque espérance avait flatté ma flamme.

---

114 *Honnêtement* : obligeamment, élégamment.
115 Je ne suis pas apte.
116 Me livrant à vous sans défense.
117 *Rien* : quelque chose (valeur positive venue du latin *rem*).

L'Espoir... Ce ne sont point de ces grands vers
                             [pompeux,
Mais de petits vers doux, tendres et langoureux[118].
À toutes ces interruptions il regarde Alceste.

ALCESTE   [15]

Nous verrons bien.

ORONTE

                 L'Espoir... Je ne sais si le style
310 Pourra vous en paraître assez net et facile ;
Et si, du choix des mots, vous vous contenterez.

ALCESTE

Nous allons voir, Monsieur.

ORONTE

                      Au reste, vous saurez
Que ne n'ai demeuré qu'un quart d'heure à le
                              [faire[119].

ALCESTE

Voyons, Monsieur, le temps ne fait rien à l'affaire.

ORONTE

315   *L'Espoir, il est vrai, nous soulage,*
      Et nous berce un temps notre ennui[120] ;
      Mais Philis, le triste avantage,

---

118 Oronte laisse à d'autres les vers pleins de grandeur (*pompeux* n'est pas,
    alors, péjoratif) pour se cantonner dans les petits genres poétiques, qui
    sont à la mode dans le monde.
119 Les mondains se targuent d'un amateurisme, d'une facilité et d'une
    légèreté opposés au lourd pédantisme.
120 Il s'agit du désespoir de l'amoureux insatisfait.

Lorsque rien ne marche après lui !

PHILINTE

Je suis déjà charmé de ce petit morceau[121].

ALCESTE[122]

320   Quoi ! vous avez le front de trouver cela beau ?

ORONTE

Vous eûtes de la complaisance ;
Mais vous en deviez moins avoir,
Et ne vous pas mettre en dépense,
Pour ne me donner que l'espoir.

PHILINTE

325   Ah ! qu'en termes galants[123] ces choses-là sont mises !

ALCESTE, *bas.*

Morbleu ! vil complaisant, vous louez des sottises ?

ORONTE   [B ij] [16]

S'il faut qu'une attente éternelle
Pousse à bout l'ardeur de mon zèle[124],
Le trépas sera mon recours.

330   *Vos soins ne m'en peuvent distraire[125] ;*
Belle Philis, on désespère
Alors qu'on espère toujours[126].

---

121 Le sens fort de *charmer* (ensorceler) rend la complaisance de Philinte
     encore plus scandaleuse aux yeux d'Alceste.
122 Alceste s'adresse en *a parte* au seul Philinte.
123 *Galants* : élégants, raffinés.
124 L'ardeur de mon amour.
125 Détourner.
126 Pointe attendue pour la chute d'un sonnet.

PHILINTE

La chute[127] en est jolie, amoureuse, admirable.

ALCESTE, *bas.*

La peste de ta chute! Empoisonneur au diable[128],
335   En eusses-tu fait une[129] à te casser le nez !

PHILINTE

Je n'ai jamais ouï de vers si bien tournés.

ALCESTE

Morbleu !...

ORONTE

Vous me flattez, et vous croyez
                                    [peut-être...

PHILINTE

Non, je ne flatte point.

ALCESTE, *bas.*
                    Et que fais-tu donc, traître ?

ORONTE

Mais, pour vous[130], vous savez quel est notre traité ;
340   Parlez-moi, je vous prie, avec sincérité.

ALCESTE

Monsieur, cette matière est toujours délicate,

---

127 La *chute* est le trait surprenant à la fin d'une petite poésie galante. Au
    v. 335, Alceste jouera sur le sens concret du mot.
128 Empoisonneur digne d'aller au diable.
129 Puisses-tu en avoir fait une.
130 Oronte s'adresse désormais à Alceste.

Et, sur le bel esprit, nous aimons qu'on nous flatte.
Mais un jour, à quelqu'un, dont je tairai le nom,
Je disais, en voyant des vers de sa façon,
345   Qu'il faut qu'un galant homme ait toujours grand
                                              [empire
Sur les démangeaisons qui nous prennent d'écrire ;
Qu'il doit tenir la bride aux grands
                              [empressements [17]
Qu'on a de faire éclat de tels amusements[131] ;
Et que, par la chaleur[132] de montrer ses ouvrages,
350   On s'expose à jouer de mauvais personnages.

                         ORONTE
Est-ce que vous voulez me déclarer, par là,
Que j'ai tort de vouloir… ?

                         ALCESTE
                              Je ne dis pas cela.
Mais je lui disais, moi, qu'un froid écrit assomme,
Qu'il ne faut que ce faible à décrier un homme[133] ;
355   Et qu'eût-on, d'autre part, cent belles qualités,
On regarde les gens par leurs méchants[134] côtés.

                         ORONTE
Est-ce qu'à mon sonnet vous trouvez à redire ?

                         ALCESTE
Je ne dis pas cela ; mais, pour ne point écrire[135],

---

131 Qu'on a d'attirer l'attention (*faire éclat*) sur de telles pertes de temps
     (*amusements*).
132 Par l'ardente envie.
133 Que ce défaut pour déconsidérer un homme.
134 Mauvais.
135 Pour l'engager à ne point écrire.

Je lui mettais aux yeux comme, dans notre temps,
360   Cette soif a gâté[136] de fort honnêtes gens.

ORONTE

Est-ce que j'écris mal ? et leur ressemblerais-je ?

ALCESTE

Je ne dis pas cela ; mais, enfin, lui disais-je,
Quel besoin si pressant avez-vous de rimer ?
Et qui, diantre, vous pousse à vous faire imprimer ?
365   Si l'on peut pardonner l'essor d'un mauvais livre,
Ce n'est qu'aux malheureux qui composent pour
                                                    [vivre.
Croyez-moi, résistez à vos tentations[137],
Dérobez au public ces occupations ;
Et n'allez point quitter, de quoi que l'on vous
                                                    [somme,
370   Le nom que dans la cour, vous avez d'honnête
                                                    [homme,
Pour prendre, de la main d'un avide imprimeur,
Celui de ridicule et misérable auteur.
C'est ce que je tâchai de lui faire comprendre.

ORONTE   [B iij] [18]

Voilà qui va fort bien, et je crois vous entendre[138].
375   Mais ne puis-je savoir ce que dans mon sonnet...

ALCESTE

Franchement, il est bon à mettre au cabinet[139].

---

136 *Gâter* : endommager, mettre mal en point.
137 1682 a *intentions*. La rime des vers 367-368 se fait encore sur une diérèse.
138 Comprendre.
139 Molière invite son lecteur à jouer sur les deux sens du mot, tous deux
    vivants au XVIIᵉ siècle : le bureau avec le meuble qu'on y plaçait (et où

Vous vous êtes réglé sur de méchants[140] modèles,
Et vos expressions ne sont point naturelles.
   Qu'est-ce que Nous berce un temps notre ennui,
380   *Et que Rien ne marche après lui ?*
    Que Ne vous pas mettre en dépense,
    Pour ne me donner que l'espoir ?
    Et que Philis, on désespère,
    Alors qu'on espère toujours ?
385 Ce style figuré, dont on fait vanité,
Sort du bon caractère[141] et de la vérité ;
Ce n'est que jeu de mots, qu'affectation pure,
Et ce n'est point ainsi que parle la nature.
Le méchant goût du siècle, en cela, me fait peur.
390 Nos pères, tous grossiers[142], l'avaient beaucoup
           [meilleur ;
Et je prise bien moins tout ce que l'on admire,
Qu'une vieille chanson que je m'en vais vous dire :

   Si le roi m'avait donné
    Paris sa grand'ville,
395   *Et qu'il me fallût quitter*
    L'amour de ma mie,
   Je dirais au roi Henri :
   « Reprenez votre Paris,
   J'aime mieux ma mie, au gué !
400   *J'n'aime mieux ma mie. »*

Oronte aurait dû laisser son sonnet) ; le lieu d'aisance (où…).
140 *Méchants* : mauvais.
141 De la bonne manière d'exprimer les choses.
142 Tout grossiers qu'ils étaient (ellipse du *que* de la concession et accord de
tout adjectif).

La rime n'est pas riche[143], et le style en est
                                    vieux ; [19]
Mais ne voyez-vous pas que cela vaut bien mieux
Que ces colifichets[144], dont le bon sens murmure,
Et que la passion parle là toute pure ?

405   *Si le roi m'avait donné*
                     Paris sa grand'ville,
                 Et qu'il me fallût quitter
                     L'amour de ma mie,
                 Je dirais au roi Henri :
                 « Reprenez votre Paris,
                 J'aime mieux ma mie, au gué !
410   *J'aime mieux ma mie. »*

Voilà ce que peut dire un cœur vraiment épris.
                 À Philinte.
Oui, Monsieur le rieur, malgré vos beaux esprits,
415 J'estime plus cela que la pompe fleurie
De tous ces faux brillants, où chacun se récrie[145].

ORONTE
Et moi, je vous soutiens que mes vers sont fort bons.

ALCESTE
Pour les trouver ainsi, vous avez vos raisons ;
Mais vous trouverez bon que j'en puisse avoir d'autres
420 Qui se dispenseront de se soumettre aux vôtres.

---

143 C'est le moins qu'on puisse dire !
144 Au sens propre, les *colifichets* sont des petites figures de papier découpées
     et collées ; au sens figuré, le mot désigne des distractions dignes d'enfants,
     de petits ornements qui révoltent le bon sens.
145 S'exclame et d'admiration et de bonheur.

ORONTE

Il me suffit de voir que d'autres en font cas.

ALCESTE

C'est qu'ils ont l'art de feindre ; et moi, je ne l'ai pas.

ORONTE

Croyez-vous donc avoir tant d'esprit en partage ?

ALCESTE

Si je louais vos vers, j'en aurais davantage.

ORONTE

425   Je me passerai bien que vous les approuviez.

ALCESTE   [20]

Il faut bien, s'il vous plaît, que vous vous en passiez.

ORONTE

Je voudrais bien, pour voir, que de votre manière
Vous en composassiez sur la même matière.

ALCESTE

J'en pourrais, par malheur, faire d'aussi méchants[146] ;
430   Mais je me garderais de les montrer aux gens.

ORONTE

Vous me parlez bien ferme, et cette suffisance...

ALCESTE

Autre part que chez moi, cherchez qui vous encense.

---

146 Faire d'aussi mauvais vers.

ORONTE

Mais, mon petit Monsieur, prenez-le[147] un peu
                                    [moins haut.

ALCESTE

Ma foi, mon grand Monsieur, je le prends comme
                                    [il faut.

PHILINTE, *se mettant entre deux.*

435   Eh ! Messieurs, c'en est trop ; laissez cela, de grâce.

ORONTE

Ah ! j'ai tort, je l'avoue, et je quitte la place.
Je suis votre valet, Monsieur, de tout mon cœur.

ALCESTE

Et moi, je suis, Monsieur, votre humble serviteur[148].

Scène 3   [21]

PHILINTE, ALCESTE

PHILINTE

Eh bien ! vous le voyez : pour être trop sincère,
440   Vous voilà sur les bras une fâcheuse affaire ;
Et j'ai bien vu qu'Oronte, afin d'être flatté...

ALCESTE

Ne me parlez pas.

---

147 Il faut élider ce dernier *e* devant *un* pour la bonne mesure de l'hémistiche.
148 *Je suis votre valet* et *Je suis votre serviteur* sont deux formules pour pendre
      congé ; elles sont piquantes dans la bouche d'aristocrates.

PHILINTE
Mais…

ALCESTE
Plus de société.

PHILINTE
C'est trop…

ALCESTE
Laissez-moi là.

PHILINTE
Si je…

ALCESTE
Point de langage.

PHILINTE
Mais quoi… ?

ALCESTE
Je n'entends rien.

PHILINTE
Mais…

ALCESTE   [22]
Encore ?

PHILINTE
On outrage…

ALCESTE

445 Ah ! parbleu ! c'en est trop, ne suivez point mes pas.

PHILINTE

Vous vous moquez de moi, je ne vous quitte pas.

Fin du premier acte.

ACTE II   [23]

Scène PREMIÈRE
ALCESTE, CÉLIMÈNE

ALCESTE

Madame, voulez-vous que je vous parle net ?
De vos façons d'agir je suis mal satisfait ;
Contre elles, dans mon cœur, trop de bile s'assemble,
450 Et je sens qu'il faudra que nous rompions ensemble.
Oui, je vous tromperais de parler autrement,
Tôt ou tard, nous romprons, indubitablement ;
Et je vous promettrais mille fois le contraire,
Que je ne serais pas en pouvoir de le faire.

CÉLIMÈNE

455 C'est pour me quereller, donc, à ce que je vois,
Que vous avez voulu me ramener chez moi ?

ALCESTE

Je ne querelle point ; mais votre humeur, Madame,
Ouvre, au premier venu, trop d'accès dans votre âme ;

Vous avez trop d'amants qu'on voit vous obséder[149],
460   Et mon cœur, de cela, ne peut s'accommoder.

CÉLIMÈNE   [24]

Des amants[150] que je fais me rendez-vous coupable ?
Puis-je empêcher les gens de me trouver aimable[151] ?
Et lorsque, pour me voir, ils font de doux efforts,
Dois-je prendre un bâton pour les mettre dehors ?

ALCESTE

465   Non, ce n'est pas, Madame, un bâton qu'il faut
                                            [prendre,
Mais un cœur à leurs vœux moins facile et moins
                                            [tendre.
Je sais que vos appas vous suivent en tous lieux,
Mais votre accueil retient ceux qu'attirent vos yeux ;
Et sa douceur, offerte à qui vous rend les armes,
470   Achève, sur les cœurs, l'ouvrage de vos charmes.
Le trop riant espoir que vous leur présentez
Attache, autour de vous, leurs assiduités ;
Et votre complaisance, un peu moins étendue,
De tant de soupirants chasserait la cohue.
475   Mais au moins, dites-moi, Madame, par quel sort
Votre Clitandre a l'heur de vous plaire si fort ?
Sur quel fonds de mérite et de vertu sublime
Appuyez-vous en lui[152] l'honneur de votre estime ?

---

149 *Obséder* : fréquenter assidûment ; Furetière précise : « se rendre maître
   de l'esprit ou de la maison d'une personne ; empêcher les autres d'en
   approcher ».
150 Rappelons que *l'amant* est celui qui a déclaré ses sentiments amoureux.
151 *Aimable* : digne d'être aimée.
152 Fondez-vous sur lui.

Est-ce par l'ongle long, qu'il porte au petit doigt[153],
480 Qu'il s'est acquis chez vous l'estime où l'on le voit ?
Vous êtes-vous rendue, avec tout le beau monde,
Au mérite éclatant de sa perruque blonde ?
Sont-ce ses grands canons[154] qui vous le font aimer ?
L'amas de ses rubans a-t-il su vous charmer ?
485 Est-ce par les appas de sa vaste rhingrave[155]
Qu'il a gagné votre âme, en faisant votre esclave[156] ?
Ou sa façon de rire et son ton de fausset
Ont-ils de vous toucher su trouver le secret ?

CÉLIMÈNE

Qu'injustement de lui vous prenez de l'ombrage !
490 Ne savez-vous pas bien pourquoi je le ménage ?
Et que, dans mon procès, ainsi qu'il m'a promis, [25]
Il peut intéresser tout ce qu'il a d'amis ?

ALCESTE

Perdez votre procès, Madame, avec constance,
Et ne ménagez point un rival qui m'offense[157].

CÉLIMÈNE

495 Mais de tout l'univers vous devenez jaloux.

ALCESTE

C'est que tout l'univers est bien reçu de vous.

---

153 Dès l'époque de Louis XIII, la mode voulait qu'on se laissât pousser
     l'ongle du petit doigt ; Scarron, par exemple, en témoigne, en 1655, dans
     la quatrième de ses *Nouvelles tragi-comiques*.
154 Nous avons souvent rencontré ces ornements de dentelles, attachés au-
     dessous du genou.
155 La *rhingrave* est un haut-de-chausse ample, attaché par le bas avec des
     rubans.
156 En se faisant votre esclave, en se donnant pour votre esclave.
157 *Offenser* « signifie aussi blesser, incommoder » (Furetière).

CÉLIMÈNE

C'est ce qui doit rasseoir votre âme effarouchée[158],
Puisque ma complaisance est sur tous épanchée.
Et vous auriez plus lieu de vous en offenser,
500   Si vous me la voyiez sur un seul ramasser.

ALCESTE

Mais moi, que vous blâmez de trop de jalousie,
Qu'ai-je de plus qu'eux tous, Madame, je vous prie ?

CÉLIMÈNE

Le bonheur de savoir que vous êtes aimé.

ALCESTE

Et quel lieu de le croire a mon cœur enflammé ?

CÉLIMÈNE

505   Je pense qu'ayant pris le soin[159] de vous le dire,
Un aveu de la sorte a de quoi vous suffire.

ALCESTE

Mais qui m'assurera que, dans le même instant,
Vous n'en disiez, peut-être, aux autres tout autant ?

CÉLIMÈNE

Certes, pour un amant, la fleurette est mignonne[160],
510   Et vous me traitez là de gentille[161] personne.
Eh bien ! pour vous ôter d'un semblable souci,
De tout ce que j'ai dit, je me dédis ici,

---

158 C'est ce qui doit apaiser votre âme irritée.
159 Je pense que, comme j'ai pris soin.
160 *La fleurette est mignonne* : la galanterie est charmante.
161 *Gentille* est pris en mauvaise part, ironiquement, au sens de « vilaine »,
    « mauvaise ».

Et rien ne saurait plus vous tromper que vous-même ;
Soyez content.

ALCESTE   [C] [26]

Morbleu ! faut-il que je vous aime ?
515 Ah ! que si, de vos mains, je rattrape mon cœur,
Je bénirai le Ciel de ce rare bonheur !
Je ne le cèle pas, je fais tout mon possible
À rompre de ce cœur l'attachement terrible ;
Mais mes plus grands efforts n'ont rien fait, jusqu'ici,
520 Et c'est pour mes péchés que je vous aime ainsi.

CÉLIMÈNE

Il est vrai, votre ardeur est, pour moi, sans seconde.

ALCESTE

Oui, je puis, là-dessus, défier tout le monde.
Mon amour ne se peut concevoir, et jamais
Personne n'a, Madame, aimé comme je fais.

CÉLIMÈNE

525 En effet, la méthode en est toute nouvelle,
Car vous aimez les gens pour leur faire querelle ;
Ce n'est qu'en mots fâcheux qu'éclate votre ardeur,
Et l'on n'a vu jamais un amour si grondeur[162].

ALCESTE

Mais il ne tient qu'à vous que son chagrin[163] ne
[passe ;
530 À tous nos démêlés coupons chemin[164], de grâce,
Parlons à cœur ouvert, et voyons d'arrêter...

---

162 1682 porte : *un amant si grondeur*, qui est moins intéressant.
163 *Chagrin* : irritation ; l'amour d'Alceste pour Célimène est irritable.
164 *Couper chemin* ; « mettre un obstacle au passage de quelqu'un » (Furetière).

Scène 2   [27]
CÉLIMÈNE, ALCESTE, BASQUE

CÉLIMÈNE

Qu'est-ce ?

BASQUE
Acaste est là-bas.

CÉLIMÈNE
Eh bien ! faites monter[165].

ALCESTE

Quoi ! l'on ne peut jamais vous parler tête à tête ?
À recevoir le monde on vous voit toujours prête ?
535   Et vous ne pouvez pas, un seul moment de tous[166],
Vous résoudre à souffrir[167] de n'être pas chez vous ?

CÉLIMÈNE

Voulez-vous qu'avec lui je me fasse une affaire ?

ALCESTE

Vous avez des regards[168] qui ne sauraient me plaire.

CÉLIMÈNE

C'est un homme à jamais ne me le pardonner,
540   S'il savait que sa vue eût pu m'importuner.

---

165 Célimène reçoit ses hôtes, qui arrivent en bas, à l'étage.
166 Un seul moment parmi tous, entre tous.
167 Supporter.
168 *Regards* : soucis, préoccupations. Au fond, le sens est assez proche de celui d'*égards*, leçon que donne 1682.

ALCESTE

Et que vous fait cela, pour vous gêner[169] de sorte... ?

CÉLIMÈNE

Mon Dieu ! de ses pareils la bienveillance importe,
Et ce sont de ces gens qui, je ne sais comment,
Ont gagné, dans la cour, de parler hautement.
545   Dans tous les entretiens on les voit s'introduire ;
Ils ne sauraient servir, mais ils peuvent vous nuire ;
Et jamais, quelque appui qu'on puisse avoir
                                    [d'ailleurs, [C ij] [28]
On ne doit se brouiller avec ces grands brailleurs.

ALCESTE

Enfin, quoi qu'il en soit, et sur quoi qu'on se fonde,
550   Vous trouvez des raisons pour souffrir tout le monde ;
Et les précautions de votre jugement...

Scène 3
BASQUE, ALCESTE, CÉLIMÈNE

BASQUE

Voici Clitandre, encor, Madame.

ALCESTE

Il témoigne de s'en vouloir aller.
                                    Justement.

CÉLIMÈNE

Où courez-vous ?

---

169 Sens fort de *gêner* : tourmenter, au moral.

ALCESTE

Je sors.

CÉLIMÈNE

Demeurez.

ALCESTE

Pour quoi faire ?

CÉLIMÈNE

Demeurez.

ALCESTE

Je ne puis.

CÉLIMÈNE

Je le veux.

ALCESTE

Point d'affaire ;
555   Ces conversations ne font que m'ennuyer[170],   [29]
Et c'est trop que vouloir me les faire essuyer.

CÉLIMÈNE

Je le veux, je le veux.

ALCESTE

Non, il m'est impossible.

CÉLIMÈNE

Eh bien ! allez, sortez, il vous est tout loisible.

---

170 *Ennuyer* : agacer, causer du dégoût. – Diérèse sur *conversations*.

Scène 4

ÉLIANTE, PHILINTE, ACASTE, CLITANDRE,
ALCESTE, CÉLIMÈNE, BASQUE

ÉLIANTE

Voici les deux marquis, qui montent avec nous ;
Vous l'est-on venu dire ?

CÉLIMÈNE

560   Oui, des sièges pour tous.
À Alceste.
Vous n'êtes pas sorti ?

ALCESTE

                          Non ; mais je veux, Madame,
Ou pour eux, ou pour moi, faire expliquer votre
                                    [âme[171].

CÉLIMÈNE

Taisez-vous.

ALCESTE

Aujourd'hui, vous vous expliquerez.

CÉLIMÈNE

Vous perdez le sens.

ALCESTE   [C iij] [30]
                    Point, vous vous déclarerez.

---

171 Je veux que vous déclariez nettement vos sentiments (*expliquer votre âme*),
ou en leur faveur, ou en la mienne.

CÉLIMÈNE

Ah !

ALCESTE

Vous prendrez parti.

CÉLIMÈNE

565   Vous vous moquez, je
                                      [pense.

ALCESTE

Non ; mais vous choisirez, c'est trop de patience[172].

CLITANDRE

Parbleu ! je viens du Louvre, où Cléonte, au levé[173],
Madame, a bien paru ridicule achevé.
N'a-t-il point quelque ami qui pût, sur ses manières,
570   D'un charitable avis lui prêter les lumières ?

CÉLIMÈNE

Dans le monde, à vrai dire, il se barbouille[174] fort ;
Partout il porte un air qui saute aux yeux d'abord[175] ;
Et lorsqu'on le revoit, après un peu d'absence,
On le retrouve encor plus plein d'extravagance.

ACASTE

575   Parbleu, s'il faut parler de gens extravagants,

---

172 Diérèse.
173 Clitandre assiste au petit lever du roi, comme il assiste au petit coucher
     (voir au vers 739) ; même s'il se vante de ce privilège, cela témoigne de
     son rang, car l'assistance y était fort triée et fort réduite.
174 Selon Littré, *se barbouiller* c'est compromettre gravement sa réputation
     – se ridiculiser, précise l'édition des G.E.F.
175 Aussitôt.

Je viens d'en essuyer un des plus fatigants :
Damon, le raisonneur, qui m'a, ne vous déplaise,
Une heure, au grand soleil, tenu hors de ma chaise[176].

CÉLIMÈNE

C'est un parleur étrange[177], et qui trouve toujours
580   L'art de ne vous rien dire, avec de grands discours.
Dans les propos qu'il tient, on ne voit jamais goutte,
Et ce n'est que du bruit que tout ce qu'on écoute.

ÉLIANTE, *à Philinte.*

Ce début n'est pas mal ; et contre le prochain
La conversation prend un assez bon train.

CLITANDRE   [31]
585   Timante encor, Madame, est un bon caractère[178] !

CÉLIMÈNE

C'est, de la tête aux pieds, un homme tout mystère,
Qui vous jette, en passant, un coup d'œil égaré,
Et, sans aucune affaire, est toujours affairé.
Tout ce qu'il vous débite en grimaces abonde ;
590   À force de façons, il assomme le monde ;
Sans cesse il a, tout bas, pour rompre l'entretien
Un secret à vous dire, et ce secret n'est rien ;
De la moindre vétille il fait une merveille,
Et jusques au bonjour, il dit tout à l'oreille[179].

---

176 Petit carrosse où l'on est assis et à couvert.
177 Extraordinaire.
178 Un intéressant type humain (au sens des caractères de La Bruyère).
179 Selon Boileau, un modèle de ce caractère aurait été un certain M. de Saint-Gilles.

ACASTE

Et Géralde, Madame ?

CÉLIMÈNE

595   Oh ! l'ennuyeux conteur !
Jamais on ne le voit sortir du grand seigneur[180] ;
Dans le brillant commerce il se mêle sans cesse[181],
Et ne cite jamais que duc, prince ou princesse.
La qualité l'entête[182], et tous ses entretiens
600   Ne sont que de chevaux, d'équipage et de chiens[183] ;
Il tutoie, en parlant, ceux du plus haut étage,
Et le nom de Monsieur[184] est, chez lui, hors d'usage.

CLITANDRE

On dit qu'avec Bélise il est du dernier bien.

CÉLIMÈNE

Le pauvre esprit de femme ! et le sec entretien !
605   Lorsqu'elle vient me voir, je souffre le martyre :
Il faut suer sans cesse à chercher que lui dire ;
Et la stérilité de son expression
Fait mourir, à tous coups, la conversation.
En vain, pour attaquer son stupide silence,
610   De tous les lieux communs vous prenez l'assistance :
Le beau temps et la pluie, et le froid et le chaud,   [32]
Sont des fonds qu'avec elle on épuise bientôt.
Cependant sa visite, assez insupportable,

---

180 Jamais il ne parle d'autre chose que de grands seigneurs.
181 Il s'insère dans les relations (*commerce*) avec des gens brillants, de très
   haut rang.
182 Lui tourne la tête, l'entiche.
183 Il ne parle que de la chasse.
184 Il est grossier d'utiliser directement le patronyme de son interlocuteur,
   au lieu du « Monsieur ».

Traîne en une longueur, encore, épouvantable ;
615 Et l'on demande l'heure, et l'on bâille vingt fois,
Qu'elle grouille[185] aussi peu qu'une pièce de bois.

ACASTE

Que vous semble d'Adraste ?

CÉLIMÈNE

Ah ! quel orgueil
[extrême !
C'est un homme gonflé de l'amour de soi-même ;
Son mérite, jamais, n'est content de la cour :
620 Contre elle, il fait métier de pester chaque jour ;
Et l'on ne donne emploi, charge ni bénéfice,
Qu'à tout ce qu'il se croit on ne fasse injustice.

CLITANDRE

Mais le jeune Cléon, chez qui vont, aujourd'hui,
Nos plus honnêtes gens, que dites-vous de lui ?

CÉLIMÈNE

625 Que de son cuisinier il s'est fait un mérite,
Et que c'est à sa table à qui l'on rend visite.

ÉLIANTE

Il prend soin d'y servir des mets fort délicats.

CÉLIMÈNE

Oui, mais je voudrais bien qu'il ne s'y servît pas :
C'est un fort méchant plat que sa sotte personne,

---

185 *Grouiller* : remuer, bouger. Le mot était considéré comme bas ; mais
qu'elle grouille est infiniment plus intéressant que le *qu'elle s'émeut*, par
quoi les éditeurs de 1682 ont remplacé l'expression originelle de Molière.

630   Et qui gâte, à mon goût, tous les repas qu'il donne.

PHILINTE

On fait assez de cas de son oncle Damis ;
Qu'en dites-vous, Madame ?

CÉLIMÈNE

                        Il est de mes amis.

PHILINTE

Je le trouve honnête homme, et d'un air assez sage.

CÉLIMÈNE   [33]

Oui, mais il veut avoir trop d'esprit, dont[186] j'enrage ;
635   Il est guindé sans cesse ; et, dans tous ses propos,
On voit qu'il se travaille[187] à dire de bons mots.
Depuis que dans la tête il s'est mis d'être habile[188],
Rien ne touche son goût, tant il est difficile ;
Il veut voir des défauts à tout ce qu'on écrit,
640   Et pense que louer n'est pas d'un bel esprit.
Que c'est être savant que trouver à redire ;
Qu'il n'appartient qu'aux sots d'admirer et de rire ;
Et qu'en n'approuvant rien des ouvrages du temps,
Il se met au-dessus de tous les autres gens.
645   Aux conversations même il trouve à reprendre :
Ce sont propos trop bas pour y daigner descendre ;
Et, les deux bras croisés, du haut de son esprit,
Il regarde en pitié tout ce que chacun dit.

ACASTE

Dieu me damne, voilà son portrait véritable.

---

186 Ce dont.
187 1682 : *qu'il se fatigue.*
188 *Habile* : intelligent, cultivé.

CLITANDRE

650   Pour bien peindre les gens vous êtes admirable !

ALCESTE

Allons, ferme, poussez[189], mes bons amis de cour,
Vous n'en épargnez point, et chacun a son tour.
Cependant, aucun d'eux à vos yeux ne se montre
Qu'on ne vous voie, en hâte, aller à sa rencontre,
655   Lui présenter la main, et d'un baiser flatteur
Appuyer les serments d'être son serviteur.

CLITANDRE

Pourquoi s'en prendre à nous ? Si ce qu'on dit vous
                                [blesse,
Il faut que le reproche à Madame s'adresse.

ALCESTE

Non, morbleu ! c'est à vous ; et vos ris complaisants
660   Tirent de son esprit tous ces traits médisants ;
Son humeur satirique est sans cesse nourrie   [34]
Par le coupable encens de votre flatterie ;
Et son cœur à railler trouverait moins d'appas,
S'il avait observé qu'on ne l'applaudit pas.
665   C'est ainsi qu'aux flatteurs on doit partout se prendre
Des vices où l'on voit les humains se répandre[190].

PHILINTE

Mais pourquoi, pour ces gens, un intérêt si grand,
Vous qui condamneriez ce qu'en eux on reprend ?

---

189 *Poussez* s'emploie absolument « pour dire continuez » (Furetière).
190 *Se répandre* : se laisser tomber, céder.

CÉLIMÈNE

Et ne faut-il pas bien que Monsieur contredise ?
670   À la commune voix veut-on qu'il se réduise,
Et qu'il ne fasse pas éclater, en tous lieux,
L'esprit contrariant qu'il a reçu des cieux ?
Le sentiment d'autrui n'est jamais pour lui plaire,
Il prend toujours en main l'opinion contraire,
675   Et penserait paraître un homme du commun,
Si l'on voyait qu'il fût de l'avis de quelqu'un.
L'honneur de contredire a pour lui tant de charmes,
Qu'il prend, contre lui-même, assez souvent les
                                    [armes ;
Et ses vrais sentiments sont combattus par lui,
680   Aussitôt qu'il les voit dans la bouche d'autrui.

ALCESTE

Les rieurs sont pour vous, Madame, c'est tout dire ;
Et vous pouvez pousser contre moi la satire.

PHILINTE

Mais il est véritable, aussi, que votre esprit
Se gendarme toujours contre tout ce qu'on dit ;
685   Et que, par un chagrin[191] que lui-même il avoue,
Il ne saurait souffrir qu'on blâme, ni qu'on loue.

ALCESTE

C'est que jamais, morbleu ! les hommes n'ont raison,
Que le chagrin, contre eux, est toujours de saison,
Et que je vois qu'ils sont, sur toutes les affaires,   [35]
690   Loueurs impertinents[192], ou censeurs téméraires.

---

191 Voir la note du vers 529.
192 Sots, qui louent mal à propos.

CÉLIMÈNE

Mais…

ALCESTE

Non, Madame, non, quand j'en devrais
[mourir,
Vous avez des plaisirs que je ne puis souffrir ;
Et l'on a tort ici de nourrir dans votre âme
Ce grand attachement aux défauts qu'on y blâme[193].

CLITANDRE

695   Pour moi, je ne sais pas ; mais j'avouerai tout haut
Que j'ai cru, jusqu'ici, Madame sans défaut.

ACASTE

De grâces et d'attraits, je vois qu'elle est pourvue ;
Mais les défauts qu'elle a ne frappent point ma vue.

ALCESTE

Ils frappent tous la mienne, et loin de m'en cacher,
700   Elle sait que j'ai soin de les lui reprocher.
Plus on aime quelqu'un, moins il faut qu'on le
[flatte[194] ;
À ne rien pardonner le pur amour éclate ;
Et je bannirais, moi, tous ces lâches amants,
Que je verrais soumis à tous mes sentiments,
705   Et dont, à tous propos, les molles complaisances
Donneraient de l'encens à mes extravagances.

---

193 Le reproche doit s'adresser par sous-entendu à Philinte qui, en I, 1, avait
dénoncé « l'esprit médisant » de Célimène, mais qui, ici, fait chorus avec
les autres, encourage la jeune femme, qui brille ainsi, à médire, et prend
même le parti des adversaires d'Alceste.
194 *Flatter* : ménager.

CÉLIMÈNE

Enfin, s'il faut qu'à vous s'en rapportent les cœurs,
On doit, pour bien aimer, renoncer aux douceurs ;
Et du parfait amour mettre l'honneur suprême
710 À bien injurier les personnes qu'on aime.

ÉLIANTE

L'amour, pour l'ordinaire, est peu fait à ces lois[195],
Et l'on voit les amants vanter toujours leur choix ;
Jamais leur passion n'y voit rien de blâmable,
Et dans l'objet aimé tout leur devient aimable ;
715 Ils comptent les défauts pour des perfections[196],   [36]
Et savent y donner de favorables noms.
La pâle est, aux jasmins, en blancheur comparable ;
La noire à faire peur, une brune adorable ;
La maigre a de la taille et de la liberté ;
720 La grasse est, dans son port, pleine de majesté ;
La malpropre[197] sur soi, de peu d'attraits chargée,
Est mise sous le nom de beauté négligée ;
La géante paraît une déesse aux yeux ;
La naine, un abrégé des merveilles des cieux ;
725 L'orgueilleuse a le cœur digne d'une couronne ;
La fourbe a de l'esprit ; la sotte est toute bonne ;
La trop grande parleuse est d'agréable humeur ;
Et la muette garde une honnête pudeur.
C'est ainsi qu'un amant, dont l'ardeur est extrême,
730 Aime jusqu'aux défauts des personnes qu'il aime.

---

195 La tirade d'Éliante est adaptée d'un passage du *De natura rerum* de
Lucrèce (IV, vers 1142-1163). On sait que Molière avait entrepris de
traduire Lucrèce, en vers et en prose ; il ne reste rien de ce travail.
196 Avec sa diérèse, *perfections* rime pauvrement avec *noms*.
197 *Malpropre* : sans élégance.

ALCESTE

Et moi, je soutiens, moi…

CÉLIMÈNE

                Brisons-là ce discours,
Et dans la galerie[198] allons faire deux tours.
Quoi ? vous vous en allez, Messieurs ?

CLITANDRE et ACASTE

                      Non pas,
                     [Madame.

ALCESTE

La peur de leur départ occupe fort votre âme.
735 Sortez quand vous voudrez, Messieurs ; mais j'avertis
Que je ne sors qu'après que vous serez sortis.

ACASTE

À moins de voir Madame en être importunée,
Rien ne m'appelle ailleurs de toute la journée.

CLITANDRE

Moi, pourvu que je puisse être au petit couché[199],
740 Je n'ai point d'autre affaire où je sois attaché.

CÉLIMÈNE   [37]

C'est pour rire, je crois.

ALCESTE

             Non, en aucune sorte ;
Nous verrons si c'est moi que vous voudrez qui sorte.

---

198 *Galerie* : « Lieu couvert d'une maison, qui est ordinairement sur les ailes,
    où on se promène » (Furetière).
199 Au petit coucher du Roi.

Scène 5

BASQUE, ALCESTE, CÉLIMÈNE, ÉLIANTE,
ACASTE, PHILINTE, CLITANDRE

BASQUE

Monsieur, un homme est là, qui voudrait vous parler,
Pour affaire, dit-il, qu'on ne peut reculer.

ALCESTE

745 Dis-lui que je n'ai point d'affaires si pressées.

BASQUE

Il porte une jaquette à grand'basques plissées,
Avec du dor dessus[200].

CÉLIMÈNE

          Allez voir ce que c'est,
Ou bien faites-le[201] entrer.

ALCESTE

          Qu'est-ce donc qu'il vous
                 [plaît[202] ?
Venez, Monsieur.

---

200 « Il a du dor à son habit », disait Pierrot en parlant de l'habit de Dom
Juan (*Dom Juan*, II, 1). Basque, qui a vu quelque parement doré sur
l'habit du garde, de l'exempt des maréchaux venu convoquer Alceste,
commet la même déformation.
201 Il faut élider ce *le* et prononcer *faites-l'entrer*.
202 Que puis-je pour vous ? Que voulez-vous ? – Alceste s'adresse au garde
qui entre.

Scène 6   [D] [38]

GARDE, ALCESTE, CÉLIMÈNE, ÉLIANTE,
ACASTE, PHILINTE, CLITANDRE

GARDE

Monsieur, j'ai deux mots à vous
[dire.

ALCESTE

750   Vous pouvez parler haut, Monsieur, pour m'en
[instruire.

GARDE

Messieurs les Maréchaux[203], dont j'ai commandement,
Vous mandent de venir[204] les trouver promptement,
Monsieur.

ALCESTE

Qui ? moi, Monsieur ?

GARDE

Vous-même.

ALCESTE

Et pour quoi
[faire ?

---

203 Les maréchaux de France, les plus hauts personnages dans la hiérarchie
    militaire, étaient constitués en tribunal pour régler les conflits de point
    d'honneur entre gentilshommes et éviter ainsi les duels. Qu'ils soient
    saisis d'une querelle littéraire sur la qualité d'un petit sonnet est plaisant,
    sinon burlesque.
204 Vous ordonnent de venir.

PHILINTE

C'est d'Oronte et de vous la ridicule affaire[205].

CÉLIMÈNE

Comment ?

PHILINTE

755   Oronte et lui se sont tantôt bravés
Sur certains petits vers qu'il n'a pas approuvés ;
Et l'on veut assoupir la chose en sa naissance.

ALCESTE

Moi, je n'aurai jamais de lâche complaisance.

PHILINTE   [39]

Mais il faut suivre l'ordre ; allons, disposez-vous...

ALCESTE

760   Quel accommodement veut-on faire entre nous ?
La voix de ces Messieurs me condamnera-t-elle
À trouver bons les vers qui font notre querelle ?
Je ne me dédis point de ce que j'en ai dit,
Je les trouve méchants[206].

PHILINTE

                          Mais d'un plus doux
                                    [esprit...

ALCESTE

765   Je n'en démordrai point, les vers sont exécrables.

---

205 *Affaire* : querelle, différent.
206 Mauvais.

PHILINTE

Vous devez faire voir des sentiments traitables ;
Allons, venez.

ALCESTE

J'irai, mais rien n'aura pouvoir
De me faire dédire.

PHILINTE

Allons vous faire voir.

ALCESTE

Hors qu'un commandement exprès du roi me vienne
770 De trouver bons les vers dont on se met en peine,
Je soutiendrai toujours, morbleu ! qu'ils sont mauvais,
Et qu'un homme est pendable après les avoir faits.
         À Clitandre et Acaste, qui rient.
Par la sangbleu[207] ! Messieurs, je ne croyais pas être
Si plaisant que je suis[208].

CÉLIMÈNE

                        Allez vite paraître
Où vous devez.

ALCESTE

775   J'y vais, Madame, et, sur mes pas,
Je reviens en ce lieu pour vuider nos débats.

Fin du second acte.

---

207 *Par le sangbleu* en 1682.
208 D'après Brossette et Boileau, Molière, en récitant cela, l'accompagnait
    d'un ris amer et piquant.

ACTE III   [D ij] [40]

Scène PREMIÈRE
CLITANDRE, ACASTE

CLITANDRE

Cher Marquis, je te vois l'âme bien satisfaite :
Toute chose t'égaie, et rien ne t'inquiète.
En bonne foi, crois-tu, sans t'éblouir les yeux,
780   Avoir de grands sujets de paraître joyeux ?

ACASTE

Parbleu ! je ne vois pas, lorsque je m'examine,
Où prendre aucun sujet d'avoir l'âme chagrine.
J'ai du bien, je suis jeune, et sors d'une maison
Qui se peut dire noble avec quelque raison ;
785   Et je crois, par le rang que me donne ma race,
Qu'il est fort peu d'emplois dont je ne sois en
                                        [passe[209].
Pour le cœur[210], dont sur tout nous devons faire cas,
On sait, sans vanité, que je n'en manque pas ;
Et l'on m'a vu pousser, dans le monde, une affaire[211]
790   D'une assez vigoureuse et gaillarde[212] manière.
Pour de l'esprit, j'en ai, sans doute, et du bon goût [41]
À juger sans étude et raisonner de tout ;
À faire aux nouveautés, dont je suis idolâtre,
Figure de savant sur les bancs du théâtre ;

---

209 *Être en passe de* (expression empruntée au jeu du billard ou du mail) : être
    dans des conditions favorables pour (ici : pour toutes sortes d'emplois).
210 *Cœur* : courage.
211 On m'a vu aller de l'avant (*pousser*) dans une querelle d'honneur, dans
    un duel (*affaire*).
212 *Gaillard* : vif, plein d'entrain.

795   Y décider en chef, et faire du fracas
       À tous les beaux endroits qui méritent des *Has*[213].
       Je suis assez adroit[214], j'ai bon air, bonne mine,
       Les dents belles, surtout, et la taille fort fine.
       Quant à se mettre bien[215], je crois, sans me flatter,
800   Qu'on serait mal venu de me le disputer.
       Je me vois dans l'estime[216], autant qu'on y puisse
                                                      [être,
       Fort aimé du beau sexe, et bien auprès du maître[217].
       Je crois qu'avec cela, mon cher Marquis, je crois
       Qu'on peut, par tout pays, être content de soi.

                         CLITANDRE
805   Oui, mais trouvant ailleurs des conquêtes faciles,
       Pourquoi pousser ici des soupirs inutiles ?

                         ACASTE
       Moi ? Parbleu ! je ne suis de taille ni d'humeur
       À pouvoir d'une belle essuyer la froideur.
       C'est aux gens mal tournés, aux mérites vulgaires,
810   À brûler constamment[218] pour des beautés sévères ;
       À languir à leurs pieds et souffrir leurs rigueurs,
       À chercher le secours des soupirs et des pleurs,
       Et tâcher, par des soins d'une très longue suite[219],

---

213 Des banquettes étaient encore installées sur la scène pour les personnes
     de qualité riches, qui ne manquaient pas de se faire remarquer du public
     (et de gêner les acteurs !) en poussant des *Ah* ! peu discrets. 1682 nous
     apprend que les vers 793-796 étaient supprimés à la représentation.
214 *Adroit* « se dit d'un esprit subtil » (Furetière) ; mais, ici, il n'est pas
     impossible qu'il s'agisse de qualités physiques.
215 Quant à être bien habillé.
216 Dans l'estime d'autrui, doté d'une bonne réputation.
217 Le Roi.
218 Avec constance.
219 D'une très longue durée.

D'obtenir ce qu'on nie[220] à leur peu de mérite[221].
815   Mais les gens de mon air, Marquis, ne sont pas faits
Pour aimer à crédit[222], et faire tous les frais.
Quelque rare que soit le mérite des belles,
Je pense, Dieu merci ! qu'on vaut son prix, comme
                                        [elles ;
Que pour se faire honneur d'un cœur comme le
                                        [mien,
820   Ce n'est pas la raison[223] qu'il ne leur coûte rien ;
Et qu'au moins, à tout mettre en de justes balances,
Il faut qu'à frais communs se fassent les avances[224].

                    CLITANDRE   [D iij] [42]
Tu penses donc, Marquis, être fort bien ici ?

                    ACASTE
J'ai quelque lieu, Marquis, de le penser ainsi.

                    CLITANDRE
825   Crois-moi, détache-toi de cette erreur extrême ;
Tu te flattes, mon cher, et t'aveugles toi-même.

                    ACASTE
Il est vrai, je me flatte et m'aveugle en effet.

                    CLITANDRE
Mais qui[225] te fait juger ton bonheur si parfait ?

---

220 Ce qu'on refuse.
221 *Leur* : le peu de mérite des gens mal tournés du v. 809.
222 *Aimer à crédit*, c'est aimer sans être payé de retour avant une échéance
    indéterminée.
223 *Ce n'est pas la raison* : il n'est pas juste.
224 Jolie peinture de l'amour en termes d'échange commercial !
225 Qu'est-ce qui.

ACASTE

Je me flatte.

CLITANDRE

Sur quoi fonder tes conjectures ?

ACASTE

Je m'aveugle.

CLITANDRE

830   En as-tu des preuves qui soient sûres ?

ACASTE

Je m'abuse, te dis-je.

CLITANDRE

Est-ce que de ses vœux
Célimène t'a fait quelques secrets aveux ?

ACASTE

Non, je suis maltraité.

CLITANDRE

Réponds-moi, je te prie.

ACASTE

Je n'ai que des rebuts[226].

CLITANDRE

Laissons la raillerie,
835   Et me dis quel espoir on peut t'avoir donné.

---

226 Des refus, des rebuffades.

ACASTE   [43]

Je suis le misérable, et toi le fortuné,
On a, pour ma personne, une aversion grande ;
Et quelqu'un de ces jours[227], il faut que je me pende.

CLITANDRE

Oh çà ! veux-tu, Marquis, pour ajuster nos vœux,
840   Que nous tombions d'accord d'une chose tous deux ?
Que qui pourra montrer une marque certaine
D'avoir meilleure part au cœur de Célimène,
L'autre ici fera place au vainqueur prétendu[228],
Et le délivrera d'un rival assidu ?

ACASTE

845   Ah ! parbleu ! tu me plais avec un tel langage ;
Et du bon de mon cœur[229] à cela je m'engage.
Mais chut !

Scène 2
CÉLIMÈNE, ACASTE, CLITANDRE

CÉLIMÈNE
Encore ici ?

CLITANDRE
L'amour retient nos pas.

---

227 Un de ces jours.
228 Comprendre : tombons d'accord que si l'un de nous deux peut montrer
    une preuve certaine d'être préféré par Célimène, l'autre cédera la place
    au vainqueur présumé (*prétendu*).
229 « *Du bon du cœur*, sincèrement et avec affection » (Furetière).

CÉLIMÈNE

Je viens d'ouïr entrer un carrosse là-bas,
Savez-vous qui c'est ?

CLITANDRE
Non.

Scène 3   [44]
BASQUE, CÉLIMÈNE, ACASTE, CLITANDRE

BASQUE
Arsinoé, Madame,
Monte ici pour vous voir.

CÉLIMÈNE
850   Que me veut cette
[femme ?

BASQUE

Éliante, là-bas, est à l'entretenir.

CÉLIMÈNE

De quoi s'avise-t-elle ? et qui la fait venir ?

ACASTE

Pour prude consommée en tous lieux elle passe,
Et l'ardeur de son zèle[230]...

CÉLIMÈNE
Oui, oui, franche grimace.

---

230 *Zèle* : il s'agit de la ferveur religieuse.

855   Dans l'âme, elle est du monde[231], et ses soins
                                    [tentent tout
        Pour accrocher quelqu'un, sans en venir à bout.
        Elle ne saurait voir qu'avec un œil d'envie
        Les amants déclarés, dont une autre est suivie ;
        Et son triste mérite, abandonné de tous,
860   Contre le siècle[232] aveugle est toujours en courroux.
        Elle tâche à couvrir d'un faux voile de prude
        Ce que, chez elle, on voit d'affreuse solitude ;
        Et pour sauver l'honneur de ses faibles appas,
        Elle attache du crime[233] au pouvoir qu'ils n'ont pas.
865   Cependant un amant plairait fort à la dame,   [45]
        Et même, pour Alceste, elle a tendresse d'âme ;
        Ce qu'il me rend de soins outrage ses attraits,
        Elle veut que ce soit un vol que je lui fais ;
        Et son jaloux dépit, qu'avec peine elle cache,
870   En tous endroits, sous main, contre moi se détache[234].
        Enfin, je n'ai rien vu de si sot, à mon gré,
        Elle est impertinente[235] au suprême degré ;
        Et…

Scène 4
ARSINOÉ, CÉLIMÈNE

CÉLIMÈNE
        Ah ! quel heureux sort en ce lieu vous amène ?

---

231 Arsinoé n'appartient pas seulement à la société mondaine ; mais, malgré
     son zèle religieux, elle n'a pas rompu avec le monde au sens de saint Jean
     – le monde de la convoitise et du péché dont le chrétien doit se détacher.
232 *Le siècle* : l'époque présente.
233 Du péché.
234 Se déchaîne.
235 *Impertinente* : sotte, extravagante, ridicule.

Madame, sans mentir, j'étais de vous en peine.

ARSINOÉ

875 Je viens pour quelque avis que j'ai cru vous devoir.

CÉLIMÈNE

Ah! mon Dieu! que je suis contente de vous voir!

ARSINOÉ

Leur[236] départ ne pouvait plus à propos se faire.

CÉLIMÈNE

Voulons-nous nous asseoir?

ARSINOÉ

                    Il n'est pas nécessaire,
Madame. L'amitié doit surtout éclater
880 Aux choses qui le plus nous peuvent importer;
Et comme il n'en est point de plus grande importance
Que celles de l'honneur et de la bienséance,
Je viens, par un avis qui touche votre honneur,   [46]
Témoigner l'amitié que pour vous a mon cœur.
885 Hier, j'étais chez des gens de vertu singulière,
Où, sur vous, du discours on tourna la matière;
Et là, votre conduite, avec ses grands éclats[237],
Madame, eut le malheur qu'on ne la loua pas.
Cette foule de gens, dont vous souffrez visite[238],
890 Votre galanterie, et les bruits qu'elle excite,
Trouvèrent des censeurs plus qu'il n'aurait fallu,
Et bien plus rigoureux que je n'eusse voulu.

---

236 Les deux marquis se sont discrètement éclipsés pendant l'entrée d'Arsinoé.
237 *Éclats* : manifestations retentissantes, scandaleuses même.
238 Dont vous admettez la visite.

Vous pouvez bien penser quel parti je sus prendre ;
Je fis ce que je pus pour vous pouvoir défendre,
895 Je vous excusai fort sur votre intention[239],
Et voulus de votre âme être la caution.
Mais vous savez qu'il est des choses dans la vie
Qu'on ne peut excuser, quoiqu'on en ait envie ;
Et je me vis contrainte à demeurer d'accord
900 Que l'air dont vous viviez vous faisait un peu tort,
Qu'il prenait dans le monde une méchante face,
Qu'il n'est conte fâcheux que partout on n'en fasse ;
Et que, si vous vouliez, tous vos déportements[240]
Pourraient moins donner prise aux mauvais

[jugements.
905 Non que j'y croie, au fond, l'honnêteté[241] blessée,
Me préserve le Ciel d'en avoir la pensée !
Mais aux ombres du crime on prête aisément foi,
Et ce n'est pas assez de bien vivre pour soi.
Madame, je vous crois l'âme trop raisonnable,
910 Pour ne pas prendre bien cet avis profitable,
Et pour l'attribuer qu'aux mouvements secrets[242]
D'un zèle qui m'attache à tous vos intérêts.

CÉLIMÈNE

Madame, j'ai beaucoup de grâces à vous rendre :
Un tel avis m'oblige, et loin de le mal prendre,
915 J'en prétends reconnaître, à l'instant, la faveur,   [47]
Par[243] un avis, aussi, qui touche votre honneur.

---

239 La casuistique justifie la faute sur la pureté de l'intention. Intéressantes
diérèse à la rime.
240 « *Déportement* : conduite et manière de vivre », dit Furetière, qui précise :
« on le dit en bonne et mauvaise part ».
241 *L'honnêteté* : la vertu, la morale.
242 Comprendre : et pour ne l'attribuer qu'aux mouvements secrets, cachés.
243 Il faut certainement remplacer l'original *pour* par la leçon de 1682 : *par*.

Et comme je vous vois vous montrer mon amie,
En m'apprenant les bruits que de moi l'on publie,
Je veux suivre, à mon tour, un exemple si doux,
920   En vous avertissant de ce qu'on dit de vous.
En un lieu, l'autre jour, où je faisais visite,
Je trouvai quelques gens d'un très rare mérite,
Qui, parlant des vrais soins[244] d'une âme qui vit
                                                    [bien,
Firent tomber sur vous, Madame, l'entretien.
925   Là, votre pruderie et vos éclats de zèle[245]
Ne furent pas cités comme un fort bon modèle.
Cette affectation d'un grave extérieur,
Vos discours éternels de sagesse et d'honneur,
Vos mines et vos cris aux ombres d'indécence,
930   Que d'un mot ambigu peut avoir l'innocence ;
Cette hauteur d'estime où vous êtes de vous,
Et ces yeux de pitié que vous jetez sur tous ;
Vos fréquentes leçons, et vos aigres censures
Sur des choses qui sont innocentes et pures ;
935   Tout cela, si je puis vous parler franchement,
Madame, fut blâmé d'un commun sentiment.
« À quoi bon, disaient-ils, cette mine modeste[246],
Et ce sage dehors, que dément tout le reste ?
Elle est à bien prier exacte[247] au dernier point,
940   Mais elle bat ses gens, et ne les paye point.
Dans tous les lieux dévots elle étale un grand zèle,
Mais elle met du blanc[248] et veut paraître belle ;

---

244 *Soins* : occupations ; soucis.
245 Les manifestations bruyantes de votre ferveur religieuse et de votre
moralisme de prude.
246 Cette apparence de décence et de chasteté.
247 *Exacte* : consciencieuse.
248 Voir la note du v. 83.

Elle fait des tableaux couvrir les nudités,
Mais elle a de l'amour pour les réalités. »
945   Pour moi, contre chacun je pris votre défense,
Et leur assurai fort que c'était médisance ;
Mais tous les sentiments combattirent le mien,
Et leur conclusion fut que vous feriez bien
De prendre moins de soin des actions des autres, [48]
950   Et de vous mettre un peu plus en peine des vôtres.
Qu'on doit se regarder soi-même, un fort long temps,
Avant que de songer à condamner les gens ;
Qu'il faut mettre le poids d'une vie exemplaire
Dans les corrections qu'aux autres on veut faire ;
955   Et qu'encor vaut-il mieux s'en remettre, au besoin,
À ceux à qui le Ciel en a commis le soin.
Madame, je vous crois, aussi, trop raisonnable,
Pour ne pas prendre bien cet avis profitable,
Et pour l'attribuer qu'aux mouvements secrets
960   D'un zèle qui m'attache à tous vos intérêts.

ARSINOÉ

À quoi qu'en reprenant on soit assujettie,
Je ne m'attendais pas à cette repartie,
Madame, et je vois bien, par ce qu'elle a d'aigreur,
Que mon sincère avis vous a blessée au cœur.

CÉLIMÈNE

965   Au contraire, Madame, et si l'on était sage,
Ces avis mutuels seraient mis en usage ;
On détruirait par-là, traitant de bonne foi[249],
Ce grand aveuglement où chacun est pour soi.
Il ne tiendra qu'à vous, qu'avec le même zèle,

---

249 En se comportant les uns vis-à-vis des autres avec bonne foi.

970   Nous ne continuions cet office[250] fidèle,
        Et ne prenions grand soin de nous dire, entre nous,
        Ce que nous entendrons, vous de moi, moi de vous.

ARSINOÉ

        Ah ! Madame, de vous je ne puis rien entendre ;
        C'est en moi que l'on peut trouver fort à reprendre.

CÉLIMÈNE

975   Madame, on peut, je crois, louer et blâmer tout,
        Et chacun a raison, suivant l'âge ou le goût.
        Il est une saison pour la galanterie,
        Il en est une, aussi, propre à la pruderie ;
        On peut, par politique[251], en prendre le parti,   [49]
980   Quand de nos jeunes ans l'éclat est amorti ;
        Cela sert à couvrir de fâcheuses disgrâces.
        Je ne dis pas qu'un jour je ne suive vos traces,
        L'âge amènera tout, et ce n'est pas le temps,
        Madame, comme on sait, d'être prude à vingt ans.

ARSINOÉ

985   Certes, vous vous targuez d'un bien faible avantage,
        Et vous faites sonner terriblement votre âge.
        Ce que de plus que vous on en pourrait avoir
        N'est pas un si grand cas[252], pour s'en tant prévaloir ;
        Et je ne sais pourquoi votre âme, ainsi, s'emporte,
990   Madame, à me pousser de cette étrange sorte[253].

---

250 *Office* : service que l'on se rend.
251 *Politique* : méthode, calcul intéressé.
252 N'est pas une chose si importante.
253 À m'attaquer (*pousser*) de manière si extraordinaire (*étrange*).

CÉLIMÈNE

Et moi, je ne sais pas, Madame, aussi, pourquoi
On vous voit, en tous lieux, vous déchaîner sur moi.
Faut-il de vos chagrins[254], sans cesse, à moi vous
[prendre ?
Et puis-je mais des soins qu'on ne va pas vous
[rendre[255] ?
995 Si ma personne aux gens inspire de l'amour,
Et si l'on continue à m'offrir, chaque jour,
Des vœux que votre cœur peut souhaiter qu'on
[m'ôte,
Je n'y saurais que faire, et ce n'est pas ma faute ;
Vous avez le champ libre, et je n'empêche pas
1000 Que pour les attirer vous n'ayez des appas.

ARSINOÉ

Hélas ! et croyez-vous que l'on se mette en peine
De ce nombre d'amants dont vous faites la vaine,
Et qu'il ne nous soit pas fort aisé de juger
À quel prix, aujourd'hui, l'on peut les engager ?
1005 Pensez-vous faire croire, à voir comme tout roule,
Que votre seul mérite attire cette foule ?
Qu'ils ne brûlent, pour vous, que d'un honnête
[amour,
Et que, pour vos vertus, ils vous font tous la cour ?
On ne s'aveugle point par de vaines défaites[256], [E] [50]
1010 Le monde n'est point dupe, et j'en vois qui sont
[faites
À pouvoir inspirer de tendres sentiments,
Qui chez elles, pourtant, ne fixent point d'amants ;

---

254 *Chagrins* : accès de colère, irritations.
255 Et puis-je faire quelque chose de plus si l'on ne vous rend pas de soins ?
256 Par des échappatoires sans valeur.

Et de là, nous pouvons tirer des conséquences
Qu'on n'acquiert point leurs cœurs sans de
       [grandes avances ;
1015 Qu'aucun, pour nos beaux yeux, n'est notre
         [soupirant,
Et qu'il faut acheter tous les soins qu'on nous
          [rend[257].
Ne vous enflez donc point d'une si grande gloire
Pour les petits brillants d'une faible victoire[258] ;
Et corrigez, un peu, l'orgueil de vos appas,
1020 De traiter, pour cela, les gens de haut en bas.
Si nos yeux enviaient les conquêtes des vôtres,
Je pense qu'on pourrait faire comme les autres,
Ne se point ménager et vous faire bien voir
Que l'on a des amants quand on en veut avoir.

CÉLIMÈNE

1025 Ayez-en donc, Madame, et voyons cette affaire ;
Par ce rare secret, efforcez-vous de plaire ;
Et sans...

ARSINOÉ

   Brisons, Madame, un pareil entretien :
Il pousserait trop loin votre esprit et le mien ;
Et j'aurais pris déjà le congé qu'il faut prendre,
1030 Si mon carrosse, encor, ne m'obligeait d'attendre.

CÉLIMÈNE

Autant qu'il vous plaira vous pouvez arrêter[259],

---

257 Les attentions (*soins*) des galants doivent être payées par des faveurs
  concrètes de la dame.
258 Ne tirez pas trop d'orgueil pour les petits éclats (*brillants*) d'une faible
  victoire.
259 *Arrêter*, intransitif : rester, demeurer.

Madame, et là-dessus rien ne doit vous hâter.
Mais, sans vous fatiguer de ma cérémonie[260],
Je m'en vais vous donner meilleure compagnie ;
1035 Et Monsieur, qu'à propos le hasard fait venir,
Remplira mieux ma place à vous entretenir.
Alceste, il faut que j'aille écrire un mot de lettre, [51]
Que, sans me faire tort, je ne saurais remettre ;
Soyez avec Madame[261] ; elle aura la bonté
1040 D'excuser, aisément[262], mon incivilité.

Scène 5
ALCESTE, ARSINOÉ

ARSINOÉ
Vous voyez, elle veut que je vous entretienne,
Attendant un moment que mon carrosse vienne ;
Et jamais tous ses soins ne pouvaient m'offrir rien
Qui me fût plus charmant[263] qu'un pareil entretien.
1045 En vérité, les gens d'un mérite sublime
Entraînent de chacun et l'amour et l'estime ;
Et le vôtre, sans doute[264], a des charmes[265] secrets,
Qui font entrer mon cœur dans tous vos intérêts.
Je voudrais que la cour, par un regard propice,
1050 À ce que vous valez rendît plus de justice.
Vous avez à vous plaindre, et je suis en courroux,
Quand je vois, chaque jour, qu'on ne fait rien pour
[vous.

---

260 Des marques de ma civilité envers vous.
261 Célimène s'adresse évidemment à Alceste qui vient de rentrer.
262 Facilement.
263 Qui me séduisît plus puissamment.
264 Assurément.
265 Même sens fort de la famille de *charme/charmer* : attraits magiques.

ALCESTE

Moi, Madame! et sur quoi pourrais-je en rien
　　　　　　　　　　　　[prétendre[266] ?
Quel service à l'État est-ce qu'on m'a vu rendre ?
1055　Qu'ai-je fait, s'il vous plaît, de si brillant de soi,
Pour me plaindre à la cour qu'on ne fait rien pour
　　　　　　　　　　　　[moi ?

ARSINOÉ

Tous ceux sur qui la cour jette des yeux propices,
N'ont pas, toujours, rendu de ces fameux services ;
Il faut l'occasion, ainsi que le pouvoir[267] ;　　[E ij] [52]
1060　Et le mérite, enfin, que vous nous faites voir,
Devrait...

ALCESTE

　　　Mon Dieu ! laissons mon mérite, de grâce ;
De quoi voulez-vous, là, que la cour s'embarrasse ?
Elle aurait fort à faire, et ses soins seraient grands,
D'avoir à déterrer le mérite des gens.

ARSINOÉ

1065　Un mérite éclatant se déterre lui-même ;
Du vôtre, en bien des lieux, on fait un cas extrême ;
Et vous saurez de moi qu'en deux fort bons endroits,
Vous fûtes hier loué par des gens d'un grand poids.

ALCESTE

Eh ! Madame, l'on loue, aujourd'hui, tout le monde,

266　Et sur quoi, sur quel fait, sur quelle circonstance pourrais-je prétendre
　　à quoi que ce soit ?
267　La possibilité.

1070   Et le siècle, par-là, n'a rien qu'on ne confonde[268];
        Tout est d'un grand mérite également doué,
        Ce n'est plus un honneur que de se voir loué;
        D'éloges on regorge; à la tête on les jette,
        Et mon valet de chambre est mis dans la Gazette[269].

                        ARSINOÉ

1075   Pour moi, je voudrais bien que, pour vous montrer
                                        [mieux,
        Une charge à la cour vous pût frapper les yeux[270].
        Pour peu que d'y songer vous nous fassiez les
                                        [mines[271],
        On peut, pour vous servir, remuer des machines[272],
        Et j'ai des gens en main, que j'emploierai pour vous,
1080   Qui vous feront, à tout[273], un chemin assez doux.

                        ALCESTE

        Et que voudriez-vous, Madame, que j'y[274] fisse?
        L'humeur dont je me sens veut que je m'en bannisse;
        Le Ciel ne m'a point fait, en me donnant le jour,
        Une âme compatible avec l'air de la cour.
1085   Je ne me trouve point les vertus nécessaires
        Pour y bien réussir, et faire mes affaires.
        Être franc et sincère est mon plus grand talent,   [53]

---

268 Le vrai mérite et l'absence de mérite sont confondus; et tout est également loué.

269 La *Gazette* de Théophraste de Renaudot, parmi les nouvelles (officielles) du royaume, signalait hauts faits faits et promotions militaires de gentilshommes.

270 Vous pût attirer, attirer votre attention.

271 *Faire les mines de*: avoir l'air de, paraître disposé à.

272 Mettre en branle une combinaison, sinon une machination.

273 À toute charge.

274 À la cour.

Je ne sais point jouer[275] les hommes en parlant ;
Et qui n'a pas le don de cacher ce qu'il pense,
1090 Doit faire, en ce pays, fort peu de résidence[276].
Hors de la cour, sans doute, on n'a pas cet appui,
Et ces titres d'honneur qu'elle donne aujourd'hui ;
Mais on n'a pas aussi, perdant ces avantages,
Le chagrin de jouer de fort sots personnages.
1095 On n'a point à souffrir mille rebuts cruels,
On n'a point à louer les vers de Messieurs tels,
À donner de l'encens à Madame une telle,
Et de nos francs marquis essuyer la cervelle[277].

ARSINOÉ

Laissons, puisqu'il vous plaît, ce chapitre de cour ;
1100 Mais il faut que mon cœur vous plaigne en votre
[amour ;
Et pour vous découvrir là-dessus mes pensées,
Je souhaiterais fort vos ardeurs mieux placées.
Vous méritez, sans doute, un sort beaucoup plus
[doux,
Et celle qui vous charme[278] est indigne de vous.

ALCESTE

1105 Mais, en disant cela, songez-vous, je vous prie,
Que cette personne est, Madame, votre amie ?

ARSINOÉ

Oui, mais ma conscience est blessée, en effet,

---

275 Tromper.
276 *Faire résidence* : séjourner.
277 Et essuyer la cervelle légère de parfaits marquis, de marquis achevés.
278 Qui vous ensorcelle.

De souffrir[279] plus longtemps le tort que l'on vous
[fait ;
L'état où je vous vois afflige trop mon âme,
1110   Et je vous donne avis qu'on trahit votre flamme.

ALCESTE

C'est me montrer, Madame, un tendre mouvement,
Et de pareils avis obligent un amant.

ARSINOÉ

Oui, toute mon amie[280], elle est et je la nomme
Indigne d'asservir le cœur d'un galant homme.
1115   Et le sien n'a pour vous que de feintes
[douceurs. [E iij] [54]

ALCESTE

Cela se peut, Madame, on ne voit pas les cœurs ;
Mais votre charité se serait bien passée[281]
De jeter dans le mien une telle pensée.

ARSINOÉ

Si vous ne voulez pas être désabusé,
1120   Il faut ne vous rien dire, il est assez aisé.

ALCESTE

Non ; mais sur ce sujet, quoi que l'on nous expose,
Les doutes sont fâcheux, plus que toute autre chose ;
Et je voudrais, pour moi, qu'on ne me fît savoir
Que ce qu'avec clarté l'on peut me faire voir.

---

279 De supporter.
280 Bien qu'elle soit mon amie.
281 La charité aurait dû vous dispenser.

ARSINOÉ

1125   Eh bien ! c'est assez dit ; et, sur cette matière,
       Vous allez recevoir une pleine lumière.
       Oui, je veux que de tout vos yeux vous fassent foi ;
       Donnez-moi seulement la main jusque chez moi.
       Là, je vous ferai voir une preuve fidèle
1130   De l'infidélité du cœur de votre belle ;
       Et si pour d'autres yeux le vôtre peut brûler,
       On pourra vous offrir de quoi vous consoler.

Fin du troisième acte.

ACTE IV   [55]

Scène PREMIÈRE
ÉLIANTE, PHILINTE

PHILINTE

       Non, l'on n'a point vu d'âme à manier si dure,
       Ni d'accommodement plus pénible à conclure ;
1135   En vain de tous côtés on l'a voulu tourner,
       Hors de son sentiment on n'a pu l'entraîner ;
       Et jamais différend si bizarre[282], je pense,
       N'avait de ces messieurs[283] occupé la prudence[284].
       « Non, Messieurs, disait-il, je ne me dédis point,
1140   Et tomberai d'accord de tout, hors de ce point.
       De quoi s'offense-t-il[285] ? et que veut-il me dire ?

---

282 *Bizarre* : fantasque, extravagant.
283 Les maréchaux de France.
284 *Prudence* : sagesse.
285 *Il* c'est Oronte.

Y va-t-il de sa gloire à ne pas bien écrire ?
Que lui fait mon avis, qu'il a pris de travers ?
On peut être honnête homme et faire mal des vers ;
1145   Ce n'est point à l'honneur que touchent ces matières ;
Je le tiens galant homme en toutes les manières,
Homme de qualité, de mérite et de cœur[286],   [56]
Tout ce qu'il vous plaira, mais fort méchant[287] auteur.
Je louerai, si l'on veut, son train[288] et sa dépense,
1150   Son adresse à cheval, aux armes, à la danse ;
Mais, pour louer ses vers, je suis son serviteur[289] ;
Et lorsque d'en mieux faire on n'a pas le bonheur,
On ne doit de rimer avoir aucune envie,
Qu'on n'y soit condamné sur peine de la vie. »
1155   Enfin, toute la grâce et l'accommodement
Où s'est, avec effort, plié son sentiment,
C'est de dire, croyant adoucir bien son style :
« Monsieur[290], je suis fâché d'être si difficile ;
Et pour l'amour de vous, je voudrais, de bon cœur,
1160   Avoir trouvé tantôt votre sonnet meilleur. »
Et dans une embrassade, on leur a, pour conclure,
Fait vite envelopper toute la procédure.

ÉLIANTE

Dans ses façons d'agir, il est fort singulier,
Mais j'en fais, je l'avoue, un cas particulier ;
1165   Et la sincérité, dont son âme se pique,
A quelque chose, en soi, de noble et d'héroïque ;

---

286 De courage.
287 Fort mauvais.
288 *Train* : manière de vivre, de se comporter.
289 *Je suis son serviteur* : formule de politesse employée ironiquement pour
exprimer le refus.
290 Alceste s'adressait alors à Oronte devant les maréchaux.

C'est une vertu rare, au siècle d'aujourd'hui,
Et je la voudrais voir partout comme chez lui.

PHILINTE

Pour moi, plus je le vois, plus, surtout, je m'étonne[291]
1170 De cette passion[292] où son cœur s'abandonne :
De l'humeur dont le Ciel a voulu le former,
Je ne sais pas comment il s'avise d'aimer ;
Et je sais moins encor comment votre cousine
Peut être la personne où son penchant l'incline.

ÉLIANTE

1175 Cela fait assez voir que l'amour, dans les cœurs,
N'est pas toujours produit par un rapport
                                 [d'humeurs[293] ;
Et toutes ces raisons de douces sympathies[294],   [57]
Dans cet exemple-ci, se trouvent démenties.

PHILINTE

Mais croyez-vous qu'on l'aime, aux choses qu'on
                                     [peut voir ?

ÉLIANTE

1180 C'est un point qu'il n'est pas fort aisé de savoir.
Comment pouvoir juger s'il est vrai qu'elle l'aime ?
Son cœur, de ce qu'il sent, n'est pas bien sûr
                                    [lui-même ;
Il aime, quelquefois, sans qu'il le sache bien,
Et croit aimer aussi, parfois, qu'il n'en est rien[295].

---

291 Je suis stupéfait.
292 Hémistiche mis en valeur par le *e* sonore (cett*e*) et la diérèse (pass*io*n).
293 De tempéraments.
294 *Sympathie* : attirance mystérieuse d'un être sur un autre.
295 Alors qu'il n'en est rien.

PHILINTE

1185 Je crois que notre ami, près de cette cousine,
Trouvera des chagrins[296] plus qu'il ne s'imagine ;
Et s'il avait mon cœur, à dire vérité,
Il tournerait ses vœux tout d'un autre côté ;
Et par un choix plus juste, on le verrait, Madame,
1190 Profiter des bontés que lui montre votre âme.

ÉLIANTE

Pour moi, je n'en fais point de façons, et je crois
Qu'on doit, sur de tels points, être de bonne foi.
Je ne m'oppose point à toute sa tendresse[297] ;
Au contraire, mon cœur pour elle s'intéresse ;
1195 Et si c'était qu'à moi la chose pût tenir,
Moi-même, à ce qu'il aime on me verrait l'unir.
Mais, si dans un tel choix, comme tout se peut faire,
Son amour éprouvait quelque destin contraire,
S'il fallait que d'un autre on[298] couronnât les feux,
1200 Je pourrais me résoudre à recevoir ses vœux ;
Et le refus souffert, en pareille occurrence,
Ne m'y ferait trouver aucune répugnance[299].

PHILINTE

Et moi, de mon côté, je ne m'oppose pas,
Madame, à ces bontés qu'ont pour lui vos appas ;
1205 Et lui-même, s'il veut, il peut bien vous instruire [58]
De ce que là-dessus j'ai pris soin de lui dire.
Mais si, par un hymen qui les joindrait eux deux,

---

296 Voir les notes aux vers 6 et 995.
297 À la tendresse d'Alceste pour Célimène, qu'Éliante est prête à servir.
298 Si Célimène en épousait un autre qu'Alceste.
299 Éliante accepterait l'amour d'Alceste, même si celui-ci se tournait vers
    elle après avoir été rejeté par Célimène.

Vous étiez hors d'état de recevoir ses vœux,
Tous les miens tenteraient la faveur éclatante
1210 Qu'avec tant de bonté votre âme lui présente ;
Heureux si, quand son cœur s'y pourra dérober,
Elle pouvait sur moi, Madame, retomber.

ÉLIANTE

Vous vous divertissez[300], Philinte.

PHILINTE

Non, Madame,
Et je vous parle ici du meilleur de mon âme ;
1215 J'attends l'occasion de m'offrir hautement[301],
Et de tous mes souhaits, j'en presse le moment.

Scène 2
ALCESTE, ÉLIANTE, PHILINTE

ALCESTE

Ah ! faites-moi raison[302], Madame, d'une offense
Qui vient de triompher de toute ma constance.

ÉLIANTE

Qu'est-ce donc ? qu'avez-vous qui vous puisse
[émouvoir[303] ?

---

300 Vous raillez. Manière convenue dans le code amoureux d'alors, pour la
   jeune femme, de prendre la déclaration de Philinte. Mais, au dénouement,
   Éliante acceptera d'épouser Philinte.
301 De vous proposer ouvertement le mariage.
302 Vengez-moi.
303 À partir de là et dans les deux scènes 2 et 3, Molière a repris, et transformé
   quand de besoin, des vers de son *Dom Garcie de Navarre*, successivement
   pris dans les scènes suivantes : IV, 7 ; IV, 8 ; II, 5 ; IV, 8 ; III, 1 ; I, 3. –
   Pour les vers 1219-1228, voir *Dom Garcie*, IV, 7, v. 1230-1239.

ALCESTE

1220 J'ai ce que, sans mourir, je ne puis concevoir ;
Et le déchaînement de toute la nature
Ne m'accablerait pas comme cette aventure.
C'en est fait…mon amour… Je ne saurais parler.

ÉLIANTE   [59]

Que votre esprit, un peu, tâche à se rappeler !

ALCESTE

1225 Ô juste Ciel ! faut-il qu'on joigne à tant de grâces
Les vices odieux[304] des âmes les plus basses ?

ÉLIANTE

Mais encor, qui vous peut…

ALCESTE

                              Ah ! tout est ruiné ;
Je suis, je suis trahi, je suis assassiné :
Célimène… Eût-on pu croire cette nouvelle ?
1230 Célimène me trompe et n'est qu'une infidèle.

ÉLIANTE

Avez-vous, pour le croire, un juste fondement ?

PHILINTE

Peut-être est-ce un soupçon conçu légèrement,
Et votre esprit jaloux prend parfois des chimères…

ALCESTE

Ah ! morbleu ! mêlez-vous, Monsieur, de vos affaires.
1235 C'est de sa trahison n'être que trop certain,

_____

304 Diérèse.

Que l'avoir, dans ma poche, écrite de sa main.
Oui, Madame, une lettre écrite pour Oronte
A produit[305], à mes yeux, ma disgrâce, et sa honte ;
Oronte, dont j'ai cru qu'elle fuyait les soins[306],
1240   Et que de mes rivaux, je redoutais le moins.

PHILINTE

Une lettre peut bien tromper par l'apparence,
Et n'est pas, quelquefois, si coupable qu'on pense.

ALCESTE

Monsieur, encore un coup, laissez-moi, s'il vous plaît,
Et ne prenez souci que de votre intérêt.

ÉLIANTE

1245   Vous devez modérer vos transports, et l'outrage...

ALCESTE   [60]

Madame, c'est à vous qu'appartient cet ouvrage[307],
C'est à vous que mon cœur a recours aujourd'hui,
Pour pouvoir s'affranchir de son cuisant ennui[308].
Vengez-moi d'une ingrate et perfide parente,
1250   Qui trahit lâchement une ardeur si constante ;
Vengez-moi de ce trait qui doit vous faire horreur.

ÉLIANTE

Moi, vous venger ! comment ?

ALCESTE
                              En recevant mon cœur.

---

305 *Produire* : montrer.
306 Les assiduités amoureuses.
307 Cette tâche de modérer mes transports.
308 Tourment.

Acceptez-le, Madame, au lieu de l'infidèle ;
C'est par là que je puis prendre vengeance d'elle.
1255   Et je la veux punir par les sincères vœux,
Par le profond amour, les soins respectueux,
Les devoirs empressés et l'assidu service
Dont ce cœur va vous faire un ardent sacrifice.

ÉLIANTE

Je compatis, sans doute[309], à ce que vous souffrez,
1260   Et ne méprise point le cœur que vous m'offrez.
Mais peut-être le mal n'est pas si grand qu'on pense,
Et vous pourrez quitter ce désir de vengeance.
Lorsque l'injure part d'un objet[310] plein d'appas,
On fait force desseins qu'on n'exécute pas.
1265   On a beau voir, pour rompre, une raison puissante,
Une coupable aimée est bientôt[311] innocente ;
Tout le mal qu'on lui veut se dissipe aisément,
Et l'on sait ce que c'est qu'un courroux d'un amant.

ALCESTE

Non, non, Madame, non, l'offense est trop mortelle,
1270   Il n'est point de retour, et je romps avec elle ;
Rien ne saurait changer le dessein que j'en fais,
Et je me punirais de l'estimer jamais.
La voici. Mon courroux redouble à cette approche ; [61]
Je vais, de sa noirceur, lui faire un vif reproche,
1275   Pleinement la confondre, et vous porter après
Un cœur tout dégagé de ses trompeurs attraits.

---

309 Certainement.
310 *Objet* : la femme aimée.
311 *Bientôt* : très vite.

Scène 3
CÉLIMÈNE, ALCESTE

ALCESTE

Ô Ciel! de mes transports puis-je être ici le maître?

CÉLIMÈNE

Ouais, quel est donc le trouble où je vous vois
                          [paraître?
Et que me veulent dire, et ces soupirs poussés,
1280   Et ces sombres regards que sur moi vous lancez?

ALCESTE

Que[312] toutes les horreurs dont une âme est capable[313]
À vos déloyautés n'ont rien de comparable;
Que le sort, les démons, et le Ciel, en courroux,
N'ont jamais rien produit de si méchant[314] que vous.

CÉLIMÈNE

1285   Voilà, certainement, des douceurs que j'admire[315].

ALCESTE

Ah! ne plaisantez point, il n'est pas temps de rire;
Rougissez, bien plutôt, vous en avez raison;
Et j'ai de sûrs témoins[316] de votre trahison.
Voilà ce que marquaient les troubles de mon âme;
1290   Ce n'était pas en vain que s'alarmait ma flamme;

---

312 Comprendre : (ces soupirs et ces sombres regards veulent dire) que...
313 Pour les vers 1281-1310, cf. *Dom Garcie*, IV, 8, vers 1260-1263 et
    1274-1297.
314 Mauvais.
315 Qui me stupéfient.
316 *Témoin* : témoignage, preuve.

Par ces fréquents soupçons, qu'on trouvait odieux[317],
Je cherchais le malheur qu'ont rencontré mes yeux ;
Et malgré tous vos soins et votre adresse à feindre,
Mon astre me disait ce que j'avais à craindre.
1295 Mais ne présumez pas que, sans être vengé,   [F] [62]
Je souffre le dépit[318] de me voir outragé.
Je sais que sur les vœux on n'a point de puissance,
Que l'amour veut, partout, naître sans dépendance,
Que jamais par la force on n'entra dans un cœur,
1300 Et que toute âme est libre à nommer son vainqueur.
Aussi ne trouverais-je aucun sujet de plainte,
Si, pour moi, votre bouche avait parlé sans feinte ;
Et, rejetant mes vœux[319] dès le premier abord,
Mon cœur n'aurait eu droit de s'en prendre qu'au
[sort.
1305 Mais, d'un aveu trompeur voir ma flamme applaudie,
C'est une trahison, c'est une perfidie,
Qui ne saurait trouver de trop grands châtiments ;
Et je puis tout permettre à mes ressentiments.
Oui, oui, redoutez tout, après un tel outrage,
1310 Je ne suis plus à moi, je suis tout à la rage :
Percé du coup mortel dont vous m'assassinez,
Mes sens, par la raison, ne sont plus gouvernés ;
Je cède aux mouvements d'une juste colère,
Et je ne réponds pas de ce que je puis faire.

CÉLIMÈNE

1315 D'où vient donc, je vous prie, un tel emportement ?
Avez-vous, dites-moi, perdu le jugement[320] ?

---

317 Diérèse.
318 *Dépit* : irritation violente, ressentiment profond.
319 Et si elle avait rejeté mes vœux.
320 Pour les vers 1316-1332, cf. *Dom Garcie*, II, 5, vers 550-567.

ALCESTE

Oui, oui, je l'ai perdu, lorsque dans votre vue
J'ai pris, pour mon malheur, le poison qui me tue,
Et que j'ai cru trouver quelque sincérité
1320 Dans les traîtres appas dont je fus enchanté.

CÉLIMÈNE

De quelle trahison pouvez-vous donc vous plaindre ?

ALCESTE

Ah ! que ce cœur est double et sait bien l'art de
[feindre !
Mais, pour le mettre à bout, j'ai des moyens tous
[prêts :
Jetez ici les yeux, et connaissez vos traits[321] ;
1325 Ce billet découvert suffit pour vous confondre, [63]
Et contre ce témoin on n'a rien à répondre.

CÉLIMÈNE

Voilà donc le sujet qui vous trouble l'esprit ?

ALCESTE

Vous ne rougissez pas en voyant cet écrit ?

CÉLIMÈNE

Et par quelle raison faut-il que j'en rougisse ?

ALCESTE

1330 Quoi ? vous joignez ici l'audace à l'artifice ?
Le désavouerez-vous, pour n'avoir point de seing[322] ?

---

321 Votre écriture.
322 Parce qu'il n'a pas de signature.

CÉLIMÈNE

Pourquoi désavouer un billet de ma main ?

ALCESTE

Et vous pouvez le voir sans demeurer confuse
Du crime dont, vers[323] moi, son style vous accuse ?

CÉLIMÈNE

1335 Vous êtes, sans mentir, un grand extravagant.

ALCESTE

Quoi ! vous bravez ainsi ce témoin convaincant ?
Et ce qu'il m'a fait voir de douceur pour Oronte
N'a donc rien qui m'outrage, et qui vous fasse honte ?

CÉLIMÈNE

Oronte ! Qui vous dit que la lettre est pour lui ?

ALCESTE

1340 Les gens qui, dans mes mains, l'ont remise,
       aujourd'hui.
Mais je veux consentir qu'elle soit pour un autre ;
Mon cœur en a-t-il moins à se plaindre du vôtre ?
En serez-vous, vers moi, moins coupable en effet[324] ?

CÉLIMÈNE

Mais, si c'est une femme à qui va ce billet,
1345 En quoi vous blesse-t-il ? et qu'a-t-il de coupable ?

ALCESTE

Ah ! Le détour est bon, et l'excuse admirable.

---

323 Envers.
324 En réalité.

Je ne m'attendais pas, je l'avoue, à ce trait, [F ij] [64]
Et me voilà, par là, convaincu tout à fait.
Osez-vous recourir à ces ruses grossières,
1350 Et croyez-vous les gens si privés de lumières ?
Voyons, voyons, un peu, par quel biais, de quel air[325],
Vous voulez soutenir un mensonge si clair,
Et comment vous pourrez tourner, pour une femme,
Tous les mots d'un billet qui montre tant de flamme ?
1355 Ajustez[326], pour couvrir un manquement de foi,
Ce que je m'en vais lire...

CÉLIMÈNE

                    Il ne me plaît pas, moi.
Je vous trouve plaisant d'user d'un tel empire,
Et de me dire au nez ce que vous m'osez dire.

ALCESTE

Non, non, sans s'emporter, prenez, un peu, souci
1360 De me justifier[327] les termes que voici.

CÉLIMÈNE

Non, je n'en veux rien faire ; et, dans cette
                                        [occurrence,
Tout ce que vous croirez m'est de peu d'importance.

ALCESTE

De grâce, montrez-moi, je serai satisfait,
Qu'on peut, pour une femme, expliquer ce billet.

---

325 De quelle façon, avec quelle attitude, et aussi, probablement : de quel
     front.
326 Arrangez, conciliez.
327 Diérèse.

CÉLIMÈNE

1365 Non, il est pour Oronte, et je veux qu'on le croie ;
Je reçois tous ses soins avec beaucoup de joie,
J'admire ce qu'il dit, j'estime ce qu'il est ;
Et je tombe d'accord de tout ce qu'il vous plaît.
Faites, prenez parti, que rien ne vous arrête,
1370 Et ne me rompez pas, davantage, la tête.

ALCESTE

Ciel ! rien de plus cruel peut-il être inventé[328] ?
Et jamais cœur fut-il de la sorte traité ?
Quoi ? d'un juste courroux je suis ému contre elle,
C'est moi qui me viens plaindre, et c'est moi
                                    [qu'on querelle !
1375 On pousse ma douleur et mes soupçons à bout,
On me laisse tout croire, on fait gloire de tout ;
Et cependant mon cœur est encore assez lâche
Pour ne pouvoir briser la chaîne qui l'attache,
Et pour ne pas s'armer d'un généreux[329] mépris
1380 Contre l'ingrat objet dont il est trop épris !
Ah ! que vous savez bien, ici, contre moi-même[330],
Perfide, vous servir de ma faiblesse extrême,
Et ménager[331], pour vous, l'excès prodigieux[332]
De ce fatal amour, né de vos traîtres yeux !
1385 Défendez-vous, au moins, d'un crime[333] qui
                                    [m'accable,

---

328 *Cf. Dom Garcie*, IV, 8 v. 1390.
329 Digne d'un noble.
330 Pour les vers 1381-1384, *cf. Dom Garcie*, IV, 8 vers 1396-1399.
331 *Ménager* : exploiter, employer.
332 Diérèse.
333 *Crime* : faute grave.

Et cessez d'affecter[334] d'être envers moi coupable ;
Rendez-moi, s'il se peut, ce billet innocent :
À vous prêter les mains[335] ma tendresse consent ;
Efforcez-vous, ici, de paraître fidèle,
1390   Et je m'efforcerai, moi, de vous croire telle.

CÉLIMÈNE

Allez, vous êtes fou, dans vos transports jaloux,
Et ne méritez pas l'amour qu'on a pour vous.
Je voudrais bien savoir qui[336] pourrait me
                                    [contraindre
À descendre, pour vous, aux bassesses de feindre ;
1395   Et pourquoi, si mon cœur penchait d'autre côté,
Je ne le dirais pas avec sincérité.
Quoi ! de mes sentiments l'obligeante assurance[337],
Contre tous vos soupçons, ne prend pas ma
                                    [défense ?
Auprès d'un tel garant, sont-ils de quelque poids ?
1400   N'est-ce pas m'outrager que d'écouter leur voix ?
Et puisque notre cœur fait un effort extrême[338],
Lorsqu'il peut se résoudre à confesser qu'il aime,
Puisque l'honneur du sexe, ennemi de nos feux,
S'oppose fortement à de pareils aveux,
1405   L'amant qui voit pour lui franchir un tel obstacle
Doit-il, impunément, douter de cet oracle ?   [66]
Et n'est-il pas coupable, en ne s'assurant pas

---

334 Dans l'ancienne langue, *affecter* signifie « rechercher vivement », « prendre
     plaisir à » ; comprendre : cessez de vous amuser à être coupable envers
     moi.
335 *Prêter* ou *donner les mains* : consentir. Comprendre : ma tendresse est
     prête à admettre que ce billet est innocent.
336 Ce qui.
337 Célimène a avoué à Alceste qu'elle l'aimait, en II, 1, vers 503-506.
338 Pour les vers 1401-1408, *cf. Dom Garcie*, III, 1, vers 804-811.

À ce qu'on ne dit point qu'après de grands
                                        [combats[339] ?
Allez, de tels soupçons méritent ma colère,
1410   Et vous ne valez pas que l'on vous considère.
Je suis sotte, et veux mal à ma simplicité.
De conserver, encor, pour vous quelque bonté ;
Je devrais autre part attacher mon estime,
Et vous faire un sujet de plainte légitime.

ALCESTE

1415   Ah ! traîtresse, mon faible est étrange[340] pour vous !
Vous me trompez sans doute avec des mots si doux ;
Mais, il n'importe, il faut suivre ma destinée :
À votre foi[341] mon âme est toute abandonnée ;
Je veux voir, jusqu'au bout, quel sera votre cœur,
1420   Et si de me trahir il aura la noirceur.

CÉLIMÈNE

Non, vous ne m'aimez point comme il faut que
                                        [l'on aime[342].

ALCESTE

Ah ! rien n'est comparable à mon amour extrême[343] ;
Et dans l'ardeur qu'il a de se montrer à tous,
Il va jusqu'à former des souhaits contre vous.
1425   Oui, je voudrais qu'aucun ne vous trouvât aimable,
Que vous fussiez réduite en un sort misérable,

---

339 En doutant de l'amour que Célimène lui a avoué – aveu que l'honneur
     d'une femme rend très difficile –, Alceste commet une faute dont
     Célimène peut se plaindre.
340 Voir les notes aux vers 579 et 990.
341 *Foi* : loyauté.
342 *Cf. Dom Garcie*, I, 3, v. 248.
343 Pour les vers 1422-1432, *cf. Dom Garcie*, I, 3, vers 217-226.

Que le Ciel, en naissant[344], ne vous eût donné rien,
Que vous n'eussiez ni rang, ni naissance, ni bien,
Afin que de mon cœur l'éclatant sacrifice
1430   Vous pût d'un pareil sort réparer l'injustice,
Et que j'eusse la joie et la gloire, en ce jour,
De vous voir tenir tout des mains de mon amour.

CÉLIMÈNE

C'est me vouloir du bien d'une étrange[345] manière !
Me préserve le Ciel que vous ayez matière...
1435   Voici Monsieur Du Bois, plaisamment figuré[346].

Scène 4   [67]
DU BOIS, CÉLIMÈNE, ALCESTE

ALCESTE

Que veut cet équipage[347], et cet air effaré ?
Qu'as-tu ?

DU BOIS
Monsieur...

ALCESTE
Eh bien !

---

344 À votre naissance.
345 Voir au v. 1415.
346 Plaisamment accoutré. Du Bois est en habits de voyage, car il pense
    qu'il faut déloger prestement de Paris.
347 *L'équipage*, c'est le costume, mais aussi tout ce qui est nécessaire à un
    voyage. Du Bois s'est harnaché pour prendre la fuite avec son maître,
    en particulier avec des bottes, signalées dans la liste des accessoires par
    le *Mémoire* de Mahelot.

DU BOIS

Voici bien des mystères.

ALCESTE

Qu'est-ce ?

DU BOIS

Nous sommes mal, Monsieur, dans nos
[affaires.

ALCESTE

Quoi ?

DU BOIS

Parlerai-je haut ?

ALCESTE

Oui, parle, et promptement.

DU BOIS

N'est-il point là quelqu'un…

ALCESTE

Ah ! que d'amusement[348] !
1440   Veux-tu parler ?

DU BOIS

Monsieur, il faut faire retraite.

ALCESTE   [68]

Comment ?

---

348 *Amusement* : retard, perte de temps.

DU BOIS

Il faut d'ici déloger sans trompette.

ALCESTE

Et pourquoi ?

DU BOIS

Je vous dis qu'il faut quitter ce lieu.

ALCESTE

La cause ?

DU BOIS

Il faut partir, Monsieur, sans dire adieu.

ALCESTE

1445 Mais, par quelle raison me tiens-tu ce langage ?

DU BOIS

Par la raison, Monsieur, qu'il faut plier bagage.

ALCESTE

Ah ! je te casserai la tête, assurément,
Si tu ne veux, maraud, t'expliquer autrement.

DU BOIS

Monsieur, un homme noir, et d'habit et de mine[349],
1450 Est venu nous laisser, jusque dans la cuisine,
Un papier griffonné d'une telle façon,
Qu'il faudrait, pour le lire, être pis que démon.
C'est de votre procès, je n'en fais aucun doute ;
Mais le diable d'enfer, je crois, n'y verrait goutte.

---

349 Probablement un huissier venu signifier à Alceste la perte de son procès.

ALCESTE

1455 Eh bien ! quoi ? ce papier, qu'a-t-il à démêler,
Traître, avec le départ dont tu viens me parler ?

DU BOIS

C'est pour vous dire, ici, Monsieur, qu'une heure
                                              [ensuite,
Un homme, qui souvent vous vient rendre visite,
Est venu vous chercher avec empressement ;
1460 Et ne vous trouvant pas, m'a chargé doucement
Sachant que je vous sers avec beaucoup de zèle, [69]
De vous dire… Attendez, comme est-ce qu'il
                                              [s'appelle ?

ALCESTE

Laisse là son nom, traître, et dis ce qu'il t'a dit.

DU BOIS

C'est un de vos amis, enfin, cela suffit.
1465 Il m'a dit que d'ici votre péril vous chasse,
Et que d'être arrêté, le sort vous y menace.

ALCESTE

Mais quoi ? n'a-t-il voulu te rien spécifier ?

DU BOIS

Non, il m'a demandé de l'encre et du papier,
Et vous a fait un mot, où vous pourrez, je pense,
1470 Du fond de ce mystère avoir la connaissance.

ALCESTE

Donne-le donc.

CÉLIMÈNE

Que peux envelopper[350] ceci ?

ALCESTE

Je ne sais ; mais j'aspire à m'en voir éclairci.
Auras-tu bientôt fait, impertinent au diable[351] ?

DU BOIS,
après l'avoir longtemps cherché.

Ma foi ! je l'ai, Monsieur, laissé sur votre table.

ALCESTE

Je ne sais qui me tient[352]…

CÉLIMÈNE

1475   Ne vous emportez pas,
Et courez démêler un pareil embarras.

ALCESTE

Il semble que le sort, quelque soin que je prenne,
Ait juré d'empêcher que je vous entretienne ;
Mais, pour en triompher, souffrez[353] à mon amour
1480   De vous revoir, Madame, avant la fin du jour.

Fin du quatrième acte.

---

350 Recouvrir, dissimuler.
351 Voir la note au vers 334.
352 Ce qui me retient.
353 Permettez.

ACTE V   [70]

Scène PREMIÈRE
ALCESTE, PHILINTE

ALCESTE
La résolution en est prise, vous dis-je.

PHILINTE
Mais, quel que soit ce coup, faut-il qu'il vous
                              [oblige…

ALCESTE
Non, vous avez beau faire et beau me raisonner,
Rien de ce que je dis ne me peut détourner :
1485   Trop de perversité règne au siècle où nous sommes,
Et je veux me tirer du commerce des hommes[354].
Quoi ! contre ma partie on voit tout à la fois
L'honneur, la probité, la pudeur, et les lois ;
On publie en tous lieux l'équité de ma cause ;
1490   Sur la foi de mon droit mon âme se repose ;
Cependant, je me vois trompé par le succès[355].
J'ai pour moi la justice, et je perds mon procès !
Un traître, dont on sait la scandaleuse histoire,
Est sorti triomphant d'une fausseté noire !
1495   Toute la bonne foi cède à sa trahison !
Il trouve, en m'égorgeant, moyen d'avoir raison !
Le poids de sa grimace, où brille l'artifice,   [71]
Renverse le bon droit et tourne la justice[356] !

---

354 De la fréquentation des hommes, de toute relation avec les hommes.
355 *Succès* : issue, résultat.
356 Fait tourner la justice à son gré, la fausse.

Il fait, par un arrêt, couronner son forfait !
1500   Et non content encor du tort que l'on me fait,
Il court, parmi le monde, un livre abominable[357],
Et de qui[358] la lecture est même condamnable !
Un livre à mériter la dernière rigueur,
Dont le fourbe a le front de me faire l'auteur !
1505   Et là-dessus, on voit Oronte qui murmure[359],
Et tâche, méchamment, d'appuyer l'imposture !
Lui, qui d'un honnête homme à la cour tient le
                                    [rang !
À qui je n'ai rien fait qu'être sincère et franc !
Qui me vient, malgré moi, d'une ardeur empressée,
1510   Sur des vers qu'il a faits demander ma pensée !
Et parce que j'en use avec honnêteté,
Et ne le veux trahir, lui, ni la vérité,
Il aide à m'accabler d'un crime[360] imaginaire ;
Le voilà devenu mon plus grand adversaire !
1515   Et jamais de son cœur je n'aurai de pardon,
Pour n'avoir pas trouvé que son sonnet fût bon !
Et les hommes, morbleu ! sont faits de cette sorte !
C'est à ces actions que la gloire[361] les porte !
Voilà la bonne foi, le zèle vertueux,
1520   La justice et l'honneur que l'on trouve chez eux !

---

357 Ce *livre abominable* a fait couler beaucoup d'encre et reste mystérieux ;
     voir la longue note de Georges Couton dans son édition de Molière
     pour la Pléiade, t. II, p. 1343-1344. Il doit s'agir de quelque pamphlet
     ou de quelque opuscule scandaleux, comme il en courait sous le man-
     teau, que son adversaire a attribué, calomnieusement et odieusement,
     à Alceste.
358 Et dont.
359 Qui fait du bruit, qui amplifie la calomnie.
360 Voir *supra* la note au v. 1385.
361 La recherche de la gloire. Noter la diérèse (*actions*) puis le *e* sonore final
     (*gloire*), qui donnent au vers une élocution de dérision.

Allons, c'est trop souffrir les chagrins[362] qu'on
                                  [nous forge ;
Tirons-nous de ce bois et de ce coupe-gorge.
Puisque entre humains, ainsi, vous vivez en vrais
                                  [loups,
Traîtres, vous ne m'aurez de ma vie avec vous.

PHILINTE

1525   Je trouve un peu bien prompt le dessein où vous êtes,
Et tout le mal n'est pas si grand que vous le faites.
Ce que votre partie ose vous imputer
N'a point eu le crédit de vous faire arrêter ;
On voit son faux rapport lui-même se détruire,   [72]
1530   Et c'est une action qui pourrait bien lui nuire.

ALCESTE

Lui ? De semblables tours il ne craint point l'éclat,
Il a permission d'être franc scélérat ;
Et loin qu'à son crédit nuise cette aventure,
On l'en verra, demain, en meilleure posture.

PHILINTE

1535   Enfin, il est constant[363] qu'on n'a point trop donné
Au bruit[364] que, contre vous, sa malice a tourné ;
De ce côté, déjà, vous n'avez rien à craindre.
Et pour votre procès, dont vous pouvez vous plaindre,
Il vous est, en justice, aisé d'y revenir,
Et contre cet arrêt...

ALCESTE

1540   Non, je veux m'y tenir.

---

362 C'est trop supporter les causes de tourment.
363 *Constant* : indubitable, avéré.
364 À la rumeur calomnieuse.

Quelque sensible[365] tort qu'un tel arrêt me fasse,
Je me garderai bien de vouloir qu'on le casse :
On y voit trop à plein le bon droit maltraité,
Et je veux qu'il demeure à la postérité,
1545   Comme une marque insigne, un fameux témoignage
De la méchanceté des hommes de notre âge.
Ce sont vingt mille francs qu'il m'en pourra coûter ;
Mais, pour vingt mille francs[366], j'aurai droit de

                                    [pester

Contre l'iniquité de la nature humaine,
1550   Et de nourrir, pour elle, une immortelle haine.

                    PHILINTE
Mais, enfin…

                    ALCESTE
                Mais, enfin, vos soins sont superflus :
Que pouvez-vous, Monsieur, me dire là-dessus ?
Aurez-vous bien le front de me vouloir, en face,
Excuser les horreurs de tout ce qui se passe ?

                    PHILINTE   [75]
1555   Non, je tombe d'accord de tout ce qu'il vous plaît :
Tout marche par cabale, et par pur intérêt ;
Ce n'est plus que la ruse aujourd'hui qui l'emporte,
Et les hommes devraient être faits d'autre sorte.
Mais est-ce une raison que leur peu d'équité
1560   Pour vouloir se tirer de leur société[367] ?
Tous ces défauts humains nous donnent, dans la vie,
Des moyens d'exercer notre philosophie :

---

365 *Sensible* : que l'on ressent vivement.
366 Ces 20 000 francs ou 4 000 livres représentent une somme considérable.
367 Diérèse.

C'est le plus bel emploi que trouve la vertu ;
Et si de probité tout était revêtu,
1565 Si tous les cœurs étaient francs, justes et dociles,
La plupart des vertus nous seraient inutiles,
Puisqu'on en[368] met l'usage à pouvoir, sans ennui[369],
Supporter, dans nos droits, l'injustice d'autrui.
Et de même qu'un cœur d'une vertu profonde...

ALCESTE

1570 Je sais que vous parlez, Monsieur, le mieux du
[monde ;
En beaux raisonnements vous abondez toujours.
Mais vous perdez le temps, et tous vos beaux
[discours.
La raison, pour mon bien, veut que je me retire ;
Je n'ai point sur ma langue un assez grand empire ;
1575 De ce que je dirais, je ne répondrais pas,
Et me jetterais cent choses sur les bras.
Laissez-moi, sans dispute[370], attendre Célimène :
Il faut qu'elle consente au dessein qui m'amène ;
Je vais voir si son cœur a de l'amour pour moi,
1580 Et c'est ce moment-ci qui doit m'en faire foi.

PHILINTE

Montons chez Éliante, attendant sa venue.

ALCESTE

Non, de trop de souci je me sens l'âme émue.
Allez vous-en la voir, et me laissez enfin,
Dans ce petit coin sombre, avec mon noir chagrin.

---

368 *En* : des vertus.
369 *Ennui* : chagrin tourment, désespoir (sens fort).
370 Sans discussion.

PHILINTE   [G] [74]

1585 C'est une compagnie étrange pour attendre,
Et je vais obliger Éliante[371] à descendre.

Scène 2
ORONTE, CÉLIMÈNE, ALCESTE

ORONTE

Oui, c'est à vous de voir si par des nœuds si doux,
Madame, vous voulez m'attacher tout à vous.
Il me faut de votre âme une pleine assurance ;
1590 Un amant là-dessus n'aime point qu'on balance.
Si l'ardeur de mes feux a pu vous émouvoir,
Vous ne devez point feindre à[372] me le faire voir ;
Et la preuve, après tout, que je vous en demande,
C'est de ne plus souffrir qu'Alceste vous prétende[373],
1595 De le sacrifier[374], Madame, à mon amour,
Et de chez vous, enfin, le bannir dès ce jour.

CÉLIMÈNE

Mais quel sujet si grand contre lui vous irrite,
Vous à qui j'ai tant vu parler de son mérite ?

ORONTE

Madame, il ne faut point ces éclaircissements ;
1600 Il s'agit de savoir quels sont vos sentiments.
Choisissez, s'il vous plaît, de garder l'un ou l'autre.
Ma résolution n'attend rien que la vôtre.

---

371 Diérèse.
372 *Feindre à* : hésiter à.
373 De ne plus permettre qu'Alceste veuille vous courtiser et vous épouser.
374 Diérèse.

ALCESTE,
sortant du coin où il s'était retiré.

Oui, Monsieur a raison ; Madame, il faut choisir,
Et sa demande ici s'accorde à mon désir ;
1605   Pareille ardeur me presse, et même soin[375] m'amène :
Mon amour veut du vôtre une marque certaine.
Les choses ne sont plus pour traîner en longueur,   [75]
Et voici le moment d'expliquer votre cœur.

ORONTE

Je ne veux point, Monsieur, d'une flamme
[importune[376],
1610   Troubler aucunement votre bonne fortune.

ALCESTE

Je ne veux point, Monsieur, jaloux ou non jaloux,
Partager de son cœur rien du tout avec vous.

ORONTE

Si votre amour au mien lui semble préférable...

ALCESTE

Si du moindre penchant elle est pour vous capable...

ORONTE

1615   Je jure de n'y rien prétendre désormais.

ALCESTE

Je jure hautement[377] de ne la voir jamais.

---

375 Préoccupation.
376 Avec mon amour importun.
377 À voix haute et fermement.

ORONTE

Madame, c'est à vous de parler sans contrainte.

ALCESTE

Madame, vous pouvez vous expliquer sans crainte.

ORONTE

Vous n'avez qu'à nous dire où s'attachent vos vœux.

ALCESTE

1620   Vous n'avez qu'à trancher, et choisir de nous deux.

ORONTE

Quoi ? sur un pareil choix vous semblez être en
[peine !

ALCESTE

Quoi ? votre âme balance, et paraît incertaine !

CÉLIMÈNE

Mon Dieu ! que cette instance[378] est là hors de saison,
Et que vous témoignez, tous deux, peu de raison !
1625   Je sais prendre parti sur cette préférence,
Et ce n'est pas mon cœur maintenant qui balance.
Il n'est point suspendu, sans doute[379], entre vous
[deux, [76]
Et rien n'est si tôt fait que le choix de nos vœux.
Mais je souffre, à vrai dire, une gêne[380] trop forte
1630   À prononcer en face un aveu de la sorte :
Je trouve que ces mots, qui sont désobligeants,

---

378 *Instance* : demande pressante.
379 Sans aucun doute.
380 *Gêne* : torture morale, souffrance violente.

Ne se doivent point dire en présence des gens ;
Qu'un cœur de son penchant donne assez de lumière,
Sans qu'on nous fasse aller jusqu'à rompre en
[visière³⁸¹ ;
1635   Et qu'il suffit, enfin, que de plus doux témoins³⁸²
Instruisent un amant du malheur de ses soins.

ORONTE

Non, non, un franc aveu n'a rien que j'appréhende ;
J'y consens pour ma part.

ALCESTE

                          Et moi, je le demande ;
C'est son éclat³⁸³, surtout, qu'ici j'ose exiger,
1640   Et je ne prétends point vous voir rien ménager³⁸⁴.
Conserver tout le monde est votre grande étude ;
Mais plus d'amusement³⁸⁵, et plus d'incertitude ;
Il faut vous expliquer, nettement, là-dessus,
Ou bien pour un arrêt, je prends votre refus.
1645   Je saurai, de ma part, expliquer ce silence,
Et me tiendrai pour dit tout le mal que j'en pense.

ORONTE

Je vous sais fort bon gré, Monsieur, de ce courroux,
Et je lui dis, ici, même chose que vous.

---

381 *Rompre en visière* : contredire, offenser, agresser.
382 *Témoins* : voir la note au vers 1288.
383 *Éclat* : action de révéler.
384 Je ne veux pas que vous usiez de prudence ni d'habileté pour sortir de cette situation.
385 Voir la note au vers 1439.

CÉLIMÈNE

Que vous me fatiguez[386] avec un tel caprice[387] !

1650   Ce que vous demandez a-t-il de la justice,
Et ne vous dis-je pas quel motif me retient ?
J'en vais prendre pour juge Éliante[388] qui vient.

Scène 3   [77]

ÉLIANTE, PHILINTE,
CÉLIMÈNE, ORONTE, ALCESTE

CÉLIMÈNE

Je me vois, ma cousine, ici persécutée
Par des gens dont l'humeur y paraît concertée[389].

1955   Ils veulent l'un et l'autre, avec même chaleur,
Que je prononce entre eux le choix que fait mon
[cœur,
Et que, par un arrêt qu'en face il me faut rendre,
Je défende à l'un d'eux tous les soins qu'il peut
[prendre.
Dites-moi si jamais cela se fait ainsi.

ÉLIANTE

1660   N'allez point là-dessus me consulter ici ;
Peut-être y pourriez-vous être mal adressée,
Et je suis pour les gens qui disent leur pensée.

ORONTE

Madame, c'est en vain que vous vous défendez.

---

386 *Fatiguer* : harceler, persécuter.
387 *Caprice* : désir, volonté insensés.
388 Diérèse encore sur *Éliante*.
389 Dont l'humeur paraît d'accord (*concertée*) pour cette persécution (*y*).

ALCESTE

Tous vos détours, ici, seront mal secondés.

ORONTE

1665 Il faut, il faut parler, et lâcher la balance[390].

ALCESTE

Il ne faut que poursuivre à garder le silence.

ORONTE

Je ne veux qu'un seul mot pour finir nos débats.

ALCESTE

Et moi, je vous entends si vous ne parlez pas.

Scène DERNIÈRE   [G iij] [78]
ACASTE, CLITANDRE, ARSINOÉ, PHILINTE,
ÉLIANTE, ORONTE, CÉLIMÈNE, ALCESTE

ACASTE

Madame, nous venons tous deux, sans vous déplaire,
1670 Éclaircir avec vous une petite affaire.

CLITANDRE

Fort à propos, Messieurs[391], vous vous trouvez ici,
Et vous êtes mêlés dans cette affaire aussi.

ARSINOÉ

Madame, vous serez surprise de ma vue ;

---

390 Pour peser, la balance quitte son équilibre, est *lâchée* : de même, Célimène
    doit cesser de maintenir l'équilibre entre ses deux amants et sortir de
    l'incertitude.
391 Clitandre s'adresse à Oronte à Alceste.

Mais ce sont ces Messieurs qui causent ma venue :
1675 Tous deux ils m'ont trouvée, et se sont plaints à moi
D'un trait[392] à qui mon cœur ne saurait prêter foi.
J'ai du fond de votre âme une trop haute estime,
Pour vous croire jamais capable d'un tel crime[393] ;
Mes yeux ont démenti leurs témoins[394] les plus forts ;
1680 Et l'amitié passant sur de petits discords[395],
J'ai bien voulu, chez vous, leur faire compagnie,
Pour vous voir vous laver de cette calomnie.

ACASTE

Oui, Madame, voyons, d'un esprit adouci,
Comment vous vous prendrez à[396] soutenir ceci.
1685 Cette lettre, par vous, est écrite à Clitandre ?

CLITANDRE

Vous avez, pour Acaste, écrit ce billet tendre ?

ACASTE   [79]

Messieurs[397], ces traits[398], pour vous, n'ont point
                                    [d'obscurité,
Et je ne doute pas que sa civilité
À connaître sa main n'ait trop su vous instruire[399].

---

392 D'un mauvais procédé.
393 Comme aux vers 1385 et 1513.
394 Les témoignages, les preuves, comme aux vers 1288 et 1635.
395 *Discord* : mot vieilli, qui va être remplacé par *désaccord*.
396 Comment vous vous y prendrez pour.
397 Acaste s'adresse toujours à Oronte et à Alceste, qui connaissent l'écriture (les *traits*) de Célimène.
398 Cette écriture.
399 Remarque perfide : la coquette Célimène a certainement, par *civilité* (!), adressé des lettres et billets à ses autres amants Oronte et Alceste, comme ceux que brandissent Acaste et Clitandre, et qu'ils vont lire publiquement, pour la confusion de Célimène.

1690   Mais ceci vaut, assez, la peine de le lire.

Vous êtes un étrange[400] *homme, de*[401] *condamner mon
enjouement, et de me reprocher que ne n'ai jamais tant
de joie que lorsque je ne suis pas avec vous. Il n'y a rien
de plus injuste ; et si vous ne venez bien vite me demander
pardon de cette offense, je ne vous la pardonnerai de ma
vie. Notre grand flandrin*[402] *de Vicomte...*

Il devrait être ici.

*Notre grand flandrin de Vicomte, par qui vous
commencez vos plaintes, est un homme qui ne saurait me
revenir ; et depuis que je l'ai vu, trois quarts d'heure durant,
cracher dans un puits pour faire des ronds, je n'ai pu jamais
prendre bonne opinion de lui. Pour le petit Marquis...*

C'est moi-même, Messieurs, sans nulle vanité.

*Pour le petit Marquis, qui me tint hier, longtemps, la
main*[403]*, je trouve qu'il n'y a rien de si mince que toute sa
personne ; et ce sont de ces mérites qui n'ont que la cape et
l'épée*[404]*. Pour l'homme aux rubans verts*[405]*...*

---

400 Comme aux vers 579, 990, 1415, 1433 et 1585.

401 1682 précise : *Vous êtes un étrange homme,* Clitandre *de.*

402 Un *grand flandrin* est un grand garçon gauche et emprunté – expression
fort péjorative.

403 On tient la main à une dame pour la mener, la raccompagner. Voir *supra,*
le v. 1128.

404 « Un homme n'a que la cape et l'épée : il n'a rien de vaillant, il n'a aucune
fortune établie. On le dit figurément de toutes les choses qui n'ont ni
valeur, ni mérite, mais seulement un peu d'apparence » ; et Furetière de
donner cet exemple : « C'est un mérite qui n'a que l'épée et la cape ».

405 C'est Alceste : le costume de scène de Molière comportait une garniture
de rubans verts.

À vous le dé, Monsieur[406].

Pour l'homme aux rubans verts, il me divertit [80]
quelquefois, avec ses brusqueries et son chagrin bourru[407] ;
mais il est cent moments, où je le trouve le plus fâcheux du
monde. Et pour l'homme à la veste[408]...

Voici votre paquet.

Et pour l'homme à la veste, qui s'est jeté dans le bel
esprit, et veut être auteur malgré tout le monde, je ne puis
me donner la peine d'écouter ce qu'il dit ; et sa prose me
fatigue autant que ses vers. Mettez-vous donc en tête que je
ne me divertis pas toujours si bien que vous pensez ; que je
vous trouve à dire[409] plus que je ne voudrais, dans toutes
les parties où l'on m'entraîne ; et que c'est un merveilleux
assaisonnement aux plaisirs qu'on goûte, que la présence
des gens qu'on aime.

CLITANDRE
Me voici maintenant, moi.

Votre Clitandre, dont vous me parlez, et qui fait tant
le doucereux, est le dernier des hommes pour qui j'aurais
de l'amitié[410]. Il est extravagant de se persuader qu'on
l'aime ; et vous l'êtes de croire qu'on ne vous aime pas.

---

406 À vous de prendre et de lancer le dé, à votre tour ; Acaste s'adresse
   évidemment à Alceste.
407 Son humeur maussade et ses accès de colère extravagants et grossiers.
408 Il s'agit d'Oronte, *l'homme au sonnet* (comme le porte la variante de 1682)
   vers lequel se tourne maintenant Acaste. – La *veste*, en soie, se portait
   jusqu'à mi-cuisses et d'ordinaire sous le justaucorps.
409 *Trouver à dire* : regrettera l'absence de.
410 Rappelons que le mot *amitié* désigne toutes les sortes d'affections et
   d'amours.

Changez, pour être raisonnable, vos sentiments contre les
siens ; et voyez-moi le plus que vous pourrez, pour m'aider
à porter le chagrin d'en être obsédée[411].

D'un fort beau caractère on voit là le modèle,
Madame, et vous savez comment cela s'appelle ?
Il suffit, nous allons l'un et l'autre, en tous lieux,
Montrer, de votre cœur, le portrait glorieux.

ACASTE   [81]

1695   J'aurais de quoi vous dire, et belle est la matière,
Mais je ne vous tiens pas digne de ma colère ;
Et je vous ferai voir que les petits marquis
Ont, pour se consoler, des cœurs du plus haut prix.

ORONTE

Quoi ? de cette façon je vois qu'on me déchire,
1700   Après tout ce qu'à moi je vous ai vu m'écrire !
Et votre cœur, paré de beaux semblants d'amour,
À tout le genre humain se promet tour à tour !
Allez, j'étais trop dupe, et je vais ne plus l'être.
Vous me faites un bien, me faisant vous connaître[412] ;
1705   J'y profite d'un cœur[413], qu'ainsi vous me rendez,
Et trouve ma vengeance en ce que vous perdez.
À Alceste.
Monsieur, je ne fais plus d'obstacle à votre flamme,
Et vous pouvez conclure affaire avec Madame.

ARSINOÉ

Certes, voilà le trait du monde le plus noir,

---

411 *Obséder* : fréquenter assidûment, entourer d'attentions continuelles et
    accablantes.
412 1682 a *connêtre*, pour la rime.
413 J'y gagne.

1710   Je ne m'en saurais taire, et me sens émouvoir.
       Voit-on des procédés qui soient pareils aux vôtres ?
       Je ne prends point de part aux intérêts des autres ;
       Mais Monsieur, que, chez vous, fixait votre
                                          [bonheur⁴¹⁴,
1715   Et qui vous chérissait avec idolâtrie,
       Devait-il… ?

                         ALCESTE
              Laissez-moi, Madame, je vous prie,
       Vuider mes intérêts moi-même, là-dessus,
       Et ne vous chargez point de ces soins superflus.
       Mon cœur a beau vous voir prendre ici sa querelle⁴¹⁵,
1720   Il n'est point en état de payer ce grand zèle ;
       Et ce n'est pas à vous que je pourrai songer,
       Si, par un autre choix, je cherche à me venger.

                         ARSINOÉ   [82]
       Hé ! croyez-vous, Monsieur, qu'on ait cette pensée,
       Et que de vous avoir on soit tant empressée ?
1725   Je vous trouve un esprit bien plein de vanité,
       Si, de cette créance⁴¹⁶, il peut s'être flatté.
       Le rebut de Madame est une marchandise
       Dont on aurait grand tort d'être si fort éprise.
       Détrompez-vous, de grâce, et portez-le moins
                                          [haut⁴¹⁷ :
1730   Ce ne sont pas des gens comme moi qu'il vous faut ;
       Vous ferez bien encor de soupirer pour elle,

---

414 Alceste courtisait Célimène et cela aurait dû être un bonheur pour elle,
     une chance.
415 *Querelle* : cause, intérêts.
416 Croyance.
417 Montrez-vous moins hautain.

Et je brûle de voir une union si belle.
                    Elle se retire.

                    ALCESTE

Eh bien ! je me suis tu, malgré ce que je vois,
Et j'ai laissé parler tout le monde avant moi.
1735 Ai-je pris sur moi-même un assez long empire,
Et puis-je, maintenant… ?

                    CÉLIMÈNE
                              Oui, vous pouvez tout
                                        [dire,
Vous en êtes en droit, lorsque vous vous plaindrez,
Et de me reprocher tout ce que vous voudrez[418].
J'ai tort, je le confesse, et mon âme confuse
1740 Ne cherche à vous payer d'aucune vaine excuse.
J'ai des autres ici méprisé le courroux,
Mais je tombe d'accord de mon crime[419] envers vous.
Votre ressentiment, sans doute, est raisonnable ;
Je sais combien je dois vous paraître coupable,
1745 Que toute chose dit que j'ai pu vous trahir,
Et qu'enfin vous avez sujet de me haïr.
Faites-le, j'y consens.

                    ALCESTE
                              Hé ! le puis-je, traîtresse ?
Puis-je ainsi triompher de toute ma tendresse ?
Et quoique avec ardeur je veuille vous haïr,
1750 Trouvé-je un cœur, en moi, tout prêt à m'obéir ?
          À Éliante et Philinte.   [83]

_____

418 Vous avez le droit de vous plaindre et de me reprocher tout ce que vous
     voudrez.
419 Voir aux vers 1385, 1513 et 1678.

Vous voyez ce que peut une indigne tendresse,
Et je vous fais, tous deux, témoins de ma faiblesse.
Mais, à vous dire vrai, ce n'est pas encor tout,
Et vous allez me voir la pousser jusqu'au bout,
1755 Montrer que c'est à tort que sages on nous nomme,
Et que, dans tous les cœurs, il est toujours de
[l'homme[420].
Oui, je veux bien, perfide, oublier vos forfaits,
J'en saurai, dans mon âme, excuser tous les traits,
Et me les couvrirai du nom d'une faiblesse,
1760 Où le vice du temps porte votre jeunesse,
Pourvu que votre cœur veuille donner les mains[421]
Au dessein que j'ai fait de fuir tous les humains,
Et que, dans mon désert[422], où j'ai fait vœu de vivre,
Vous soyez, sans tarder, résolue à me suivre.
1765 C'est par là seulement, que, dans tous les esprits,
Vous pouvez réparer le mal de vos écrits ;
Et qu'après cet éclat, qu'un noble cœur abhorre,
Il peut m'être permis de vous aimer encore.

CÉLIMÈNE

Moi, renoncer au monde, avant que de vieillir !
1770 Et dans votre désert aller m'ensevelir !

ALCESTE

Et s'il faut qu'à mes feux votre flamme réponde,
Que vous doit importer tout le reste du monde ?
Vos désirs, avec moi, ne sont-ils pas contents ?

---

420 Il reste toujours de la faiblesse humaine, malgré la sagesse affichée.
421 Voir la note au vers 1388.
422 Le *désert*, le lieu solitaire pour Alceste sera, loin de la société parisienne,
      sa résidence de campagne, quelque château, sans doute, tout simplement.

CÉLIMÈNE

La solitude effraie une âme de vingt ans ;
1775 Je ne sens point la mienne assez grande, assez forte,
Pour me résoudre à prendre un dessein de la sorte.
Si le don de ma main peut contenter vos vœux,
Je pourrai me résoudre à serrer de tels nœuds ;
Et l'hymen…

ALCESTE

                    Non, mon cœur, à présent, vous déteste,
1780 Et ce refus, lui seul, fait plus que tout le reste.
Puisque vous n'êtes point, en des liens si doux,   [84]
Pour trouver tout en moi, comme moi tout en vous,
Allez, je vous refuse, et ce sensible[423] outrage,
De vos indignes fers[424] pour jamais me dégage.
        Célimène se retire, et Alceste parle à Éliante.
1785 Madame, cent vertus ornent votre beauté,
Et je n'ai vu qu'en vous de la sincérité ;
De vous, depuis longtemps, je fais un cas extrême ;
Mais laissez-moi toujours vous estimer de même ;
Et souffrez que mon cœur, dans ses troubles divers,
1790 Ne se présente point à l'honneur de vos fers ;
Je m'en sens trop indigne, et commence à connaître
Que le Ciel, pour ce nœud, ne m'avait point fait
                                        [naître ;
Que ce serait, pour vous, un hommage trop bas,
Que le rebut d'un cœur qui ne vous valait pas ;
Et qu'enfin…

ÉLIANTE

1795   Vous pouvez suivre cette pensée :

_____

423 Voir au v. 1541.
424 Les *fers* désignent évidemment, au figuré, la servitude de l'amoureux.

Ma main, de se donner, n'est pas embarrassée ;
Et voilà votre ami, sans trop m'inquiéter[425],
Qui, si je l'en priais, la pourrait accepter.

PHILINTE

Ah ! cet honneur, Madame, est toute mon envie,
1800   Et j'y sacrifierais et mon sang et ma vie.

ALCESTE

Puissiez-vous, pour goûter de vrais contentements,
L'un pour l'autre à jamais garder ces sentiments !
Trahi de toutes parts, accablé d'injustices,
Je vais sortir d'un gouffre où triomphent les vices,
1805   Et chercher sur la terre un endroit écarté,
Où d'être homme d'honneur on ait la liberté.

PHILINTE

Allons, Madame, allons employer toute chose,
Pour rompre le dessein que son cœur se propose.

FIN

---

425 Diérèse.

INDEX NOMINUM[1]

Abraham (Claude) : 145

Akiyama (Nabuko) : 106, 147

ANNE D'AUTRICHE, reine de France : 18

Apostolidès (Jean-Marie) : 113, 121, 144

AQUIN (Antoine d') ou DAQUIN, médecin de la cour : 46

ARISTOTE : 108

AUBIGNAC (François Hédelin, abbé d') : 18

Autrand (Michel) : 142

Baby (Hélène) : 38

Balsamo (Jean) : 28

BARBIN (Claude), marchand-libraire : 11

Baudry-Kruger (Hervé) : 39

BEAUCHAMP/BEAUCHAMPS (Pierre) : 21

BÉJART (Armande) : 168

BÉJART (Louis) : 46

Bloch (Olivier) : 122, 147

BOILEAU (Nicolas, dit Boileau-Despréaux) : 27, 28, 46, 107, 209, 221

Bourqui (Claude) : 9, 15, 142

Bray (René) : 15

BRIE (Catherine Leclerc du Rosé, dit de) : 168

Brody (Jules) : 136, 145

BROSSETTE (Claude Julien) : 221

Brunel (Magali) : 114, 147, 148

Chaouche (Sabine) : 139, 145

Chapoutot (Johan) : 123, 147

Chupeau (Jacques) : 142, 146

CICOGNINI (Giacinto Andrea) : 107

CLAUDEL (Paul) : 105

CONDÉ (Louis II de Bourbon, duc d'Enghien, puis prince de, appelé Monsieur le Prince, dit le Grand) : 17

Conesa (Gabriel) : 12, 15, 39, 106, 107, 143, 145

CONTI (Armand de Bourbon-Condé, prince de) : 18

COPEAU (Jacques) : 108, 123

CORNEILLE (Pierre) : 105

Cornuaille (Philippe) : 39

Couton (Georges) : 13, 15, 27, 263

Dandrey (Patrick) : 15, 27, 31, 32, 38, 39, 74, 106, 119, 132, 137, 143, 145, 146

---

1   Les critiques contemporains sont distingués par le bas-de-casse.

DAQUIN : voir *Aquin (Antoine d')*.
Defaux (Gérard) : 15, 143
Descotes (Maurice) : 134, 144
DES FOUGERAIS, médecin de la cour : 46
Despois (Eugène) : 13, 15
Donné (Boris) : 105, 137, 145, 146, 148
DONNEAU DE VISÉ (Jean) : 104, 133, 134, 140, 151
Dosmond (Simone) : 105, 144
Douguet (Marc) : 148
Duchêne (Roger) : 16
DU PARC (Marquise-Thérèse de Gorla DU PARC, femme de René Berthelot, dit) : 168
Dussud (Odile) : 147

Ekstein (Nina) : 148
Emelina (Jean) : 39, 137, 146
ÉRASME (Didier) : 177
ESPRIT, médecin de Monsieur : 46

FARET (Nicolas) : 119
Fastrup (Anne) : 146
Fichet-Magnan (Élisabeth) : 135, 144
Forestier (Georges) : 9, 15, 16, 147
Fromilhague (René) : 114, 144
Fumaroli (Marc) : 144
FURETIÈRE (abbé Antoine) : 7, 52, 75, 77, 78, 83, 90, 170, 175, 179, 200, 201, 203, 213, 217, 223, 226, 230, 274

Gambelli (Delia) : 38, 115, 144
GRIMAREST (Jean-Léonor Le Gallois, sieur de) : 21

Grimm (Jürgen) : 106, 119, 145, 147
Guardia (Jean de) : 16, 108
GUÉNAUT/GUENNADI/QUINAULT, (François), médecin de la Reine : 46
Gutwirth (Marcel) : 137, 144

Hawcroft (Michael) : 12
Herzel (Roger) : 147
HIPPOCRATE : 69, 99
Howarth (William D.) : 143

Jasinski (René) : 105, 143
JEAN (saint), l'évangéliste : 228
Jurgens (Madeleine) : 16

Krieger (Noam) : 37

LA BRUYÈRE (Jean de) : 117, 209
LA FONTAINE (Jean de) : 118
La Gorce (Jérôme de) : 22, 33, 38
LA GRANGE (Charles Varlet, dit de) : 10, 17, 21
LA MOTHE LE VAYER (François de) : 28
LA ROCHEFOUCAULD (François VI de) : 120, 132
Laurent (Nicolas) : 148
Litsardaki (Maria) : 28, 38
LITTRÉ (Maximilien Paul Émile) : 89, 208
LOUIS XIII : 71, 201
LOUIS XIV (Le roi) : 17, 18, 21, 22, 25, 33, 36, 38, 43, 49, 76, 103, 116, 187, 208, 217, 221, 223
Louvat-Molozay (Bénédicte) : 38

LUCRÈCE (*Titus Lucretius Carus*) : 128, 216

LULLY (Jean-Baptiste) : 21, 25, 33, 34, 37, 38, 39, 43

McBride (Robert) : 28, 38

McKenna (Anthony) : 16

Magné (Bernard) : 115, 143

Magnien (Michel) : 28

Magnien-Simonin (Catherine) : 28

MAHELOT (Laurent) : 257

Mandel (Oscar) : 148

Manno (Giuseppe) : 146

Mara (Alexandre) : 76

MARIVAUX (Pierre Carlet de Chamblain de) : 37, 131, 144

Maxfield-Miller (Élisabeth) : 16

MAZARIN (Jules) : 28

Mazouer (Charles) : 24, 26, 33, 34, 37, 38, 111, 131, 138, 139, 143, 145, 146, 147

MÉRÉ (Antoine Gombaud, chevalier de) : 119

Mesnard (Jean) : 119, 143

Mesnard (Paul) : 15

Meyer (François) : 31, 37,

Millepierres (François) : 30, 37

MINKOWSKI (Marc) : 39

MONDOR (Philippe Girard, dit) : 47

Mongrédien (Georges) : 16

MONSIEUR, Philippe d'Orléans, Monseigneur le duc d'Orléans : 21, 167

MONTAIGNE (Michel Eyquem de) : 27, 28, 38, 66, 82, 148, 178

MONTAUSIER (Charles de Sainte-Maure, duc de) : 105

MOTTEVILLE (Françoise Bertaud, Madame de) : 28

Orlando (Francesco) : 144

PALATINE (Anne de Gonzague de Clèves, dite Madame La Palatine ou la princesse) : 17

Paringaux (Céline) : 38, 148

PASCAL (Blaise) : 28, 120

PAUL (saint) : 178

Peacock (Noël A.) : 112, 134, 144

PHILIDOR (André Danican), Philidor l'aîné : 37

Pineau (Joseph) : 16

Plantié (Jacqueline) : 114, 145

PLINE-L'ANCIEN (en latin : *Caius Plinius Secundus*) : 66

Plocher (Hanspeter) : 139, 146

Porot (Bertrand) : 33, 38

Poulet (Françoise) : 148

Prault (Pierre), marchand-libraire : 11

Prost (Brigitte) : 148

RACINE (Jean) : 17, 103, 165

Raynaud (Maurice) : 30, 37

Régent (Anne) : 143

RICHELET (César Pierre) : 7

Riffaud (Alain) : 9, 13

ROBINET DE SAINT-JEAN (Charles) : 22

Rogers (Nathalie) : 122, 145

Rohou (Jean) : 119, 145, 148

Rossat-Mignod (Suzanne) : 28, 37

ROUSSEAU (Jean-Jacques) : 134

Santa (Angels) : 148
SAVALL (Jordi) : 39
SCARRON (Paul) : 201

TABARIN (Antoine Girard, dit) :
    47
THIERRY (Denys), imprimeur : 11
TIMON D'ATHÈNES : 177
TRABOUILLET (Pierre), marchand-
    libraire : 11, 44

VALLOT (Antoine), médecin : 76
VIGARANI (Carlo) : 22, 34, 38

VILLEDIEU (Marie-Catherine
    Desjardins, dite de) : 106, 147
VILLÉGIER (Jean-Marie) : 36
Vitanovic (Slobodan) : 121, 144
VITEZ (Antoine) : 132
VIVOT (Jean) : 10, 21
Vuillemin (Jules) : 135, 144

Whitton (David) : 134, 145

YVELIN, premier médecin de
    Madame : 46

INDEX DES PIÈCES DE THEÂTRE

Alceste, Euripide : 168
Alexandre le Grand, Racine : 103
Amants magnifiques (Les), Molière : 10
Amour médecin (L') / Médecins (Les), Molière : 17, 19-100

Ballet des Muses : 18
Bourgeois gentilhomme (Le), Molière : 139, 143, 145, 147

Comtesse d'Escarbagnas (La), Molière : 10
Critique de L'École des femmes (La), Molière : 107

Dom Garcie de Navarre, Molière : 10, 106, 107, 143, 245, 249, 250, 254, 255, 256
Dom Juan, Molière : 9, 10, 11, 21, 103, 136, 218

École des femmes (L'), Molière : 21, 103, 107, 148, 151
École des maris (L'), Molière : 175

Fâcheux (Les), Molière : 43
Femmes savantes (Les), Molière : 107, 115

George Dandin, ou Le Mari confondu, Molière : 139, 143, 145, 147

Impromptu de Versailles (L'), Molière : 10, 21

Malade imaginaire (Le), Molière : 9, 10, 12, 24, 27, 33, 36, 38, 39, 71, 88
Mariage forcé (Le), Molière : 43
Médecin malgré lui (Le), Molière : 18, 39
Médecin volant (Le), Molière : 90
Mélicerte, Molière : 10
Misanthrope (Le), Molière : 18, 101-281
Monsieur de Pourceaugnac, Molière : 27, 33, 38, 39

Place royale (La), ou L'Amoureux extravagant, Pierre Corneille : 105, 146
Précieuses ridicules (Les), Molière : 115
Princesse d'Élide (La), Molière : 43, 103

Tartuffe, ou L'Imposteur, Molière : 17, 21, 24, 103, 107, 148, 177, 178

TABLE DES MATIÈRES

ABRÉVIATIONS USUELLES   7

AVERTISSEMENT   9

CHRONOLOGIE
(du 14 septembre 1665 au 1ᵉʳ décembre 1666) 17

L'AMOUR MÉDECIN

INTRODUCTION 21

L'AMOUR MÉDECIN
Comédie 41
 Prologue 49
 Acte I 51
 Premier entracte 65
 Acte II 66
 Deuxième entracte 81
 Acte III 82

LE MISANTHROPE

INTRODUCTION 103

LE MISANTHROPE
Comédie 149
    Lettre écrite sur la comédie du *Misanthrope* 152
    Acte premier 169
    Acte II 199
    Acte III 222
    Acte IV 241
    Acte V 262

INDEX NOMINUM 283

INDEX DES PIÈCES DE THÉÂTRE 287